D1101169

TEGEN DE WIND IN

Wilt u op de hoogte worden gehouden van de romans van Orlando uitgevers? Meldt u zich dan aan voor de nieuwsbrief via onze website www.orlandouitgevers.nl.

ÁNGELES CASO

Tegen de wind in

Vertaald uit het Spaans door
Dorotea ter Horst

ORLANDO
uitgevers

© 2009 Ángeles Caso
Nederlandse vertaling © 2010 Orlando uitgevers, Utrecht en
Dorotea ter Horst
Oorspronkelijke titel *Contra el viento*
Oorspronkelijke uitgever © 2009 Editorial Planeta, S.A.
Omslagontwerp Studio Jan de Boer
Omslagbeeld Erik Snyder / Getty Images
Foto auteur Ricardo Martín
Typografie Pre Press Media Groep, Zeist
Druk- en bindwerk Ter Roye NV, België

ISBN 978 90 229 5978 7
NUR 302

This work has been published with a subsidy from the
Directorate General of Books, Archives and Libraries of
the Spanish Ministry of Culture

www.orlandouitgevers.nl

Voor Janick le Men en Alejandro Vargas,
voor hun niet-aflatende genegenheid

Geboorte, dood en gekwakkel ertussenin.
— IAN MCEWAN, *Boetekleed*
Uitgeverij De Harmonie, vertaald door Rien Verhoef

De vraag is wat iedereen doet met de kaarten die hij toebe-
deeld heeft gekregen.
— AMOS OZ, *Een verhaal van liefde en duisternis*
De Bezige Bij, vertaald door Hilde Pach

MIJN MOEDER

Mensen die denken dat ze hun leven onder controle hebben heb ik altijd benijd. Mensen die naar volle tevredenheid kunnen beweren dat zij zelf hun bestaan hebben opgebouwd, stukje bij beetje, door hun verdiensten vlak naast hun vergissingen te zetten, hun mooie ervaringen vlak naast hun slechte, hun geluk boven op hun verdriet, alsof ze op die rotsen een sterk en stevig, onneembaar fort hebben opgetrokken. Een bestaan dat beheerst wordt door hun eigen doelstellingen en een ijzeren wil, die als bloed door hun aderen vloeit. En met vastberadenheid in hun binnenste.

Voor mij is het leven iets wat van buitenaf wordt bepaald. Een soort nevelwolk die om mij heen zweeft, in zijn eigen tempo, en me dwingt me op een bepaalde manier te gedragen, zonder dat ik zelf beslissingen kan nemen. Ik zet geen bewuste stappen, die me worden ingegeven door mijn verstand en door een helder doel in de verte dat knippert als een baken dat mijn koers bepaalt. Ik volg geen enkel pad of riviertje, zelfs geen moeilijk begaanbaar, steil weggetje tussen vlijmscherpe rotspunten door. Ik dobber alleen maar rond in die nevel en zwaai zo hard mogelijk met mijn armen om niet te verdrinken. Dat is alles. Ja, soms is de lucht wel even blauw, zijn de bomen groen en fladderen er prachtige bonte vlinders tussen bloemen. En ontvouwt zich 's nachts een massa sterren voor mij, als miljoenen giften van welwillendheid. Maar ik weet dat die luchtspiegeling maar één ogenblik duurt. Ik haal diep adem. Ik haal adem. Ik adem. En weer word ik door die kille, volmaakte nevelwolk ingepakt zoals hem goeddunkt.

Ik ben altijd een lafaard geweest. Bang, angstig en lafhartig. Altijd. Van kinds af aan. Volgens mij is dat de schuld van mijn vader. Hij was een erg hardvochtig man. Zo iemand die door het leven loopt terwijl hij angst brandmerkt op de huid van anderen. Niet dat hij ons sloeg. Dat was niet nodig. Zijn aanwezigheid, die een weerzinwekkende, ijzige spanning veroorzaakte, was al voldoende. Zijn schelle, doordringende stem was al genoeg. Hij hoefde ons maar aan te kijken met die kleine, donkere ogen, die twee piepkleine reptielenoogjes, en het was of hij ons afranselde en veel meer pijn deed dan met een pak slaag. Als hij thuiskwam, elke dag precies om vijf voor halfacht, viel ons vredige wereldje vol alledaagse bezigheden plotseling stil, alsof we door toverij in steen werden veranderd. Dan begon de tijd van de angst. Zodra mijn moeder het geluid van zijn auto hoorde die hij voor het tuinhek parkeerde, zette ze onmiddellijk de radio uit waarnaar ze de hele middag had geluisterd. Haar lichaam kromp ineen en werd heel klein en broos. Mijn broertjes staakten hun spel. Ineens begrepen we niets meer van ons huiswerk. Letters en cijfers vlogen voor onze neus weg en we konden er geen grip meer op krijgen. Het huis zelf hulde zich in een afgedwongen stilte. De dingen zwegen en verroerden zich niet, alsof er niets anders bestond dan de almachtige aanwezigheid van die man, die zich met zijn volle gewicht op ons en onze wereld liet vallen.

Hij groette niemand. Hij ging naar boven naar zijn kamer, kleedde zich uit, gooide zijn kleren in een hoek op de grond – mijn moeder zou ze even later weer oprapen –, hij trok zijn pyjama en zijn kamerjas aan, en ging in de woonkamer televisiekijken. Mama sloot zich op in de keuken en verborg haar onbehagen tussen de potten en pannen. Wij bleven doodsbang op onze kamer zitten en deden alsof we nog in staat waren de logaritmen te doorgronden of de geschiedenis van de Onoverwinnelijke Armada te leren, in afwachting van zijn schreeuwerige stem. Want elke avond na zijn thuiskomst riep mijn vader een van onze namen. Dan moesten we onmiddellijk voor hem gaan staan. Dan voelden we ons als ratten die er met een spade van langs zouden krijgen. Zonder de moeite te nemen de televisie wat zachter te zetten, vroeg hij naar onze schoolcijfers, die voor hem nooit goed genoeg waren, of naar de wond op onze knie na de laatste valpartij op het schoolplein, of naar een nieuwe, afgebladderde plek op een muur. Het kon niet schelen wat, als hij ons maar ergens de schuld van kon geven, een paar onaardige opmerkingen kon maken en ons naar het rommelkamertje kon sturen. Daar moesten we heel lang blijven zitten, soms terwijl de anderen al aan tafel zaten, totdat hij mijn moeder opdracht gaf om ons te bevrijden.

Vele avonden in mijn jeugd heb ik in dat donkere hok doorgebracht, doodsbang, terwijl ik het hout van de kasten hoorde kraken, de dozen met kerstspullen en afgedankt servies hoorde knisperen en het gips van het plafond hoorde kreunen. Ik was ervan overtuigd dat er op een dag een monsterachtige man – misschien wel een gigantische zwarte vogel – uit een van die kasten zou komen, waar hij zich al jarenlang verborgen had gehouden, en zich op mij zou storten om me mee te nemen naar een nog donkerder hok. Ik wilde huilen en schreeuwen, maar dat durfde ik niet, want als mijn vader me zou horen zou ik nog langer opgesloten blijven. Ik concentreerde me op het enige wat ik nog kon: ik ging in een hoekje op mijn hurken zitten en keek strak naar het keukenlicht, dat de gang in scheen door het smalle kiertje onder de deur. En heel zachtjes prevelde ik, bijna zonder adem te halen, alle liedjes die ik kende. De liedjes die ik met mijn vriendinnetjes zong als we kringspelletjes deden of touwtje sprongen en de liedjes die ik mijn oma thuis luidkeels hoorde zingen terwijl ze de afwas deed of de bedden opmaakte, met die onvaste, valse stem, waarop ze toch heel trots was en die ze, als het maar even kon, graag liet horen.

Door het zingen leek het of mijn hart rustiger ging kloppen, hoewel het af en toe, als ik opnieuw gekraak hoorde, weer op hol sloeg. In die duisternis ging de tijd ontzettend traag voorbij, totdat de deur heel langzaam openging en het kleine, ronde silhouet van mijn moeder op de drempel verscheen. En zonder een woord te zeggen nam ze me weer mee naar het normale leven, naar de brandende lampen, de zachte, vage stemmen van mijn broertjes in hun kamer, het geluid van de televisie in de woonkamer, waarvoor mijn vader in slaap was gevallen, en de heerlijke geur van het vlees dat op het fornuis stond gaar te stoven.

Vol dankbaarheid hield ik mijn moeders hand stevig vast, en even voelde ik haar snelle polsslag tegen de mijne, die eindelijk rustig was geworden. In de keuken ging ik vlak bij haar zitten, zielsblij dat ik haar zag, ook al was ze zoals altijd gehuld in een droefgeestige stilte, als een verderfelijke aura waardoor ze afzijdig van de wereld werd gehouden. Mijn moeder droeg die droefgeestigheid met zich mee als een tweede huid, lijdzaam en glanzend. Maar ik zag haar heen en weer lopen, in de pannen roeren, de aardappels schillen, zorgvuldig mijn vaders overhemden, mijn kleren en die van mijn broertjes strijken, en al die dagelijkse beslommeringen, dat gedempte levensritme, zelfs de zwaarmoedigheid die ze uitstraalde gaven mij een soort gevoel dat veel weg had van geluk. Daar, vlak bij haar, te midden van de gewone, blinkende spullen, was ik veilig. Ik zou mijn vader pas weer zien als we hem welterusten gingen wensen, want de kinderen aten apart in de keuken. Dat was beter voor hem en ook voor ons. Zo konden we het ons veroorloven grapjes met elkaar te maken, ook al moest dat altijd heel zachtjes, bijna zonder geluid, zodat hij ons niet hoorde, en konden we elkaar schoppen onder tafel, een vies gezicht trekken als we gebakken lever met ui kregen voorgeschoteld, of gretig de schalen met patates frites leegeten.

Als we klaar waren met eten, zetten we de borden in de gootsteen en gingen we met z'n vijven naar de eetkamer. Mijn vader zat daar met een kop koffie en een glas cognac en rookte een sigaar, waarvan de stank zich met intense vlagen door het hele huis verspreidde. Welterusten, papa, zeiden wij om de beurt. En hij antwoordde: Welterusten. Slaap lekker. Dat was alles. Geen kus, geen aaitje, niet eens een glimlach als aansporing om eventuele nare dromen op een afstand te houden.

Ik kan me niet herinneren dat mijn vader ons ooit een kus heeft gegeven. Dat heb ik ook nooit gemist. Ik heb er nooit naar verlangd. Ik heb inderdaad nooit van hem gehouden. Ik groeide op in angst. Dat was de band die ik met hem had: dat afschuwelijk akelige gevoel als hij in de buurt was. Maar de liefde voor hem heb ik nooit gemist. Alsof die geen deel uitmaakte van de kring noodzakelijke vertrouwelijkheden waardoor ons leven wordt gevormd. Dierbaren, vrienden en familie. De verhouding met ieder van deze wezens van wie we op de een of andere manier houden is een stroom die fluctueert tussen hun lichaam en het onze, tussen hun geest en de onze,

als een krachtige energie die ons omringt en de wereld vorm-
geeft die we ons zonder dit alles niet kunnen voorstellen. Maar
ik kan me zonder mijn vader van alles voorstellen. In de allereerste plaats een gelukkiger leven.

Toen hij op sterven lag heb ik het tegen hem gezegd. Dat
deed ik niet uit wraak: ik haatte hem niet eens. De angst die ik
als kind voor hem had gevoeld had met de jaren mijn hele leven in zijn greep genomen, en ik voelde ten slotte alleen maar
onverschilligheid. Ik weet niet hoe het kwam. Ik was het niet
van plan geweest. Maar het gebeurde, alsof iedereen die hij
pijn had gedaan mij in het geheim had aangewezen om dat op
het laatste moment te vertellen. Ik was bij hem op de zieken-
huiskamer. Het was mijn beurt. Hij sliep. Plotseling werd hij
wakker en keek me aan. Er lag een onnoemelijke minachting
in zijn blik, alsof ik een mier was en hij zo mijn poten kon
uitrukken, mijn kop kon afhakken, en mij ongestraft en vol
trots kon plattrappen. Zelfs nu hij op sterven na dood is, moet
hij me nog zo aankijken, dacht ik. Ik sloeg mijn ogen neer om
de zijne te vermijden en zag zijn kleine witte handen, die ik
altijd al afstotelijk had gevonden, als twee kwijlvlekken op het
laken liggen. Ik pakte ze niet vast, ik kuste hem niet op zijn
voorhoofd, ik streek niet over zijn wang en ik fluisterde niets
in zijn oor, zoals een kind doet dat van zijn stervende vader
houdt. Maar ik schreeuwde ook niet, spuwde niet en vervloekte zijn naam evenmin. Er sprong gewoon iets kapot in mijn
hoofd, iets kouds en hards, zoals een ijsblokje dat in gruzelementen uiteenvalt. En ik zei tegen hem, alsof ik over de film
sprak die ik de vorige dag had gezien:'Je hebt nooit van ons
gehouden. Niet van mama en ook niet van ons. Je hebt ons
allemaal ongelukkig gemaakt. We zijn je niets verschuldigd. Je
moet niet denken dat we om je zullen huilen.'

Ik heb wel duizend keer – eigenlijk mijn hele verdere leven – spijt van die woorden gehad. Ik heb het altijd betreurd dat ik me door die vlaag van hardvochtigheid heb laten meeslepen en mijn vader helemaal alleen naar de deuren des doods toe heb geduwd, met die verschrikkelijke gedachte dreunend in zijn hoofd, terwijl zijn hart langzaam ophield met kloppen: hij was als een onnozele schim door het leven gegaan en niemand zou hem missen. Maar het enige wat ik toen heel even voelde was een enorme opluchting.

Wat híj voelde weet ik niet. Zijn pupillen verwijdden zich en ik meende een lichte huivering waar te nemen. Een rilling, een paar tienden van een seconde. Meer niet. Hij herstelde zich onmiddellijk en hij sprak even rustig als ik kort daarvoor: 'Het leven is hard. Dat is nou eenmaal zo. Je moet niet denken dat ik het jammer vind dat jullie niet om me zullen huilen. Daar ben ik nooit op uit geweest.'

Ik ging de kamer uit en liet hem alleen. En ík moest wel huilen. Tot de ochtend aanbrak huilde ik verschrikkelijk hard. Ik moest huilen om wat ik tegen hem had gezegd. En omdat het hem niets kon schelen. Om de eenzaamheid en de angst waartoe hij mij had veroordeeld. Om de dood van mijn broer Ernesto, die verslaafd was aan de drugs, om de alcoholproblemen van Antonio en om alle verbroken relaties van Miguel. En om de ongeneeslijke droefgeestigheid van mijn moeder.

Ze was niet altijd zwaarmoedig geweest. Dat zei mijn oma tenminste. Vroeger was ze, net als zijzelf, een vrolijk meisje, dat dol was op zingen en als een aap in de bomen klom, door de weilanden rende en de koeien bij hun naam riep terwijl ze met grote stappen de berg op liep. Ze zou met iedere willekeurige man uit die streek gelukkig zijn geweest, zei ze, zo ijverig en liefdevol als een vrouw en zo sterk als een jongen. Maar op een zomerse dag, toen ze zestien was, verscheen híj ten tonele. Mijn vader. Hij was al bijna dertig, ging elegant gekleed en bezat bundels bankbiljetten die hij had verdiend met zaken in Mexico, waar hij als kind met zijn familie naartoe was gegaan. Hij was teruggekomen om een ijzerwinkel in de stad op te zetten en een gezin te stichten. En hij besloot dat met mijn moeder te doen.

Waarom die zo serieuze man – een verbitterd man, zei mijn oma – het vrolijkste meisje van het dorp uitkoos, was voor iedereen een raadsel. Misschien kon hij haar vrolijkheid niet verdragen en wilde hij er een eind aan maken en haar blijmoedigheid om zeep helpen, zoals je een vogeltje ombrengt dat je met zijn gezang in de tuin tot last is. Er zijn nu eenmaal zulke zieke mensen die iedereen haten die kracht en tevredenheid uitstraalt. En in plaats van uit hun buurt te blijven, zetten ze een val voor hen uit, vangen hen en begraven hen dan onder tonnen aarde, zodat ze tot hun verdorven voldoening kunnen zien hoe alles wat ze haten geleidelijk afsterft. Misschien was het zo gegaan.

Maar dat mijn moeder ermee instemde was een nog groter raadsel. Waarom had ze dat gedaan? Ik weet het niet. Ik denk niet dat ze uit liefde is getrouwd. Een meisje van zestien, dat graag danst op het dorpsfeest, graag zwemt in de rivier en als een dolle de berg af fietst, wordt niet verliefd op zo iemand als mijn vader. Die liep in een pak en stropdas rond door het dorp en gromde naar de mensen in plaats van hen te begroeten en keek hen stuk voor stuk aan met die bikkelharde blik van hem. Er was niet eens sprake van wat mijn oma hofmakerij noemde. Geen bloemen, geen gelach, geen zogenaamde toevallige wandelingetjes langs het huis of urenlange gesprekken onder de galerij, terwijl ze de zon aan de andere kant van de bergen zagen ondergaan of de regen als een sluier over de moestuin zagen schuiven. Twee of drie ontmoetingen bij de kerk, twee dorpsfeestjes, en opeens stond hij binnen om de hand van mijn moeder te vragen. Mijn grootouders probeerden haar over te halen om er niet op in te gaan. Die rijke patser uit Amerika stond hun niet aan, ondanks zijn bundels bankbiljetten. Maar zij was vastbesloten en was met geen mogelijkheid op andere gedachten te brengen.

Ging het om het geld? Naar mijn idee heeft dat haar nooit veel kunnen schelen. Ze voelde zich nooit bijster aangetrokken tot luxe en comfort. Ze heeft altijd in een mooi, groot huis gewoond, dat wel, het huis dat mijn vader had gekocht in wat toen nog de buitenwijk van de stad was, toen hij uit Mexico terugkwam. Maar ze weigerde elke hulp voor haar of ons. Ze heeft nooit dienstmeisjes of werksters gehad, en geen sieraden of bontjassen. Zelfs nadat ze de erfenis had gekregen, is ze blijven wonen zoals daarvóór: alleen in het huis, zonder zich andere uitgaven te veroorloven dan de strikt noodzakelijke. Maar mogelijkerwijs interesseert geld haar niet omdat haar aanvankelijke verlangen ernaar haar uiteindelijk ongelukkig had gemaakt. Wellicht is het zo gelopen. Misschien had mijn vader verhalen in haar oor gefluisterd over een mooi en plezierig leven. Misschien had hij gezegd dat ze nooit meer de koeien hoefde te melken, of de kippen hoefde te voeren, of de moestuin hoefde te wieden, of de appels hoefde te plukken, of worsten hoefde te maken als er een varken was geslacht. Misschien had ze een verborgen ambitie en wilde ze elegante kleren en hooggehakte schoenen dragen, haar lippen stiften en elke week naar de kapper. Wellicht wilde ze reizen, de wereld verkennen, zien wat er achter de groene bergen rondom haar dorp lag: uitgestrekte zeeën, oogverblindende steden, steppen met hun eindeloze hoogvlaktes en hun oranjekleurige, kurk-droge aarde. Wie weet wat voor dwaasheden er in het hoofd van een zestienjarig meisje kunnen omgaan.

Ik neem aan dat ze me dat nooit zal vertellen. Ik heb met haar nooit over mijn vader gesproken. Hij stierf en zij kleedde zich in het zwart – zonder een traan te laten, zoals ik had voorspeld – en woonde de noodzakelijke missen bij. Ze maakte de kasten schoon, ruimde de paperassen op, zette de ijzerwinkel te koop, maar sprak nooit meer over hem. Alsof hij nooit had bestaan. Alsof dat alles een geheim was dat ze met niemand wilde delen: wat ze zich ervan had voorgesteld, wat ze dacht dat die man haar kon geven en wanneer de gekleurde lichtjes die in die zomer op de een of andere manier in haar hoofd moeten zijn gaan branden een voor een uitdoofden. En hoe ze had geleerd om zich neer te leggen bij het fiasco – hoe dat dan ook gekomen was – en in die luchtbel van verdriet te leven. Zij, die zo'n vrolijk en zanglustig kind was geweest.

Ik ben er nog steeds niet achter wat erger is: nooit het geluk gekend te hebben, of het heel eventjes te hebben gekend en het daarna weer te zijn kwijtgeraakt. Toen Pablo mij in de steek liet en mijn wereld in duigen viel, vervloekte ik het feest waarop Elena ons aan elkaar had voorgesteld, de schitterende avond toen we elkaar voor het eerst kusten en de dag waarop we besloten te trouwen. Ik had er alles voor over om dat allemaal ongedaan te maken om er niet naar terug te kunnen verlangen. Mijn verleden zou geruisloos en doorzichtig zijn, antiseptisch als een rustige ziekenhuiszaal. Zonder illusies en emoties. Dan zou er geen tragiek zijn, en zou die grote zwarte vogel die me achtervolgde zich niet op me hebben gestort en mij niet het gevoel hebben gegeven dat ik in doodsangst dwars door de woestenij rende. Ik zou een eenzaam en saai leven hebben geleid, maar ik zou die pijn niet hebben gekend. Lange tijd klampte ik me vast aan het idee dat de tijd die ik samen met hem had doorgebracht verloren jaren waren geweest. Dat mijn hele leven met hem, al mijn liefde voor hem, een reusachtig debacle was, een mislukt gebouw waarvan alleen maar een paar stinkende puinhopen over waren, vol urine, uitwerpselen en onkruid. Iets wat nooit had mogen ontstaan.

Maar nu ik eraan gewend ben geraakt dat die pijn mij vreemd is en ver van me af staat, en niet meer om me heen dwarrelt en alles aantast, maar is bezonken en een dikke laag as heeft gevormd waaronder ik kan ademhalen, zij het met moeite, ben ik blij met alles wat ik heb meegemaakt. Af en toe ben ik zelfs trots op mijn gevoelens. Alsof de grootsheid van mijn liefde voor hem in een gouden lijstje is gezet. Als ik nu 's avonds naar bed ga en zijn afwezigheid voel, die trooesteloze kilte aan de andere kant van het matras waar ik nooit ga liggen, en waardoor zijn vertrek voor altijd getekend zal blijven, denk ik dat ik geluk heb gehad dat ik hem heb gekend, hem heb liefgehad en door hem ben bemind. En midden in die verschrikkelijke heimwee wens ik dat de herinnering aan hem terugkomt in mijn allerlaatste ogenblik en dat het laatste wat ik in mijn leven zal zien zijn gezicht is dat mij toelacht, naar me kijkt en naderbij komt, verlangend naar een kus.

Ik weet niet of het feit dat mijn moeder een gelukkige jeugd heeft gehad haar tot steun is geweest. Of dat al die bijzondere momenten uit haar kindertijd en haar tienerjaren, de levenslust die ze in die mooie periode waarschijnlijk heeft gevoeld, juist hebben geleid tot een definitieve nostalgie, een bovenmatige last, die als een steen om haar nek hangt en haar onophoudelijk diep de put in trekt. Mogelijk heeft ze het altijd betreurd dat ze die zomer ja tegen mijn vader heeft gezegd. Wellicht heeft ze zich wel duizend keer voorgesteld dat ze met een boer uit de streek was getrouwd. Of misschien wel met niemand. Misschien had ze zichzelf voor altijd voorgesteld als vrijgezel in een huisje tussen de kleffe, modderige wegen en de uitslaande vlammen van de stralende zon boven de bergtoppen, met een versleten schort voor en altijd en eeuwig rubberlaarzen aan haar voeten. Een meid alleen die voor dag en dauw opstond om de koeien te melken en 's avonds uitgeput ging slapen, midden in de stank van mest en pesticiden, maar die neuriënd over de bergen liep, de koeien trots bij hun naam noemde en in het heldere water van de rivier spetterde als een onbeholpen waternimf...

Het is zo gemakkelijk om spijt te hebben van een beslissing die we op een bepaald moment genomen hebben, van de vergissing die we hebben gemaakt op dat cruciale ogenblik dat ons leven voor altijd heeft getekend. Dat hebben we niet zomaar gedaan, zonder erover na te denken. Nee, we hebben er lang over nagedacht. We hebben al onze zenuwcellen in werking gezet. We zijn dagenlang op bed gaan liggen, gespitst op het geringste geluidje in ons hoofd, op de trilling van ons bloed en op het kleinste symptoompje van angst of enthousiasme. De beslissing is weloverwogen. We hebben de reeks feiten onder ogen gezien die uit onze keuze voortvloeien, hebben ferme, duidelijke stappen gezet die ons naar een lichte, duurzame plek zullen leiden: ik wil met deze man trouwen omdat ik van hem hou en altijd van hem zal houden. Ik ga die studie volgen omdat ik daarmee veel geld kan verdienen. Ik neem deze baan niet aan, omdat ik dan naar een andere stad moet verhuizen en ik deze lucht niet kwijt wil en ook niet het vertrouwde beeld van deze gebouwen en die bomen, die schuchter tussen de trottoirtegels groeien, en ik wil de gezelligheid niet missen van mijn vrienden, elke avond in dezelfde kroeg.

We denken na, we wegen de gevolgen af en we stellen ons de situatie voor. Of niet. Of we nemen een beslissing die ons impulsief wordt ingegeven, door een plotselinge opwelling waardoor ons lichaam gespannen wordt, een onverwachte zenuwschok, een heftig gebons in onze borst of een plotselinge knoop in onze maag. Een stralend licht dat in onze hersens wordt ontstoken en alles helder maakt. Het doet er niet toe. Hoogstwaarschijnlijk vergissen we ons. Het leven neemt zijn loop in de marge van onze plannen, alsof een stelletje goddelijke plaaggeesten hun ongerijmde eeuwigheid in den hoge in stand houdt door over ons heen te blazen, waardoor alles omvalt en ingewikkelder wordt en gevoelens worden verdraaid. De man die we zwoeren ons leven lang lief te hebben, zal ten slotte veranderen in een weerzinwekkend wezen dat we haten. Het beroep waarop we ons moedig voorbereidden, zal als we onze studie hebben afgerond uit de mode zijn geraakt. De stad die we niet wilden verlaten, zal zo snel veranderen dat hij onherkenbaar wordt. Onze vrienden zullen voor altijd vertrekken. De kroeg zal worden gesloten en de herinnering eraan zal verdwijnen alsof hij nooit heeft bestaan.

Het leven zal zijn eigen ritme hernemen, zal om zijn eigen as draaien en koprollen maken, zal plotsklaps in een wilde vlaag van gekte omhoog- of omlaaggaan en zal ons naar eigen goeddunken, ondanks onze inspanningen en verdiensten, voortduwen naar het paradijs of naar de afgrond. Het is niet waar wat ze zeggen: onze handelingen hebben geen gevolgen. Het is alleen maar energieverspilling, gespetter van pathetische pogingen om ons vast te klampen aan iets duurzaams, voldoening, welzijn of comfort... We stichten gezinnen, bouwen huizen en zetten bedrijven op. Bij elk gebaar zetten we alles op alles, en in een oogwenk stort alles in, zonder dat we er iets aan kunnen doen. Of we zien juist hoe in onze omgeving een prachtige ruimte ontstaat zonder dat we daarvoor een vinger hebben uitgestoken, zomaar uit het niets, ondanks onze innerlijke leegte, onze laksheid of kwaadaardigheid waarvan de mensen zich niets aantrekken, alsof het hun geen bal kan schelen of wij hen vertroetelen of hun vijandig gezind zijn.

Wat zou er van mijn moeder geworden zijn als ze in het dorp was gebleven? Misschien was ze op hetzelfde punt terechtgekomen, in dezelfde donkere hoek van haar droefgeestigheid. Mijn oma zei altijd dat het met de bevalling te maken had. Dat gevoel van onrust, van het leven niet aankunnen, dat zich in de ziel van sommige vrouwen nestelt als ze net een kind hebben gebaard. Domweg een kwestie van hormonen. Een postnatale depressie, die na de geboorte van mijn oudste broer begon. Iets wat met de medicijnen van tegenwoordig makkelijk te genezen zou zijn. Maar toen bestonden die nog niet. Er werd nog niet eens over dat soort dingen gesproken. De mensen aanvaardden hun ongeluk gewoon. Of ze sprongen op een dag uit het raam. Als anderen de lege ogen zagen, de trillerige handen en de intense neerslachtigheid die om depressieve zenuwzieken heen hing, begonnen ze zachtjes te fluisteren. Met medelijden of minachting, maar in de wetenschap dat niemand die kwaal ooit kon genezen. Alleen het lot of het gebed.

Mijn oma geloofde echter in bepaalde oude middeltjes. Ze had van haar moeder de kennis meegekregen van planten en hun geheimen. Zoals haar moeder van de hare. En zo vele generaties terug. Als ze met mij door de bergen liep, wees ze soms bladeren en vruchten aan, en wroette ze met haar eigen handen in de grond, waaruit wortels en knollen tevoorschijn kwamen als machtige wonderen der aarde. Wijnruit, dat op stenen groeit en goed is voor de hoest. Venushaar, dat de lever schoonmaakt. Clematis, waarvan een kompres wonden heelt. Honingheide, dat tegen blaasontsteking helpt...

Toen Miguel, mijn oudste broer, geboren werd, kon mijn oma er niet bij zijn. Dat wilde ze natuurlijk wel. Alle moeders die ze kende waren bij de bevalling van hun dochter geweest om haar gerust te stellen en moed in te spreken. Ze hadden allemaal geholpen in de eerste levensweken van de baby. Ze maakten voedzame bouillon voor de kraamvrouw, wekten haar midden in de nacht om het kind te zogen en leerden haar hoe ze dat nieuwe hulpeloze lijfje moest verzorgen. Maar mijn oma mocht van mijn vader niet komen helpen. Na haar zoveelste brief waarin ze aanbood naar de stad te komen en na talloze voorwendsels van mijn moeder, die waarschijnlijk niet goed wist wat ze moest zeggen, schreef mijn vader ijskoud dat ze haar hulp niet nodig hadden. Mijn oma was diepbedroefd. Ze moest hard huilen en op het eind van de middag ging ze naar buiten met een paar mooie takjes peterselie, gewikkeld in krantenpapier, en in de plensregen liep ze zo snel als ze kon de drie of vier kilometer naar het kapelletje. Ze haalde de verdroogde kruiden uit het kannetje dat altijd onder het beeld van Pancratius stond, vulde het met regenwater, schikte de verse takjes erin en knielde aan de voeten van de heilige. Ze bad dat alles goed zou gaan, dat de weeën niet te heftig zouden zijn en dat er niets mis was met het kindje. En daarna voegde ze er hardop snel een kwaadaardig verzoek aan toe: dat mijn vader kaal mocht worden. Dat was alles wat ze kon bedenken. Niet dat hem iets ernstigs overkwam, maar dat hij kaal zou worden, dat hij die grote bos donkere krullen, die mijn vader altijd naar achteren droeg, gladgestreken met stinkende brillantine – het enig noemenswaardige van zijn hele uiterlijk – gauw zou verliezen. Dat was haar bescheiden wraakactie omdat ze niet bij de bevalling van haar dochter mocht zijn, haar niet mocht bijstaan en niet de eerste minuten van het leven van haar kleinkind mocht meemaken.

Waarschijnlijk heeft Sint-Pancratius die dag geen aandacht aan haar besteed, want mijn vader stierf met zijn volle haardos en geen enkele grijze haar. Mijn moeder werd daarentegen in één keer grijs. Ik heb haar tenminste nooit anders gekend. Zolang ik me kan herinneren – toen was ze nog geen dertig – zat haar haar vol grijze lokken, waar ik altijd achteloos aan trok als we in de keuken kappertje speelde: ze zat op het lage rieten stoeltje, ik zat achter haar geknield op een krukje en haalde keer op keer een kam door die stugge haren, waarbij ik haar vast en zeker pijn deed. Maar ze gaf nooit een kik.

Mijn moeder klaagde nooit. Ik weet niet of ze dat in het begin wel heeft gedaan, toen Miguel was geboren en de depressie toesloeg en ze haar levensvreugde definitief verloor. Maar dat betwijfel ik. Ik kan me haar absoluut niet voorstellen als iemand die haar onvrede uit, een jammerklacht prevelt, haar stem verheft of kwaad wordt. Ze heeft geleerd met haar droefgeestigheid te leven en daarmee om te gaan zonder die ooit hardop bij de naam te noemen. Maar klagen was niet nodig. Mijn oma had ook zo wel in de gaten wat er aan de hand was. Zodra ze vanuit de deur van haar huis in het dorp haar dochter uit de auto zag stappen met mijn broertje van twee maanden – de dagen waren toen al lang en de zachte zomer liet toe dat zo'n klein kindje op zo'n afgelegen plek kwam logeren – zag ze het onmiddellijk. Dat had ze ook gezien bij andere vrouwen die pas bevallen waren: de fletse blik, de weke mond, de schijnbare onverschilligheid voor de baby, gevolgd door langdurige huilbuien omdat ze dachten dat ze geen goede moeder waren.

Zolang mijn vader er was, hield mijn oma haar mond. Maar zodra hij de volgende dag vertrok, opgelucht omdat hij een paar weken lang die last van vrouwelijke lusteloosheid en kindergeblèr achter zich kon laten, zette ze alles op alles om voor de zieke te zorgen. Ze nam Miguel dag en nacht onder haar hoede, en gaf hem alleen aan mijn moeder als hij gevoed moest worden. Of als ze zag dat ze hem wel even in haar armen wilde houden. Ze haalde haar mooiste lakens uit de kast en een gehaakte sprei, een vergeeld restant van haar uitzet, en maakte daarmee haar bed op. Ze zette haar kleine kamer vol met bloemen, hortensia's en aronskelken, die mooi en fris tegen de muren van het huis groeiden. Elke avond stopte ze haar in en kuste haar welterusten. Ze liet haar slapen zo lang ze maar wilde. Ze maakte haar lievelingsgerechten voor haar klaar. En ze gaf haar bovendien het beste middeltje tegen haar kwaal dat ze kende: de gele bloempjes van het sint-janskruid, de allerverste uit het hele dal, eigenhandig geplukt midden in het bos van El Soto, waar de stralen van de magische ochtendzon het verst reikten, geweekt in brandewijn. Drie flinke slokken per dag.

Dat had tante Estilita van haar verdriet afgeholpen, toen haar verloofde naar Cuba vertrok en ze aan één stuk door huilde, omdat ze wist dat ze hem nooit meer zou zien. Het had de arme Josefina goedgedaan toen ze op haar tweeëndertigste met vijf kinderen weduwe werd. En toen Manolo, die bij het kruispunt woonde, ineens zijn bed in dook en het vertikte om er weer uit komen, terwijl hij bij hoog en bij laag volhield dat hij de nacht daarvoor een troep doden om zijn huis had zien lopen die zijn naam riepen, had het sint-janskruid zijn moedeloosheid en angst verdreven en werd hij weer de onbezorgde dronkenlap die hij altijd al was geweest.

De kruiden en de zorgen van mijn oma deden mijn moeder erg veel goed. Langzamerhand kreeg ze weer eetlust. En ze ging de vriendinnen bezoeken die in het begin bij haar langs waren geweest en waren geschrokken toen ze zagen hoe neerslachtig ze was. Ze bemoeide zich steeds vaker met Miguel en kreeg er steeds meer plezier in. Als het mooi weer was, lag ze soms een hele middag met hem onder een appelboom in de moestuin, op een deken, met haar armen om het kind heen. Als ze zijn lauwwarme huid voelde en zijn zoete geur opsnoof glimlachte ze, en dacht ze dat hij langzaam zou opgroeien en een man zou worden, een man die altijd veel van haar zou houden, en die ze zou liefhebben zoals ze nog nooit iemand had liefgehad. Ongetwijfeld scheen het haar toe dat de weg naar de toekomst geplaveid was met tevredenheid en welzijn, en dat het ellendige gevoel dat zich plotsklaps in haar ziel had genesteld voorgoed zou verdwijnen. Het leven zou weer naar vers gras gaan ruiken, de zonnestralen zouden weer tussen de boombladeren door schijnen en de wind zou weer zachtjes over het wereldoppervlak scheren, als een vriendschappelijk schouderklopje.

Maar toen alles zijn normale ritme leek terug te krijgen en mijn moeders depressie voorbij leek te zijn, maakte mijn vader ineens zijn opwachting in het dorp om haar en het kind op te halen. Er waren zes weken verstreken, en hij dacht zeker dat de betamelijkheid vereiste dat ze naar huis teruggingen. Nog wat langer en de tongen van de buren en kennissen zouden loskomen. En mijn vader was niet van zins om ook maar enige aanleiding te geven om zijn onberispelijke moraal, zijn volmaakte toepassing van alle heilige geboden die de maatschappij voorschreef, te grabbel te gooien. Met ijzeren discipline richtte hij zich in zijn openbare leven naar het beeld dat een fatsoenlijk en eerlijk man behoorde uit te dragen. Hij was de hele dag in de ijzerhandel en zodra hij de winkel sloot, keerde hij terug naar huis als een zeer liefhebbende echtgenoot en vader. Zijn enige ontspanning was het gezelschap van een groepje vrienden, allemaal winkeliers zoals hij, met wie hij na het middageten een tijdje zat na te tafelen. 's Zondags nam hij ons mee naar de kathedraal, waar we om de beurt moesten biechten – hijzelf ging altijd als eerste – en de mis van twaalf uur moesten bijwonen, waarbij alle belangrijke mensen uit de stad aanwezig waren. Voordat we naar binnen gingen gaf hij ieder van ons een muntje, dat we in de schaal moesten deponeren, tegelijk met zijn demonstratieve bankbiljet. Hij bad altijd hardop en met zijn Mexicaanse accent overstemde hij het zachte gefluister van mijn moeder. Hij sloeg zich hard op de borst en na de communie hield hij zijn hoofd lange tijd tussen zijn handen, alsof hij vurig bad voor de verlossing van de wereld.

Na afloop begaven we ons naar een café in de hoofdstraat. Hij nam mijn moeder, onzeker en met gebogen hoofd, mee aan zijn arm en wij liepen met z'n vijven achter hen aan. We weerstonden de afgrijselijke verleiding om het op een hollen te zetten en wedstrijdjes te doen, zoals we op weg naar school altijd deden. Rond dat tijdstip was het café vol gezinnen die erg op het onze leken: zelfingenomen vaders, jongetjes met colbertje en stropdas, en meisjes in hun paasbeste jurkjes en glimmende lakschoentjes. Het enige wat naar mijn idee anders was, waren de moeders. De andere moeders droegen in de winter bontjassen en in de zomer heel chique jurken met veel gouden sieraden en parelkettingen. Ze stiftten hun lippen en roken naar dure parfums. Ze begroetten elkaar met klinkende kussen, namen samen de weekbladen door, barstten af en toe in een vrolijk gelach uit en hielden vanuit de verte hun kinderen in het oog, terwijl hun echtgenoten steunend op de bar met elkaar stonden te praten.

Ik keek naar mijn moeder. Klein en mollig, met grijze haren, kleurloos in haar bijna altijd donkere kleren zonder enige versiering. Ik zag die droefgeestige glimlach, die nooit in haar ogen te lezen was en waarmee ze de mensen gedag zei die de moeite namen om haar te begroeten. Ik wist dat de andere vrouwen op haar neerkeken. Ze lachten stiekem om haar uiterlijk en omdat ze zich in een hoekje afzonderde en door iedereen werd genegeerd. Ondertussen kakelden zij luidkeels over de verloving van de bekendste actrice of de nieuwe kleren van de dochter van Franco. Ik werd overrompeld door verdriet en kon mijn tranen bijna niet bedwingen. Ik ging naast haar zitten en pakte onder het tafeltje haar hand vast, omdat ik voor haar wilde zorgen en tegen haar wilde zeggen dat zij de beste moeder van de hele wereld was. Ik wilde haar beschermen tegen de bekrompenheid van de met sieraden getooide vrouwen en de onverschilligheid van mijn vader, die aan de bar stond te praten, zonder enig benul van haar hulpeloosheid. Dat was voor mij het ergste moment van de week. Ik dronk een smakeloos sapje, terwijl ik mama's hand vasthield en mijn vader voortdurend in de gaten hield, wachtend op het ogenblik dat hij afscheid van zijn vrienden zou nemen, naar ons toe zou komen en mijn moeder uit die kooi zou halen waarin ze meer dan ooit op een kaalgeplukt vogeltje leek.

Na de zomer in het dorp keerden mijn ouders en Miguel terug naar huis. Mijn oma slikte haar tranen in en gaf haar dochter een paar flessen mee met het brouwseltje tegen haar kwaal. Ze raadde haar aan om ze voor haar man te verstoppen en het middel achter zijn rug in te nemen. Mijn moeder zette ze helemaal achter in keukenkast, achter de blikken olijfolie. Maar op een avond, toen mijn vader voordat hij naar bed ging onverwachts de keuken binnenkwam, zag hij haar het middeltje opdrinken. Uiteraard begon hij haar vragen te stellen, haar uit te horen en te bedreigen, en toen vertelde ze het. Gedeeltelijk tenminste. Ze zei dat ze zich na de bevalling niet lekker voelde, dat ze moe was en geen eetlust had, en dat ze van haar moeder wat kruiden had gekregen om haar op te monteren.

Dat is hekserij, brulde hij. Wat voor bezweringen had dat oude mens gedaan? Wat voor gebeden had ze tot de duivel gericht? Hij wilde niets met die zwarte kunst te maken hebben. Hij was een goed christen, een fatsoenlijk man, en hij stond niet toe dat er in zijn huis magische rituelen en heksensabbats werden gehouden. Hij verbood haar ten strengste het drankje op te drinken en zette hoogstpersoonlijk de flessen buiten bij de vuilniszakken. Toen moest ze in de woonkamer gaan zitten. Hij zei dat ze geen enkel recht had om te klagen. Ze bezat immers alles wat een vrouw maar kon wensen: een goede man met geld, een gezond kind en een mooi huis. Ze kon niet anders dan hem gelijk geven, ook al stonden de tranen in haar ogen en was haar hart ineengekrompen, alsof het plotseling kleiner was geworden en beefde in haar borst. Ze wist dat haar pijn niets te maken had met het geluk dat ze in haar leven misschien had kunnen vinden, of met het ongeluk van anderen. Het ging om een ziekte. Maar het was onmogelijk om dat die man aan zijn verstand te brengen.

'Ik wil je nooit meer zien huilen. En je nooit horen klagen. Ik wil geen gejammer in mijn huis. Dat verbied ik je.'

Mijn moeder waagde te antwoorden: 'Ik klaag toch niet?'

'Voor de zekerheid. Laat het niet in je hoofd opkomen. Dan zorg ik ervoor dat je gek wordt verklaard. En nog iets: weet dat je je moeder nooit meer zult zien.'

Dit schreef hij ook aan mijn oma: vanaf dat moment zouden ze nooit meer naar het dorp gaan. En als hij erachter kwam dat ze ondanks alles toch op de een of andere manier haar dochter dat heksenbrouwseltje deed toekomen, zou hij naar de rechter stappen, zou mijn moeder gek worden verklaard en zou haar haar kind worden afgenomen. En dan zou hij er wel voor zorgen dat ze nooit meer uit het gekkenhuis kwam.

Mijn oma begreep dat ze de bedreiging serieus moest nemen. Ze beet krachtig op haar lippen om niet te gaan schreeuwen en die ellendeling dood te wensen, maar deze keer bad ze niet eens tot Sint-Pancratius. Het lot van haar dochter leek haar ongelukkig genoeg om zich direct en nederig tot God te wenden zonder tussenkomst van Zijn heiligen. En elke avond bad ze tot Hem dat Hij haar kind een rustig leven zou schenken en dat ze af en toe naar huis zou terugkomen. Op z'n minst af en toe. Dat de boosheid van die slechte kerel zou overgaan en dat ze weer bij elkaar mochten zijn en zij voor haar kon zorgen en haar kon verwennen, met het oude vertrouwde gevoel dat ze deed wat ze in het leven het beste kon. Alsof die liefde de enige waarheid was, de enige reden waarom ze op de wereld was gezet.

Pas vele maanden later zagen ze elkaar weer, na de geboorte van Antonio. Waarschijnlijk had mijn vader weer schoon genoeg van het geblèr van nog een baby, en besloot hij zijn eigen rust te stellen boven de straf die hij zijn vrouw en schoonmoeder had opgelegd. Mama had de akeligste tijd van haar leven achter de rug. Ze had geleefd met de gedachte dat ze nooit meer zou zien hoe de wolken tegen de hoge bergtoppen botsten en in witachtige slierten uit elkaar vielen, hoe de appelbloesems als kleine juweeltjes uit de knoppen tevoorschijn kwamen en hoe rap de forellen in de rivier zwommen en omhoogsprongen om voedsel te bemachtigen. Ze vreesde dat ze nooit meer het spottende geritsel van de wind in de bladeren zou horen, het ritmische gesnerp van de stenen waarop de zeisen werden geslepen, het langdurige getjilp van de roodborstjes in de bomen op de bergen, en het duchtige gehuil van de bosuil in de nacht, wanneer ze tekeerging als de koningin van het bos. Ze was bang dat ze nooit meer die geuren zou ruiken die deel uitmaakten van haar lichaam: de geur van gras en mos, van vochtige stenen, van koeienvlaaien waaruit een doordringende walm opsteeg, en het honingzoete aroma van bloemen. En ook nooit meer de geur van haar moeder, die ongepaste mengeling van versgemolken melk en zeep. En evenmin zou ze ooit weer de streling voelen van haar handen door haar haar en haar warme, tedere zachte borst. Ze zou haar moeder nooit weerzien. Ze zou nooit meer met haar kunnen praten, in haar armen kunnen kruipen en zich laten knuffelen als een klein kind, zo licht als een zwak schepseltje, en tegelijkertijd beschermd door haar moeders onwrikbare kracht.

Ze hebben elkaar vast lange tijd omhelsd. Mijn oma probeerde dat lijfje te ondersteunen. Het was heel klein en wankel geworden, alsof de droefgeestigheid het van binnenuit had opgevreten en het nu geen stevigheid meer had, en niet genoeg zelfbewustzijn om met ferme tred door de wereld te lopen. Zonder een woord te wisselen wisten ze allebei wat er aan de hand was. En ze wisten ook dat het sint-janskruid deze keer geen uitkomst zou bieden. Mijn vader, onverschillig voor mama's leed, was bereid tot het uiterste te gaan om elke verdachtmaking van heterodoxie van zijn familie in de kiem te smoren. Hij liet mijn oma op een kruisbeeld zweren dat ze geen enkel magisch recept voor haar zou bereiden. Dat was nog niet genoeg. Hij doorzocht het hele huis, elk dressoir, elke commode en keukenkast en ook de oude grote vermolmde kisten, zelfs de stal en de hooizolder, en hij keek achter elke steen, elke melkbus en elke baal hooi. Vervolgens dreigde hij op willekeurige momenten op te duiken zonder van tevoren te waarschuwen en hen onverwachts te betrappen als ze zich weer aan hun duivelse spelletjes zouden wijden. En ze wisten heel goed wat er dan dreigde.

Ze moesten zich wel aan zijn regels houden. Mijn oma omringde mijn moeder met zoveel liefde en zorg als ze maar kon, maar ze durfde haar in die weken niet eens een eenvoudig kopje kamillethee te geven. Mama knapte langzamerhand een beetje op. Doordat ze vaak in de buitenlucht was, kregen haar wangen weer kleur. En als ze keek hoe Miguel zat te spelen of Antonio lag te slapen, of zag hoe de rode wouwen hoog in de lucht rondcirkelden en fel krijsten als hemelheersers, of als ze vanuit de keuken keek hoe een reusachtige plensbui de velden geselde, of als ze in de zon de moestuin aan het wieden was, of luisterde naar de valse liedjes van haar moeder, dan verscheen er soms weer heel eventjes een lichtje in haar ogen dat ze vroeger als kind altijd had gehad. Een spoortje van wat had kunnen zijn.

Maar naarmate de dag waarop mijn vader haar zou komen ophalen dichterbij kwam, verdween dat kortstondige sprankje glinstering. En opnieuw werd ze lusteloos en bibberig. Stilletjes zat ze in een hoekje, waarschijnlijk denkend aan het leven dat haar wachtte in het huis in de stad en dat haar angst inboezemde. Ze was bang voor hem. Voor hem en zijn orders, zijn geschreeuw en zijn ijzige blik. En voor zijn weerzinwekkende lijf dat als een hagedis op het hare kronkelde, terwijl ze haar walging inslikte om niet ter plekke over te geven op de geborduurde lakens van de belachelijke uitzet van die bespottelijke bruid die zich jammerlijk had vergist. Die duistere aanwezigheid, die als een grillige, verbolgen god alles overheerste.

En dan was er nog de eenzaamheid. Hoe moest ze in haar eentje weerstand bieden aan haar onbehagen, aan haar gevoel van onvermogen? Natuurlijk waren de kinderen er, maar tegenover hen moest ze sterk zijn. Ze moest zich voortdurend met hen bezighouden en hen beschermen. Maar wie zou háár beschermen? Wie zou háár over haar hoofd aaien als ze moest huilen? Wie zou voor háár eten maken als ze de wanhoop nabij was? Wie zou naar haar jammerklacht luisteren, naar het verdriet dat ze voelde en niet kon benoemen en dat ze moest uitspugen, alsof het vergif was? Aan wie moest zíj dat allemaal vertellen?

Vanaf dat moment nam de droefgeestigheid bezit van mijn moeder en was het onmogelijk de zwartgalligheid te verdrijven. Maar ze ging door en sleepte het leven achter zich aan als een last. Algauw werd Ernesto geboren, en daarna Javier. En toen ik. Zuigflessen, maaltijden, luiers, kleren, verplichtingen... Overal zorgde ze voor. En altijd probeerde ze ons het beste te geven van zichzelf. Het kleine beetje kracht dat ze nog in zich had, het restje vreugde dat toch nog af en toe uit haar uitgebluste ziel tevoorschijn kwam. Vooral in de vakantie, als we in het dorp waren. Elke zomer, bijna drie maanden lang, ver weg van mijn vader. Gelukkig en vrij als we waren, deden we niets anders dan hollen, in de rivier zwemmen, in bomen klimmen, kersen jatten, hutten bouwen en voor de puppy's zorgen die in onze buurt werden geboren. In die weken leek mijn moeder langzamerhand weer tot leven te komen en een andere vrouw te worden. Een vrouw die ons buiten met luide stem riep – in de stad verhief ze nooit haar stem –, die uren- lang met haar vriendinnen stond te kletsen en die zelfs een enkele keer op een dorpsfeest een paso doble danste.

Het hele jaar door keken wij verlangend uit naar het begin van de zomer en de verhuizing naar het dorp. Het was alsof we op onze vorige vakanties teerden. Wel duizend keer haalden we met elkaar de herinneringen aan avonturen van de laatste vakantie op en we schreven brieven naar onze vrienden daar, die ons op de hoogte hielden van de gezondheid van de hon- den, koeien, ezels, paarden en zelfs van de kikkers in de vijver achter de kerk. We telden eerst hoeveel maanden het nog duurde, vervolgens hoeveel weken en ten slotte het aantal da- gen. En elke avond voor het avondeten streepten we ze af op de kalender in de keuken. Maar wij hunkerden niet alleen naar ons eigen plezier, onze vrije tijd, de eindeloze spelletjes en de afstand van onze vader. Het was ook een adempauze in het leven van onze moeder. Die onbeschrijflijke opluchting om- dat ze wekenlang opgewekt en ontspannen was.

Want wij hadden de liefde die we niet voor onze vader kon- den koesteren op haar gericht. We deden allemaal ons best om ons goed te gedragen, zodat ze niet mistroostig werd. We probeerden haar met onze onbenullige opmerkingen aan het lachen te maken en haar tegen de opgekropte woede van haar man te beschermen. We wilden voor haar zorgen. Ja, we waren eigenlijk allemaal een beetje de moeder van onze moeder. Niemand had ons iets uitgelegd – pas toen we groot waren sprak mijn oma over de kraambedpsychose –, maar van haar zwakheid en droefgeestigheid waren we ons wel degelijk bewust. We wisten wat voor strijd ze dagelijks moest leveren om de dag door te komen. Hoeveel moeite het haar kostte om elke ochtend op te staan, terwijl haar geest niet wakker wilde worden. En wat een enorme worsteling het voor haar was om zich te gedragen als een normale moeder en echtgenote. Die ziekte, die geen naam had en die ik stiekem de schimmenziekte noemde, die kenden wij zo goed alsof we ervaren psychiaters waren. Want het grootste deel van het jaar was mijn moeder nauwelijks meer dan een schim, ternauwernood een ademtocht die futloze gebaren, handelingen en woorden voortbracht. Een schim die wij aanbaden, en die wij zielsgraag nieuw leven wilden inblazen.

Ik heb me altijd afgevraagd of mijn leven anders gelopen zou zijn als mijn moeder niet depressief was geweest. Ik neem aan van wel. Misschien zouden mijn zenuwcellen zich dan op een andere manier in haar buik hebben gevormd, zouden hun onderlinge verbindingen anders tot stand zijn gekomen en zouden mijn hormonen en eiwitten in een ander tempo rondstromen. Als ik haar als kind had zien lachen en zingen, zou de wereld me misschien niet zo angstaanjagend toeschijnen. Wellicht was ik dan wel een dappere, vastberaden vrouw. Een avonturierster, bijvoorbeeld, een van die vrouwen die de Everest beklimmen, die bijna stikken door gebrek aan zuurstof en steeds het risico lopen hun voet verkeerd neer te zetten of een vinger te verstuiken en in de afgrond te vallen, en die bij elke stap hun leven op het spel zetten. Iemand die in staat is alle gevaren te overwinnen en de top te bereiken, de hoogste plek van de aarde, en de wereld klein en nederig aan haar voeten ziet liggen. Ik zou woestijnen hebben doorkruist, zand en hitte hebben ingeademd en 's nachts bij een kampvuur naar de sterren hebben gekeken. En te midden van die onmetelijkheid zou ik me nietig, overbodig en kalm hebben gevoeld. Ik zou door het oerwoud zijn getrokken, me tegen de vruchtbaarheid van de aarde hebben verweerd en hebben genoten van de kleuren en geluiden, het licht op de reusachtige, wiegende bladeren, het gezang van onbekende vogels en het machtige gebrul van de slingeraap. Ik zou over de polen zijn gelopen met het geloei van de wind en het gekraak van het ijs in mijn oren, onverstoorbaar en zelfverzekerd te midden van die onafzienbare, grenzeloze leegte. Ik zou ruïnes van naamloze, verloren beschavingen hebben gezien, onbekende beesten, spectaculair onstuimige rivieren en stoffige, in het verleden begraven steden. Ik zou veel mannen hebben bemind. Ieder van hen alsof hij de enige was. Ik zou veel banen hebben gehad, veel talen hebben geleerd, en ik zou me de geheimzinnige kennis eigen hebben gemaakt van elementaire deeltjes en energie en van de verbazingwekkende baan van de sterren door het heelal.

In plaats daarvan zat ik opgesloten. Ik had me verschanst in mijn angst, praktisch doof en stom. Ik zette alles op alles om niet geconfronteerd te hoeven worden met mijn vrees voor veranderingen en mijn benauwdheid voor gevaar. Star en kleurloos als een standbeeld. Alsof mijn bloed was gestold. Morsige brokken steen die elke beweging belemmeren.

Daarom bewonder ik Sâo. Omdat zij in staat is geweest om alles aan den lijve te ondervinden wat ik heb onderdrukt, heb uitgeblust en onder lagen aarde verborgen heb gehouden. Ja, van alle mensen op de wereld die ik ken, bewonder ik Sâo het meest.

SÃO

Carlina bracht São alleen ter wereld. Het was haar tweede bevalling en het ging zo plotseling en zo snel dat ze geen tijd had om iemand te waarschuwen. Ineens voelde ze die nattigheid tussen haar benen, een krachtige straal warme vloeistof die langs haar benen naar beneden stroomde, en iets zwaars en stevigs dat zijn uiterste best deed om uit haar buik te komen. Ze wist heel goed wat er aan de hand was. Ze kon nog net de deken van het bed trekken en aan haar voeten op de grond neerleggen. Ze ging op haar hurken zitten, perste krachtig en slaakte een bescheiden kreet, perste nog één, twee, drie keer, en daar was het schepseltje. Ongelovig en buiten adem keek ze ernaar. Het was een meisje. Zo te zien was het helemaal in orde. Het kronkelde als een worm, zwaaide wanhopig met haar stevig dichtgeknepen vuistjes in de lucht en deed pogingen haar oogjes open te doen, net als iemand die uit een diepe slaap ontwaakt. Toen het gelukt was, begon ze te huilen. Een droog en schril gehuil, gedempt door het overweldigende geluid van de plensbui die zich op dat moment uitstortte over het huis en het dorpje.

Carlina zette haar tanden driftig in de navelstreng. Met moeite beet ze hem door. Vervolgens wachtte ze even tot ze de placenta eruit had geperst, wikkelde toen het kleine lijfje in het schone deel van de deken en vertrok. Er steeg een walm op uit de rode aarde van de heuvels, die de hele morgen door de zon waren verwarmd. In de boomgaarden stonden de bomen in de harde wind heen en weer te zwaaien, als geesten die de spot dreven met haar in die netelige situatie. Haar blote voeten zakten in de modder. Dat zou ze zich nog het best herinneren van die ochtend: haar voeten, die moeizaam omhoogkwamen, stroperig en alsof ze vol bloedvlekken zaten, om daarna weer midden in de modder te verdwijnen. Het duurde een paar lange minuten voordat ze bij het huis van Jovita aankwam. De deur was hermetisch gesloten. Met alle macht duwde ze hem open.

Geschrokken door het lawaai waarmee het drijfnatte figuurtje met een deken in haar armen binnenstormde, sprong Jovita overeind. De hele ochtend had ze in de schommelstoel zitten wachten tot het zou opklaren; in de stoel, die haar zoon Virgilius vier jaar geleden in Vila da Ribeira Brava voor haar had gekocht, de laatste keer dat hij haar was komen opzoeken. Als de passaatwind met zijn regenbuien kwam opzetten en het begon te regenen, kon ze niet rustig voor de deur blijven zitten om haar pijp te roken en te kijken hoe langzaam de bonen en tomaten groeiden, hoe de vogels van boom tot boom vlogen, en hoe luidruchtig de kinderen aan het spelen waren. En niet met de buren keuvelen die langskwamen en meestal even bleven staan en een praatje met haar maakten. Dan werd Jovita zwaarmoedig en ging binnen in haar schommelstoel zitten. Ze hield niet van de regen. Ze verveelde zich, ook al wist ze dat ze de Heer dankbaar moest zijn voor dat water. Daardoor konden immers de bonen en tomaten groeien en droogde de bron op de Kale Berg, waaruit iedereen dronk, niet uit. Ze wist wel dat het goed was dat het regende, maar daar alleen in het halfduister verveelde ze zich. Ze kon met niemand praten, niet mopperen op de kinderen en geen vlechtjes maken bij de meisjes wier moeders aan het werk waren. Daarbij trok ze af en toe flink aan hun haren, om ze al jong te leren hoe het leven in feite was: een hele berg desillusies en ellende – de pijn van de honger toen er droogte heerste, je darmen die in de leegte kronkelden en de zwakte die zich door je hele lichaam verspreidde en onophoudelijk in je hoofd bonsde. De pijn van elf bevallingen, van vier overleden kinderen en van zeven die naar Europa waren gegaan en nooit terugkwamen. De pijn van de klappen van haar dronken mannen, als ze zich hadden bezat...

Met haar echtgenoten had ze niet veel geluk gehad. De derde, die arme Socrates, dat was de enige goede geweest. Van 's ochtends vroeg tot 's avonds laat was hij met de vruchten en de vis in de weer, en bovendien werkte hij in de moestuin. Hij ging boven in de bergen onder de drakenbloedboom melk van de geiten halen. Hij behandelde haar als een koningin. Hij trotseerde de ruzies en haar dronken buien en deed alles wat ze hem vroeg. Ga eens water halen. En hij ging. Krab eens op mijn rug. En hij krabde op haar rug. Laat me eens genieten vannacht. En dat deed hij. O ja, het genot, de seks. Dat was het mooiste van haar leven geweest. Van seks had ze altijd genoten. Zo heerlijk dicht tegen iemand aan gedrukt liggen, het zweet van de ander voelen, even helemaal van de wereld zijn, opgaan in de bevrediging, zonder te letten op huilende kinderen of op de maïs die op het vuur stond te koken. En de rust daarna, de aangename ontspanning van het lichaam, en de uitbundige blijmoedigheid in je hoofd, dat na al die vervoering nog lag na te zinderen met een snufje tederheid.

Ook daarin was Socrates de beste geweest, omdat hij graag alles deed wat zij wilde. De anderen zorgden alleen maar voor zichzelf en lieten haar aan haar lot over in haar zoektocht naar het genot. Maar Socrates was al jaren dood. Op een avond was die rotzak, nog voor zijn vijftigste, voorgoed ingeslapen. Eén keer per week, op maandag, ging ze naar het kerkhof om hem op te zoeken. Ze maakte zijn grafsteen schoon. Meestal nam ze een paar bloeiende takken koraalstruik mee, als felrode vlammen. Daar hield hij zo van. En altijd gaf ze hem op zijn kop, zoals in de beste tijd van hun relatie, omdat hij zo jong gestorven was. En omdat hij niet de moeite nam om terug te komen.

Jovita had van haar moeder de verplichting overgenomen om, als er iemand in het dorp overleed, zijn ogen te sluiten en hem af te leggen. Ze wist veel van het hier en nu en het hiernamaals, en ze was ervan overtuigd dat de mensen doodgingen wanneer ze dat wilden. Ook kinderen. Natuurlijk zei niemand hardop dat hij dood wilde. De meesten hadden het niet eens in de gaten. Maar de geesten die in ieders hoofd zaten en die soms schofterig waren en jaloers op het geluk van de levenden, fluisterden het net zo vaak in het oor van de mensen tot ze hen hadden overtuigd: 'Kom op, we gaan. Je hebt genoeg geleefd. Waarom zou je hier nog langer blijven als je alleen maar ellende te verduren krijgt?' En als ze niet opmerkzaam genoeg waren op het constante offensief van de stemmen of niet sterk genoeg om ze te weerstaan, lieten ze zich overhalen zelfs zonder het door te hebben. En dan gingen ze dood. Jovita had de geesten heel vaak horen roepen. Maar ze was nog niet bereid om naar de andere wereld te gaan. Niet omdat ze zich nog te sterk aan het leven gebonden voelde – dat vond ze niet veel soeps meer, zeker niet sinds ze geen ander lijf meer had om van te genieten –, maar omdat ze niet zeker wist of ze de hemel wel had verdiend of dat de Heer haar misschien naar het vagevuur zou sturen. Niet naar de hel, daarvan was ze overtuigd. Ze had niets gedaan wat zou rechtvaardigen dat ze eeuwig in een ketel moest branden en eindeloos pijn moest lijden. Per slot van rekening had ze goed voor haar kinderen gezorgd. Ze had haar huis altijd schoongehouden en op de goede momenten had ze zelfs het eten gedeeld met zo'n arme ziel die af en toe op de vlucht voor de droogte door het dorpje heen liep, op weg naar een ander deel van het eiland. Maar ze was ook niet overmatig deugdzaam geweest: ze was te vaak dronken geweest, door de grote slokken rum waardoor haar lichaam lekker opgewonden raakte en ze zo wild werd dat ze als een bezetene ging dansen, kinderen sloeg, over de grond kroop of zonder enige aanleiding dingen kapotsmeet. En dan was er de seks nog. Die had ze altijd heerlijk gevonden. Afgezien van haar drie mannen, had ze toen ze jong was veel kortstondige minnaars gehad. Sommigen van hen waren zelfs getrouwd. Meestal ontmoette ze hen stiekem tussen het kreupelhout langs de weg naar de kust of achter het kapelletje op de Kale Berg. Je moest wel heel verdorven zijn om vlak achter het beeld van de Maagd met een man de liefde te bedrijven...

Ze wist niet of de Heer haar dat allemaal zou vergeven. Als ze bij de priester ging biechten en erop aandrong dat hij haar verzekerde dat ze naar de hemel zou gaan, merkte hij altijd op dat het in haar geval niet zo makkelijk was. Zoveel wellust was een doodzonde. Alles zou afhangen van de stemming waarin God verkeerde als het haar beurt was om voor Zijn aangezicht te verschijnen. Want God had ook Zijn goede en Zijn slechte dagen. Er stond toch in de boeken dat Hij nadat Hij de wereld had geschapen, nodig moest uitrusten van die geweldige inspanning? Nou dan. Soms was Hij moe, verveelde Hij zich, of had Hij genoeg van de eeuwigheid. Al naargelang zijn gemoedstoestand was Hij meer of minder barmhartig. Derhalve lag haar lot in handen van het toeval. Ze werd heel bang bij de gedachte dat het toeval zou doorslaan naar het voorgeborchte. In haar fantasie was het een pikdonkere plek waar het altijd regende en het water tot je enkels stond, waar het altijd waaide en koud was. Ze had helemaal geen zin om op een dergelijke plek terecht te komen. Het was natuurlijk wel mogelijk om uit het voorgeborchte te komen, maar dan moest er veel voor je gebeden worden. Wie zou er voor haar bidden? Ze had geen geld om zich te verzekeren voor minstens honderd missen, waardoor haar redding gewaarborgd zou zijn. Dat deden de rijken altijd, had ze gehoord. En wat haar kinderen betrof, nu ze in Europa woonden en zoveel hadden – auto's, flats, dure kleren en zelfs veel paren schoenen, die ze afwisselden afhankelijk van het weer of de manier waarop ze gekleed gingen –, had ze grote twijfels of zij nog wel aan God dachten en naar de kerk gingen om te bidden. Ze dachten immers niet eens meer aan haar. Ze schreven haar alleen met Kerstmis. Korte briefjes, die een dorpeling die had schoolgegaan haar altijd voorlas. En vier van hen waren nooit meer teruggekomen sinds ze uit Kaapverdië waren vertrokken. Nee, van haar kinderen moest ze het niet hebben.

Het enige wat ze kon doen was blijven leven zo lang als ze kon, zonder alcohol en seks, in de hoop dat God haar vorige leven zou vergeten. Er waren zoveel mensen op de wereld dat het erg onwaarschijnlijk was dat de goede Heer alles onthield. Als ze de laatste jaren een sober en zedig leven zou leiden en zo voor Hem verscheen, en voorwendde dat ze zich altijd op deze manier had gedragen, misschien geloofde Hij haar dan wel. Voor alle zekerheid hield ze haar moeder altijd van haar plannen op de hoogte: 'Zeg maar tegen je vrienden dat ze me met rust moeten laten. Ik trek me toch niets van ze aan. Ik ben pas van plan te sterven als ik er echt aan toe ben, niet wanneer zij dat willen. Zoals jij hebt gedaan.'

Altijd als het nieuwe maan was kwam haar moeder 's nachts terug. Ze kwam door de deur naar binnen in haar rode jurk, die ze jarenlang elke zondag had gedragen en waarmee ze begraven was. De jurk met grote stroken aan de rok en geborduurde bloemen langs het laag uitgesneden decolleté. Ze bleef voor het voeteneind van het bed staan en stond een poos aandachtig naar Jovita te kijken. Jovita lag al lang op haar te wachten, maar deed alsof ze sliep om haar dat plezier te gunnen. Even later opende ze heel langzaam haar ogen en begon tegen haar te praten: 'Dag, moeder. Hoe gaat het daar? Hier is alles goed. Het is erg warm geweest, maar je weet wel dat ik daar geen last van heb. Het enige vervelende is dat ik kiespijn heb. Ik moet naar de tandarts in Vila, maar ik wacht op geld uit Europa, want ik heb bijna niets meer. Nou ja, nog wel genoeg om te eten. Maakt u zich maar geen zorgen. Laatst heeft Carlina een heerlijke zeebrasem meegenomen. Ik heb hem klaargemaakt met aardappelen, paprika en tomaat, en met een paar blaadjes laurier, zoals u ook altijd deed. Het was verrukkelijk. Ik had al lang geen zeebrasem meer gegeten. Ze zeggen dat deze vis steeds minder voorkomt en dat hij moeilijk te vangen is. Maar het had zwaar gestormd en vermoedelijk hebben ze zich ergens vlak bij de kust verzameld om bescherming te zoeken, want Carlina zei dat ze er veel hadden gevangen. U vond dat altijd zo lekker, moeder, weet u dat nog? We mochten er bijna nooit een hapje van proeven, u at hem altijd helemaal op... Het kind van Paulina, het kleintje, is de afgelopen maand, na uw komst, erg ziek geworden. Het kreeg ontzettend hoge koorts en Paulina heeft het midden in de nacht in haar armen naar Fajã gebracht, naar de dokter. Ik weet niet hoe ze 'm dat heeft gelapt: zoveel kilometer over die ellendige wegen, in het donker, vlak langs de afgrond... Het was een pikdonkere nacht en het scheelde maar een haar of die stakker was in het ravijn gevallen, want ze zag geen hand voor ogen. Toen ze terugkwam waren haar voeten helemaal open en zaten ze onder het bloed. We hebben ze ettelijke dagen met kompressen behandeld. Maar met de medicijnen die ze van de dokter kreeg, heeft ze haar kind gered. Gelukkig maar, want anders zou haar man haar nog doodslaan als hij terugkomt uit Europa... Vijf meisjes. Dat is de enige jongen. Haar man is helemaal gek met hem, hij zegt dat hij hem meeneemt naar Italië om te voetballen en dat ze heel rijk worden... Gaat u al weg, moeder? Pas goed op uzelf. Tot gauw. En zeg maar tegen de anderen dat ze niet hoeven te komen. Ik trek me toch niets van ze aan...'

Haar moeder zei niets. Ze stond alleen maar ernstig naar haar kijken en luisterde aandachtig naar alles wat Jovita vertelde. Maar ze sprak geen woord, alsof de dood haar tegelijk met haar hartenklop ook haar stem had ontnomen. Haar dochter kon dat niet uitstaan. Geesten hadden meestal lange gesprekken met de levenden. Dan gaven ze goede raad en waarschuwingen voor de toekomst. Haar eigen moeder wist in haar leven alle nare dingen van tevoren die haar zouden overkomen, dankzij diverse geesten die haar regelmatig kwamen opzoeken en alles vertelden. De ene keer om ongeluk te vermijden, de andere keer gewoon om haar te waarschuwen, zodat ze zich erop kon voorbereiden. Zo wist ze wanneer haar familieleden zouden sterven en ook op welke dag haar dorpsgenoten zouden overlijden. Maar om de een of andere reden die Jovita niet kon begrijpen, was haar moeder in de andere wereld haar stem kwijtgeraakt. Misschien kwam dat wel doordat ze in deze wereld zoveel had gepraat. Te veel eigenlijk. Ze was alsmaar aan het roddelen geweest, strooide kletspraatjes over deze en gene in het rond en deed de meest intieme geheimen, waarvan ze dankzij de bezoeken uit het hiernamaals op de hoogte was, in geuren en kleuren uit de doeken. Mogelijk was die stomheid een soort straf die God haar voor haar lichtvaardigheid had opgelegd.

Ze had graag gezien dat haar moeder iets zou zeggen en haar waarschuwde voor de dingen. Dan zou haar veel leed bespaard zijn gebleven. Ze zou van tevoren geweten hebben wanneer de droogteperiodes kwamen en dan zou ze alle mogelijke levensmiddelen hebben bewaard om de verschrikkelijke honger te vermijden. Ze zou hebben geweten wanneer Socrates doodging. Dan zou ze niet als een gek zijn gaan schreeuwen toen ze hem die ochtend koud en stijf aantrof, en haar hart uit haar borst sprong omdat haar leven in één klap was verwoest. Ze zou hebben geweten dat haar andere twee mannen haar vaak meedogenloos zouden slaan. Waarschijnlijk was ze dan niet gaan samenwonen. Of als ze dat wel had gedaan, was ze op een andere manier met hen omgegaan. Ze zou ervan op de hoogte zijn geweest dat de mannen haar met alle kinderen in de steek zouden laten. Dan had ze er wel voor gezorgd dat ze haar niet zo vaak hadden bezwangerd. De eerste smeerde 'm juist omdat hij genoeg had van die krijsende kinderen en ging er met een piepjong meisje vandoor. De tweede omdat zíj genoeg had van zijn mishandelingen. Op een avond wachtte ze hem in het donker op met een mes in haar hand. Toen hij eraan kwam was hij ladderzat en slaakte luide kreten, waardoor de kinderen zoals gewoonlijk wakker werden en het op een krijsen zetten. Voordat hij haar wilde gaan slaan, wierp ze zich op hem en tussen de klappen door die hij haar probeerde te verkopen, lukte het haar twee keer met het mes in zijn arm te steken. Brullend en druipend van het bloed rende hij het huis uit en verdween voorgoed.

Tegen die tijd had ze acht kinderen. Twee waren er gestorven omdat ze de dokter niet kon betalen toen ze ziek werden. En ze was eraan gewend hard te werken om ze groot te brengen. Elke ochtend, bij het krieken van de dag, vulde ze een reusachtige mand met vruchten en groenten uit haar eigen moestuin en die van de dorpelingen: guaves, mango's, papaja's, kroppen sla, tomaten of paprika's. Ze zette de mand op haar hoofd en vliegensvlug legde ze de zes kilometer naar de kust af, in de zon of in de regen. Ze voelde hoe het gewicht van haar koopwaar steeds harder op haar schedel en haar wervelkolom drukte, zodat ze steeds een beetje kleiner werd, totdat ze drijfnat van het zweet of de regen en ineengekrompen aankwam in Carvoeiros. Daar, in de luwte van de kerk, die bescherming bood tegen zowel de wind als de ongesluierde ochtendzon, verkocht ze de producten op het plein. Dit was het enige onderdeel van het werk waar ze plezier in had: de vrouwen kwamen naar het plein en hadden veel te vertellen. Alle roddels van het dorp werden uitgesponnen. Urenlang zaten ze over allerlei onderwerpen te praten: over gezondheid, mannen, kinderen, kleren en keukenrecepten. Op de goede momenten moesten ze hartelijk lachen en om voorbije liefdes of gestorven familieleden lieten ze hun tranen de vrije loop.

's Middags, als haar mand leeg was, de vissersboten de haven binnenvoeren en de sirenes lieten loeien, liep ze naar de kade en kocht sardientjes, octopussen, pijlinktvissen en stukken tonijn. Dit deed ze in de mand, die zette ze weer op haar hoofd en hijgend en steunend ging ze de weg terug naar het dorpje waar ze de vis zou verkopen.

Ze had Socrates in de haven ontmoet. Hij voer op een boot die rood-groen was geschilderd en *Geliefde* heette. Die naam bleek profetisch te zijn. Hij kwam van een naburig eiland en sinds de eerste keer dat hij daar voet aan wal had gezet, bleef hij altijd naar haar staan kijken, zonder een woord te zeggen. Ze vond die forsgebouwde, niet zo grote man wel aantrekkelijk, met zijn kleine hoofd, zijn dikke lippen en zijn schitterende, ietwat schuine ogen, die als twee gloeiende kooltjes in zijn gezicht heen en weer vlogen. En hij glimlachte meteen naar haar. Op een dag bood hij aan haar gezelschap te houden en liep met haar mee tot aan de bergen van Queimada. Hij vertelde over zijn leven. Hij was in São Vicente geboren, en sinds zijn twaalfde was hij visser. Hij had maar één vrouw gehad, maar er was een grote ramp gebeurd. Ze hadden geen kinderen kunnen krijgen. Jarenlang hadden ze het geprobeerd, maar er was niets aan te doen. Er wilde niets groeien in haar buik. Ze zag dat al haar vriendinnen en de vrouwen uit het dorp om de zoveel tijd een kind baarden en ze werd neerslachtig en lusteloos. Ze voelde zich geen echte vrouw, zei ze. Ze dacht dat haar lichaam niets waard was als ze geen kinderen voortbracht en geen reeks nakomelingen op de wereld zou achterlaten: mannen die zouden emigreren, geld zouden sturen en een beter leven dan zij zouden hebben, en mooie, montere vrouwen, die als ze oud waren voor hen zouden zorgen en hun een handvol kleinkinderen zouden schenken.

Ze hadden alles geprobeerd. Ze waren zelfs helemaal naar het kapelletje van Santa Lucía gelopen, blootsvoets, zes dagen lang, en hadden onder de blote hemel geslapen. Aan haar voeten hadden ze een wassen pop in de vorm van een baby neergelegd, die ze in Mindelo hadden gekocht. Ze hadden alle gebeden die ze kenden ettelijke malen opgezegd. Ze had water gedronken uit de bron achter het kerkje, die op wonderbaarlijke wijze de oase van palmbomen midden in de lavawoestijn van water voorzag. Iedereen zei dat als een vrouw naar Santa Lucía ter bedevaart ging en de rituelen in acht nam, ze onmiddellijk zwanger zou worden. Maar kennelijk was er iets mis, want er gebeurde niets. Toen hadden ze hun toevlucht tot de zwarte magie genomen. Ze waren naar Craquinha gegaan, naar een heel beroemde, oude tovenares. Ze moesten haar een vermogen betalen. Al het geld dat hij in één maand met vissen verdiende. Zijn vrouw moest een haan doden, vervolgens haar lichaam met het bloed insmeren en het hart aflikken. Ze werd kotsmisselijk. En ondertussen mompelde de oude vrouw geheimzinnige woorden en stootte af en toe een kreet uit. Daarna stak ze een pijp op, blies de rook in de lucht en keek er aandachtig naar. Ze zei dat de kanalen van María's lichaam door viezigheid verstopt waren geweest, maar dat ze nu weer schoon waren. Dat ze zes kinderen zouden krijgen, vier meisjes en twee jongens, en dat ieder van hen een groots leven te wachten stond.

Hoopvol waren ze naar het dorp teruggekeerd, in de overtuiging dat die voorspelling werkelijkheid zou worden. Maar er gingen twee jaar voorbij en er gebeurde niets. María werd steeds neerslachtiger. Hij had geprobeerd haar aan het verstand te brengen dat het helemaal niet zo erg was dat ze geen kinderen had. Hij wilde graag bij haar blijven, en ondanks alles zou hij dat ook doen. Hij had haar ook herhaaldelijk gezegd dat het misschien zo beter was. Nu waren ze vrijgesteld van veel problemen en een slavenbestaan. Ze konden doen wat ze wilden, samen en alleen. Maar alles was tevergeefs. Op een dag stond María niet op. Ze had nergens pijn. Ze had gewoon de kracht niet, zei ze, om rechtop te gaan staan. Twee weken later was ze dood. Van verdriet, dacht hij, hoewel de dokter, die één keer was komen kijken, had gezegd dat het om eierstokkanker ging. Voor nog meer visites hadden ze geen geld gehad.

Omdat elk plekje in São Vicente geplaveid was met herinneringen, was hij na María's dood naar São Nicolau gegaan. Hij wilde niet in heimwee leven, zoals een hondje dat zijn baasje heeft verloren en aan de deur van zijn huis snuffelt en langs het pad waarover hij is weggelopen. Hij had overwogen te emigreren naar Europa, zoals zijn meeste broers en vrienden, maar hij had er erg tegen opgezien: zoveel gedoe, vergunning krijgen, geld sparen voor het ticket, werk zoeken, een nieuwe taal leren, nieuwe gewoontes aanleren... Hij was Kaapverdiaan en als Kaapverdiaan wilde hij sterven. Hij wilde die lucht inademen, die heldere hemel zien en die blauwgroene zee. En vrouwen zoals zij, die nergens anders op de wereld bestonden... Jovita moest glimlachen en trok een grimas als een klein kind. Nu was hij op zoek naar een gezin, een aardige echtgenote en temperamentvolle, luidruchtige kinderen. Hij hield veel van luidruchtige kinderen, met hun onuitputtelijke vrolijkheid.

'Heb jij een gezin?'

'Acht kinderen. En ik kan je verzekeren dat ze veel lawaai schoppen. Je vindt ze vast leuk!'

'En heb je geen man?'

'De laatste is maanden geleden vertrokken.'

'Wil je dat ik bij je blijf? Dan ga ik niet meer vissen, maar op het land werken en voor jou en de kinderen zorgen.'

Jovita stelde zich het leven met die man voor: hoe ze 's avonds samen naar bed zouden gaan, die sterke armen waarover ze zou beschikken voor de moestuin en voor klussen in huis. Dit beeld verlichtte ineens haar toekomst, die ze de laatste tijd, met zoveel werk en zo weinig plezier, meer als een donkere wolk had beschouwd. Maar ze wist niet wie hij was. Ze moest voorzichtig zijn. Misschien speldde hij haar maar wat op de mouw en probeerde hij haar te verleiden om haar vervolgens te mishandelen. Net als de anderen.

'Maar ik ken je niet eens!'

'Jawel, je kent me wel. Meer valt er niet te kennen. Ik drink niet en ik sla vrouwen niet. Ik kan hard werken en verspil weinig geld. Dat is alles.'

'En vind je me aantrekkelijk?'

'Nou en of. Meteen al toen ik je voor het eerst zag. Je hebt mooie heupen, vind ik. En er zit een leuk spleetje daar onder je hals. En zoals je omgaat met de vissers, zo ferm en brutaal, alsof je heel goed weet wat je onder handen hebt, dat mag ik wel.'

Jovita moest lachen: die man had alleen maar naar haar gekeken en nu had hij haar al door. Het zag ernaar uit dat hij haar nam zoals ze was. Ze besloot het erop te wagen.

'Goed. Kom dan maar, zodra je met je werk kunt stoppen. We zullen het proberen. Maar ga nu weg. Ik wil niet dat mijn kinderen je zien voordat ik het met ze over jou heb gehad.'

Zo was Socrates bij haar gekomen. En met hem de beste tijd van haar leven. Jarenlang had ze een aardige, makkelijke man voor haar alleen gehad. Als een wonder. Bovendien had ze niet meer hoeven werken. Die moeizame wandeltochten met vruchten en vis waren uit haar bestaan verdwenen, net zoals de regen van het aardoppervlak verdwijnt als de zon gaat schijnen. Socrates had die taak op zich genomen en daarnaast zorgde hij ook voor de moestuin, waardoor de opbrengst was verveelvoudigd. Hij was haar zon geweest.

Toen hij dood was, was ze te oud om weer met die last op haar hoofd heen en terug naar Carvoeiros te gaan lopen. De oudste kinderen waren naar Portugal of Italië gegaan en stuurden haar geld. Voldoende om te overleven. Ze besloot voor de deur te blijven zitten, haar pijp te roken en te kijken hoe de bonen en tomaten groeiden. En Carlina nam haar plaats in de ambulante winkel over.

In die tijd was Carlina ongeveer twintig en had een klein kind. De vader was naar Europa vertrokken en had de twee in het dorpje achtergelaten, waar ze net waren komen wonen en helemaal geen familie hadden. In het begin kwamen er een paar brieven en wat geld.

Daarna niets meer. Er gingen maanden voorbij en ze wist niet eens of hij nog leefde of dood was, totdat iemand die in die streek op vakantie was geweest vertelde dat hij hem in Milaan had gezien. Hij werkte in een fabriek en had een andere vrouw. Hoewel Carlina hem vervloekte omdat hij haar met een kind had opgezadeld, miste ze hem niet. Maar ze hoopte dat het kind dat ze al had, en alle kinderen die ze in de toekomst nog zou krijgen, hem de rug zouden toekeren. Dat hij alleen kwam te staan als hij oud was. En dat hij arm en eenzaam zou sterven. Dat was zijn verdiende loon.

Gelukkig voor haar kreeg Socrates net op dat moment die geruisloze hartaanval, of wat het dan ook was, waardoor hij in één nacht was vertrokken. Iemand moest toch de producten uit de moestuinen naar de kust brengen en vis mee terugnemen. Toen besloot ze zich erop toe te leggen. Ze zette de mand boven op haar hoofd en ze wende zichzelf eraan, zoals Jovita vroeger, om elke dag de twaalf kilometer heen en terug te lopen tussen de donkere rotsen en de rode aarde, waar geen enkele boom groeide die bescherming bood tegen de zon of de plensbuien, met de zee die ze beneden als een glimmend zilveren voorwerp zag liggen, en die steeds groter, levendiger en luidruchtiger werd naarmate ze dichterbij kwam.

Evenals Jovita hield ze van het geroezemoes op het plein, van de drukdoende vrouwen die heen en weer liepen, rondkeken, praatten en spullen kochten, en de concurrentie met de andere verkoopsters, met wie ze af en toe bekvechtte, waarbij het een enkele keer – als ze het even moeilijk had en de prijzen te veel liet zakken – tot een handgemeen kwam. Maar die ruzies bleven beperkt tot een paar forse rukken aan de haren en wat snelle schoppen, want algauw kwamen er mensen tussenbeide. Die haalden de vechtende partijen uit elkaar en hielden hen op een afstand, totdat ze weer een toontje lager zongen als ze flink tegen elkaar waren uitgevaren. De groentevrouw die enkele minuten eerder haar producten te goedkoop had aangeboden, ging weer iets omhoog met de prijs, de andere vrouwen zakten een beetje met hun aanbod, en de situatie werd weer normaal: stemmen die luidkeels hun waren aanprezen, vrouwen die in hun bonte jurken rondfladderden als vrolijk dansende vlekken en kinderen die spelletjes speelden en van de ene kant naar de andere renden. Een paar uur lang werd de marktplaats overspoeld door een golf van vrouwelijke energie. De weinige mannen die het plein durfden over te steken, werden er beduusd van. Ze voelden zich verbannen en verstoten uit die wereld vol gelach, geklets, aan volle borsten sabbelende baby's en uitgestalde geuren en smaken die later, tijdens het dagelijkse vuurritueel waarvan de vrouwen priesteres waren, geduldig en met magie in de kookpot zouden worden vermengd.

Toen ze met het werk begon was Heracles pas zeven maanden. Ze droeg hem op haar rug in een grote doek. Door de schommelende beweging van zijn moeder werd hij onderweg in slaap gesust. Maar naarmate de weken verstreken, werd hij geweldig zwaar. En zodra hij begon te lopen, werd hij echt een probleem. Hij was ondeugend en ondernemend, en deinsde nergens voor terug. Onderweg was hij voortdurend aan het schoppen, met zijn armpjes aan het zwaaien en aan het jengelen, omdat hij per se zelf wilde lopen, totdat hij eindelijk in slaap viel. Maar de eerste huizen van het dorpje waren nog niet in zicht of hij werd wakker, alsof hij zelfs in zijn slaap de afstand in de gaten hield. Op het marktplein moest ze hem wel laten gaan. Hij rende heen en weer, achter de oudere kinderen aan, totdat die hem omverduwden en alleen lieten. Of hij ging op de grond zitten spelen met andere kindertjes van zijn leeftijd, naar wie hij stenen gooide en die hij beet, totdat de moeders hen voor een tijdje uit elkaar moesten halen. Dat gedoe maakte Carlina's werk ingewikkeld. De hele tijd moest ze op hem letten en soms raakte ze een klant kwijt omdat ze met hem bezig was. Toch wilde ze hem ook niet thuis in het dorpje achterlaten. Een paar vrouwen hadden voorgesteld om voor hem te zorgen in ruil voor een paar porties vis. Maar zij verzette zich daartegen. Ondanks alle rompslomp had ze hem graag bij zich. Ze luisterde graag naar zijn gebrabbel en vond het fijn als hij op haar rug indommelde en de slaap zijn driftbui verdreef. Ze meende dat zij beiden veilig waren als ze samen waren. Alsof ze elkaar beschermden. Ze was bang dat er iets zou gebeuren als ze hem alleen liet. Soms, als ze thuis was en naar hem keek terwijl hij sliep, werd ze bevangen door een onbestemde angst en kreeg ze een knoop in haar maag. Alsof ze stemmen van de geesten hoorde, die de naam van het kind in zijn oortje fluisterden.

De ramp voltrok zich op een zondag. Alle dorpelingen woonden de mis bij in de kapel op de Kale Berg. De priester neuriede in een onbekende taal, een mengeling van Latijn en Creools, en de kerkgangers antwoordden op dezelfde manier. De vliegen zoemden door de hele kerk en vlogen graag op de neus van Sint-Antonius af, want de zon scheen midden op zijn gezicht. Door de gezangen en de gebeden heen kon je de stemmetjes van de kleine kinderen horen, die nog niet ter communie waren gegaan en buiten bleven onder de hoede van een ouder meisje, dat werd vrijgesteld van de verplichting de mis bij te wonen. Tijdens het onzevader beseften de moeders dat ze de kinderen niet meer hoorden. Ze waren zeker verderop gegaan op zoek naar avontuur. De moeders van de stoutste kinderen werden onrustig. Maar ze durfden niet naar buiten te gaan. Priester Virgilius werd altijd erg boos als iemand, om wat voor reden dan ook, de mis voortijdig verliet.

Carlina probeerde verder te bidden. Maar na luttele minuten moest ze ermee ophouden. Het leek of er een geheimzinnige kracht aan haar trok. Een vreemde energie die uit de hemel leek te komen en haar hele lijf onder spanning zette. Zoals een dier dat aanvoelt dat het elk moment aangevallen kan worden. Ze begreep dat er iets met Heracles was gebeurd. Met een klap duwde ze de vrouwen opzij die voor de bank in de weg stonden en stormde op de deur af, terwijl de priester haar met opgetrokken wenkbrauwen gadesloeg en zijn gebeden staakte.

Toen ze op het veldje voor de kapel aankwam, zag ze dat het meisje dat die dag voor de kleintjes moest zorgen, als een bezetene kwam aangerend.

'Help! Help!' riep ze.

'Is het Heracles? Wat is er gebeurd? Waar is hij?'

Maar het meisje zei niets. Ze nam Carlina bij de hand en

trok haar mee naar de rotsachtige berg die zich achter de kerk verhief. Tussen de stenen door klauterden ze omhoog. Toen de dorpsbewoners het hulpgeschreeuw hadden gehoord, hadden ze allemaal, de priester incluis, de mis verlaten en sommigen waren achter het meisje en de vrouw aan gegaan. Ondanks de enorme hoeveelheid mensen heerste er een merkwaardige stilte. Alleen het gekras van een groepje grote aasgieren was te horen, die hoog boven de berg cirkelden alsof ze zich voorbereidden op een stunt. En het gehijg van Carlina, die amper nog kon ademhalen en bijna stikte.

Ze gingen een bocht om onder een reusachtige zwarte, wankele rots door, die ogenschijnlijk elk moment naar beneden kon storten. Daar aan de andere kant lag Heracles, op zijn buik op rode aarde. Heel langzaam liep Carlina naar hem toe. Ze draaide hem om. Het kind zat onder de aarde. Zelfs zijn open oogjes, die naar een plek in de hemel staarden. Hij had geen enkele verwonding, nergens een bloedvlek, geen enkel schrammetje. Maar hij ademde niet: de val van de rots was zo hevig geweest dat zijn kleine lichaampje vanbinnen was vermorzeld, als een tere vrucht die uit een boom op de grond te pletter was gevallen.

Drie dagen later ging Carlina weer aan het werk. Door het gebrek aan slaap liep ze met onvaste tred en had ze enorme wallen onder haar ogen, waardoor de krachtige, vastberaden uitstraling die ze gewoonlijk had enigszins werd aangetast. Nadat ze de omhelzingen en condoleances in ontvangst had genomen van de klanten die hadden gehoord wat er was gebeurd en haar fruit en groenten had verkocht, begaf ze zich niet naar de haven, maar naar een kroeg. De mannen die binnen luidruchtig en geanimeerd zaten te praten, zwegen even en bekeken haar misprijzend. Ze fronsten hun voorhoofd en fluisterden elkaar toe dat die vrouw wel erg veel lef had om daar binnen te komen, en ook nog in haar eentje. Maar ze weerstond hun blikken. Ze straalde zoveel moed en zelfstandigheid uit dat ze haar algauw met rust lieten en zich stortten op hun gesprekken, drankjes en awari-spel. De vrouw moest wel gek zijn. Ze besloten geen aandacht aan haar te schenken en haar de rug toe te keren. Ze bestelde een glaasje brandewijn. Nog een. En nog een. Ze wilde uit zichzelf stappen, verdwijnen in dronkenschap. Ze wilde dat al haar verdriet, waardoor ze voortdurend naar de ondraaglijke kant van het leven werd getrokken, oploste in een gewichtloze wolk van vergetelheid. Ze werd naar een duister, glibberig gebied gezogen, waar eigenlijk helemaal geen leven was, slechts een aaneenschakeling van gebaren en bewegingen: benen die bewogen, longen die ademden, haar mond die openging om woorden uit te spreken waarvan de betekenis haar koud liet. En dat verschrikkelijke verdriet waarmee ze opstond, naar bed ging en door de wereld liep. Ze deed maar alsof ze belangstelling had voor de dingen om haar heen, alsof ze nog geloofde in gebeden en de goddelijke barmhartigheid. En alsof ze in staat zou zijn een toekomst op te bouwen achter het grafje om – een eenvoudig houten kruis op een kleine, aarden grafheuvel – waar Heracles voor eeuwig lag te rusten. Lag hij wel te rusten?

Al het geld dat ze 's ochtends had verdiend maakte ze op. Na het vijfde glas rum wist ze niet meer hoe ze heette. Ze was aan een tafeltje gaan zitten. Daar zat ze met haar bovenlichaam te zwaaien, met gespreide benen, een decolleté dat een kijkje gaf op haar prachtige borsten, haar handen verloren in haar schoot en een lege, waterige blik in haar ogen, als van een vis die op het droge langzaam het leven laat.

Er was niemand meer in de kroeg. Alle klanten waren gaan eten. Op weg naar de uitgang hadden ze vol minachting naar haar gekeken, schunnige opmerkingen gemaakt en luidkeels gelachen. Ze had er niet de minste aandacht aan besteed. De kroegbaas kwam naar haar toe. Het was een smerige, potige man, die stonk naar alcohol en azijn. Die gebruikte hij om sommige vissen toe te bereiden en om met een groezelige doek de toog en de tafeltjes schoon te wrijven. Vanaf het ogenblik dat hij haar binnen had zien komen had hij haar gemogen, met haar tepels die zichtbaar waren onder haar dunne jurk en haar stevige benen. Misschien kon hij de kans benutten nu ze zo beschonken was.

'Waar woon je?' vroeg hij.

Met een onbeholpen armgebaar wees Carlina in de verte.

'Ik ga sluiten. Het is etenstijd. Ik neem je mee naar mijn huis.'

Ze knikte.

De man liep naar de deur en duwde hem open. Hij glimlachte. Hij voelde hoe zijn bloed sneller en heter door zijn lid begon te stromen. Vervolgens stapte hij op haar af, pakte haar bij haar middel, zette haar op de trap en duwde haar naar boven, tot aan de kamer boven de kroeg waar hij woonde. Daar legde hij haar op het bed, kleedde zich uit, rukte haar onderbroek van haar lijf en drong bij haar binnen, bruut en wellustig als een beest. Ze liet hem begaan, verloren in het immense toevluchtsoord van haar dronkenschap, als in een kille spelonk waar in de verte vage echo's van stemmen en gehijg weerklonken.

Ze sliep tot de volgende ochtend. Toen ze wakker werd wist ze niet waar ze was. Het licht viel door het raam en verlichtte een kamer die ze niet herkende. Ze hoorde het gesnurk van de man naast haar en voelde zijn kleverige, warme lichaam. Ze schrok op. Ze ging rechtop in bed zitten en een paar tellen probeerde ze zich te herinneren wat er was gebeurd. Het laatste beeld dat ze zich voor de geest kon halen was dat van de kroeg, met al die mannen die naar haar keken, en de doordringende geur die opsteeg uit het glas alcohol voor haar. De rest kon ze er wel bij denken. Ze keek naar de man, die nog lag te slapen en zijn stinkende adem tegen haar aan blies. Ze kreeg braakneigingen. Plotseling, alsof er een lichtje in haar hoofd werd ontstoken, moest ze aan Heracles en Queimada denken, en aan de vissen die ze niet had meegenomen. Behoedzaam en geruisloos stond ze op en ging op weg naar het dorpje. Ze walgde van zichzelf en schaamde zich diep. En opnieuw voelde ze het verdriet. Het was weer komen aansluipen, als een slang die naar haar toe kroop om zich helemaal om haar heen te slingeren.

Twee maanden later, toen de maandstonden voor de tweede keer uitbleven, haar borsten gezwollen waren en haar middel verdween terwijl haar buik zich klaarmaakte voor de foetus die in haar groeide, besefte ze dat ze zwanger was. Ze wilde dat kind niet. Ze wilde niet dat er iemand anders de plaats zou innemen van Heracles, van de geur van zijn huid, zijn gebrabbel en zijn warmte, die haar had overspoeld als de ochtendzon. En ze wilde niet nog een kind zonder vader. Maar het was te laat. Ze zou zich niet van het kind ontdoen – de priester zei dat vrouwen die abortus pleegden rechtstreeks naar de hel gingen – en haar restte niets anders dan het te accepteren. God had het haar gegeven. Hij wist waarom.

Carlina was nog maar net binnen, met haar benen rood van het bloed dat vermengd met regenwater langs haar benen droop, en in haar handen het in een deken gewikkelde pakje, of Jovita begreep dat ze net bevallen was. Onmiddellijk ging ze naar de binnenplaats om warm water te halen. Toen ze terugkwam was Carlina op het bed gaan liggen. Het kindje lag naast haar te huilen en met haar armpjes te zwaaien. Jovita stak een paar kaarsen aan en pakte haar op. Ze maakte haar goed schoon, wreef haar met een handdoek droog en knoopte voorzichtig de navelstreng af. Ze zei tegen Carlina dat haar dochtertje mooi en rond was als een appel. Maar Carlina zat ineengedoken op het matras, met haar ogen dicht. Ze wilde haar niet zien. Ze had geweldige pijn in haar buik, alsof er met een hamer op was geslagen. Ze wilde alleen maar slapen. Heel lang slapen. En ze wenste dat het kind verdwenen was als ze wakker werd. Ze wilde niet dat het doodging, dat niet, maar dat iemand het meenam. Iemand die zelf geen kinderen had en die voor haar kon zorgen. Dat kon zij niet. Zij was niet in staat de verantwoordelijkheid van dat fragiele lijfje op zich te nemen, die afhankelijkheid te dragen, haar te moeten voeden, te wassen, op haar rug te dragen, de eerste woordjes te leren, haar stevig bij de hand te nemen als ze begon te lopen en op haar te letten opdat ze niet van een rots af rolde en te pletter viel. Ze wilde zó graag bevrijd worden van de plicht zich te laten ontroeren door de onschuldige vreugde die binnenkort in de vorm van glimlachjes, gebrabbel en lieve aaitjes bij het kind zou losbarsten. Kortom, ze wilde niet van haar houden.

Gewikkeld in een schoon laken bracht Jovita het kindje naar het bed. Ze legde het tegen Carlina aan en trok haar jurk opzij, zodat haar borst vrijkwam. Kennelijk begreep het meisje wat haar te doen stond. Ze bewoog haar hoofdje krachtig heen en weer terwijl ze haar mondje open- en dichtdeed. Ineens, geleid door de grote handen van de oude vrouw, had ze met haar lippen de tepel te pakken en begon flink te zuigen. Ze hield haar grote, starende ogen wijd open en het leek of ze haar blik strak gericht hield op de mistroostige blik van haar moeder, die toen haar hoofd afwendde naar de muur om haar niet te hoeven zien.

Jovita ging op de rand van het bed zitten.

'Mijn hemel!' riep ze uit. 'Dit is geen gewoon kind. Dit wordt een dapper meisje. Een heel dappere vrouw.'

EEN DAPPER MEISJE

São groeide op in het dorpje. Zolang Carlina haar zelf voedde nam ze haar mee naar Carvoeiros. Totdat ze zes maanden was. Het meisje was zo rustig als een volwassene. Ze was niet erg beweeglijk en wachtte geduldig op het moment dat ze gevoed werd. Als ze wakker was leek het of ze alles met grote belangstelling gadesloeg, of ze het gedrag van anderen in de gaten hield en het probeerde te begrijpen, maar deed alsof het haar onverschillig liet. Ondanks alles was ze haar moeder tot last. Carlina had het gevoel dat ze een reusachtig gewicht op haar rug torste en een hele wereld met zich meesleepte, met zijn worstelingen en windstiltes. Iets wat buiten haar om ging. Daarvoor wilde ze de verantwoordelijkheid niet dragen.

Zodra ze meende dat het kind sterk en gezond genoeg was, schreef ze een briefje aan een van de dochters van Jovita die in Portugal woonde en stopte een paar biljetten in de envelop. Ze vroeg om een zuigfles. Toen ze die kreeg, liet ze het kind probleemloos wennen aan met water aangelengde geitenmelk. En ze ging met de oude vrouw praten: 'Ik wil graag dat u op São past als ik aan het werk ben. Ik kan haar niet de hele dag meeslepen. U weet hoe het is. U hebt zelf veel kinderen gehad. Elke dag heb ik meer last van mijn rug. En zodra ze begint te lopen, maakt ze me nog gek. Dan moet ik overal achter haar aan en kan ik mijn klanten niet helpen. Als u op haar wilt passen, krijgt u van mij elke dag gratis vis.'

Jovita vond het een goed voorstel. Zo kon ze het geld dat ze uit Europa toegestuurd kreeg sparen voor als er weer slechte tijden aanbraken. Dat zou vast en zeker gebeuren. De droogte zou komen en zou de moestuinen verschroeien. Of de *harmatão*, de wind uit Afrika, zou zich woedend en verzengend op het dorpje storten en zijn dodelijke vracht zand over de akkers en vruchtboomgaarden uitstrooien en alles vernietigen. Haar zoons zouden trouwen met genadeloze vrouwen die hun zouden verbieden hun eenzame moeder in een hoekje van de oceaan te blijven helpen. En haar dochters zouden door hun echtgenoten in de steek worden gelaten. Ze zouden de studie van hun kinderen moeten betalen, en de consulten van de dokter als ze ziek werden. Ze zouden geen cent overhouden. Zij moest sparen voor later, als ze oud en alleen was, haar botten pijn deden en ze medicijnen nodig had, want dan zou niemand nog aan haar denken.

Bovendien mocht ze het meisje wel. Ze was heel rustig en onafhankelijk. Ze vond het niet erg om haar onder haar hoede te nemen. Maar ze probeerde het onderste uit de kan te halen en deed alsof ze het voorstel afwees: 'Dat kan ik niet. Ik kan niet meer voor zo'n klein kind zorgen. Ik ben te oud. Ik ben meteen uitgeput. Over een paar maanden loopt je dochtertje al. Dat wordt nog mijn dood. Zie je mij al door het dorp achter haar aan rennen...? Daar ben ik te oud voor!'

Carlina keek haar opmerkzaam aan en dacht na. Ze was ongeveer zestig, schatte ze. Ze was dik. Ze zat ook vaak urenlang nagenoeg roerloos in de stoel. Maar ze genoot een buitengewone gezondheid – niemand kon zich herinneren dat ze ooit ziek was geweest – en ze had nog een scherpe blik in haar ogen, vol energie en vastberadenheid. Ze had haar kinderen goed opgevoed. En haar vroegere zwak voor alcohol en mannen leek met de jaren te zijn verdwenen. Van alle vrouwen uit het dorp die voor het kind konden zorgen, was Jovita de meest geschikte, meende ze. Ze besefte dat ze moest onderhandelen en haar bod moest verhogen, ook al zou dat een belangrijk verlies betekenen voor haarzelf: 'Duizend escudo's per week en de vis.'

Jovita deed alsof ze nadacht. Ondertussen keek ze naar de moestuinen aan de overkant van de weg. Een zwerm schreeuwerige gele vogeltjes wilde gaan snoepen van de guaves, die al met hun tere lichtroze schil aan de glimmende boompjes hingen. Maar zodra ze de vogelverschrikker zagen, fladderden ze ontdaan in de richting van de bergen, om een paar minuten later weer terug te komen. Ze moest bijna lachen: zij had ook Carlina weten af te schrikken, om haar vervolgens in haar net te vangen. Duizend escudo's per week plus de vis was niet gek. Dat zou een goede spaarpot voor de toekomst zijn. En ondertussen zou ze zich met São amuseren en voor haar zorgen. Ze zou kleine vlechtjes in haar haar maken en haar voorbereiden op de bitterheden die de toekomst in petto had. Ja, ze zou het voorstel aannemen.

Zo kwam São bij Jovita wonen. Voor een lange tijd. Want toen Carlina een man leerde kennen die in Italië woonde en haar overhaalde om mee naar Europa te gaan, waren de twee vrouwen het erover eens dat het meisje, dat al zes was, het best bij Jovita kon blijven.

Er waren allerlei redenen om haar niet mee te nemen: de winters in Italië waren erg koud. Direct na aankomst zou São naar school moeten, zonder dat ze een woord van die afschuwelijke taal sprak. Daar kwam nog bij dat Carlina, zodra ze werk had gevonden, niemand had bij wie ze São kon onderbrengen. Carlina schermde met deze overwegingen alsof ze een kostbare lap stof tentoonspreidde waarvan niemand de waarde zou kunnen betwisten. Ze was niet bedroefd; per slot van rekening voelde ze maar weinig voor het meisje. 's Avonds en 's nachts had ze routinematig en afstandelijk voor haar gezorgd. Ze had zich niet te veel laten ontroeren en zich niet aan haar gebonden met zo'n sterke, hechte band als ze met Heracles had gehad. Eigenlijk was het leven na de dood van haar zoontje wel grootmoedig voor haar geweest, vond ze. Omdat haar was ingegeven dat ze niet van São mocht houden, zou haar nu de pijn van de scheiding bespaard blijven. Ze had wel gezien hoe andere moeders die naar het buitenland waren vertrokken en hun kinderen niet hadden kunnen meenemen, in een ver en vreemd land wegkwijnden van verdriet, en zich bovendien ook nog schuldig voelden dat ze hen hadden moeten achterlaten. Het waren verminkte vrouwen, ongelukkige wezens, die op onrechtvaardige wijze werden gekweld. Moeders, gebroken door gemis, die daarginds voor kinderen van andere vrouwen zorgden in de landen waar ze terechtkwamen. Ze wasten hen en kamden hun haar, maakten eten klaar, pakten hen op straat stevig bij de hand, zongen liedjes, stopten hen onder de wol, speelden spelletjes, knuffelden hen en gaven standjes als dat nodig was. Wetend dat er tussen hen en die kinderen een even diepe als onbetrouwbare genegenheid ontstond. Een drassig oppervlak van affectie dat op een dag, als de vrouwen uit huis zouden worden gegooid of beter werk zouden vinden, plotseling zou verdwijnen. Onder dat warme water borrelde een troebele laag van bezorgdheid: de onvermijdelijke, toekomstige breuk. Maar ook alles wat ze achtergelaten hadden, hun eigen kinderen, die ze niet konden helpen en die door vreemde, vaak onverschillige, of zelfs vijandige, en soms te toegeeflijke handen werden opgevoed. Al met al moest Carlina zich gelukkig prijzen.

De enige die het niet eens was met het voorstel, was São zelf. Niet omdat ze niet van haar moeder gescheiden wilde worden. Haar liefde voor haar was licht en vrolijk als een lenteregen. Daarin paste geen drama, zelfs niet dat van een scheiding. Ook niet omdat ze niet bij Jovita wilde blijven; ze was gewend geraakt aan de ruwe manier van doen van de egoïstische, norse vrouw, evenals aan de koelheid van haar moeder. Ze was nog niet oud genoeg om zich af te vragen of er geen andere manieren waren om van een kind te houden, andere mogelijke gestes en gebaren van zachtaardigheid. Maar die bestonden nog niet in haar opvatting van het leven.

Maar het woord 'Italië' sprak tot haar verbeelding. Enkele maanden geleden was een stel dat nu in Napels woonde voor de vakantie teruggekomen met hun dochtertje. Noli was negen jaar. Ze was monter en verwaand, en had zich direct ontpopt als de aanvoerder van alle kinderen van het dorp. Ze had een snoezige pop meegenomen, met heel lang haar en allerlei kleertjes om aan te trekken. Ze had ook een paar boeken vol tekeningen waarin je prachtige verhalen kon lezen. En schriften en kleurpotloden waarmee ze hele middagen kon tekenen en die ze alleen uitleende aan wie ze aardig vond. Ze had veel verschillende jurken, broeken en T-shirts zoals jongens, en een stapel schoenen waarmee ze dagelijks pronkte, zich ervan bewust dat ze daarmee veel aandacht zou trekken. Ze sprak onophoudelijk over alle bijzonderheden van Italië: straten vol auto's en bussen waarmee je overal naartoe kon, elektrisch licht dat de duisternis opklaarde alsof het dag was, liften in grote gebouwen, de school waarop ze zat, met het idee om later verpleegster te worden, de snoepjes en ijsjes die haar moeder elke zondag voor haar kocht, de televisie waarop 's middags tekenfilms en kinderprogramma's werden uitgezonden...

Het meeste van wat Noli vertelde, begreep São niet. Maar de verhalen over snoepjes, speelgoed, reizen en plannen voor als ze later groot was, zetten haar kleine hoofdje aan het denken. Ze had er nog nooit aan gedacht dat ze groot zou kunnen worden. Ze had van dag tot dag geleefd, zoals alle kleine kinderen, zonder te beseffen dat ze groeide en dat ze ouder zou worden, en dan plannen zou moeten maken en beslissingen zou moeten nemen. Tot op dat moment wist ze evenmin dat er buiten Queimada en Carvoeiros nog een andere wereld bestond. In de havenplaats was ze één keer met haar moeder geweest en die herinnerde ze zich als een reusachtige stad, vol huizen en mensen, met de geweldige, fascinerende aanblik van de zee en zijn ontzaglijke koelte.

Plotseling nam alles waarover Noli had verteld in haar verbeelding vaste vorm aan. Vage woorden en beelden: groot worden, naar school gaan, reizen, de overkant van de zee, Italië... Ze zag zichzelf als haar vriendinnetje: bijna tien, in het bezit van een pop, boeken en schriften, pratend over wat ze later zou gaan doen, en lopend in haar eentje door een plaats die op Carvoeiros leek, maar met veel winkels boordevol snoepjes in allerlei kleuren – zoals Noli in een kolossale zak had meegenomen – waar ze naar binnen ging en alles kon pakken wat ze wilde. En op dat moment realiseerde ze zich dat ze daarheen wilde. Naar Italië. Daar was het kinderlijke bestaan niet beperkt tot lopen naar de bron om water te halen, rennen door de moestuinen of klimmen naar de kapel op de

Kale Berg, maar daar waren veel dingen om uit te kiezen: speelgoed, snoepgoed, scholen, tekeningen die praatten en bewogen, en ontelbare schoenen. En bovendien een toekomst om uit te stippelen, iets om te worden in het leven, een ambitie die zich zou ontwikkelen en uitbreiden en werkelijkheid zou worden. Net als roerloze poppen die uiteindelijk mooie vlinders worden, die hun vleugels uitslaan en de wereld mooier maken.

Ze wist nog niet wat haar ambitie was. Maar toen haar vriendinnetje Renée een tijdje later ziek werd en stierf wist ze het ineens. Renée was een heel vrolijk kind, dat altijd speelde, rondrende, in bomen klom en over de grond rolde. Maar op een morgen zag São haar zitten, halverwege de weg die dwars door het dorpje liep. Ze zat erbij alsof ze was ingestort. Ze hield haar hoofd naar beneden gebogen. En toen ze haar ogen opsloeg om haar aan te kijken, blonken ze als gloeiende kolen. Ze zei dat ze erg moe was, dat ze hoofdpijn had en geen fut om op te staan. Dat vond São heel jammer. Ze ging midden in het stof naast haar zitten en maakte stilletjes met een steen een paar tekeningen op de grond. Daarna ging Renée naar huis. Ze liep heel langzaam en wankelde. Ze kwam nooit meer buiten.

De volgende ochtend zei Jovita dat haar vriendinnetje erg ziek was. Ze had hoge koorts. Hoewel ze haar hele lijf hadden ingewreven met sap van de drakenbloedboom en haar thee van maïsvezels hadden gegeven, wilde de koorts niet zakken. Er verstreken een paar vreemde dagen. De grote mensen liepen haastig heen en weer en praatten op gedempte toon. De vrouwen liepen Renées huis in en uit, en op ongebruikelijke tijden klommen sommigen midden in de zon naar boven naar de kapel. De mannen verwijderden zich van het dorp om het awari-spel te spelen en deden dat nagenoeg in stilte, zonder kreten te slaken waarmee ze elkaar gewoonlijk aanmoedigden of uitdaagden.

De kinderen werden naar de moestuinen gestuurd, met de opdracht geen lawaai te maken, omdat Renée vreselijke hoofdpijn had. Twee oudere meisjes, de meest verantwoordelijke, verzuimden die dagen naar school te gaan omdat ze de orde moesten handhaven. In de rol van jongvolwassenen en vooruitlopend op de verwachte afloop van het drama waren ze heel streng. Af en toe kwam er eentje naar het dorp met nieuws dat ze bij een ander in het oor fluisterde. São besefte hoe ernstig de situatie was, ook al wilde niemand haar iets uitleggen. Alleen dat Renée nog steeds erg ziek was. Ze vroeg wel of Renée dood zou gaan, maar dan keken de mensen aan wie ze dat vroeg de andere kant op en begonnen over iets anders. Totdat op de tweede dag, om vijf uur 's middags, een van de dorpsvrouwen kwam vertellen dat Renée naar de hemel was gegaan.

De zon ging bijna onder. Er hing een handjevol witte wolken om de gloeiende bol, die daarachter schitterde. Zijn krachtige stralen boorden zich door het beweeglijke oppervlak, vulden het met verblindende rode en blauwe tinten, en strekten zich uit in het rond als een flikkerende kroon van licht. Op zoek naar een schuilplaats voor haar plotselinge verdriet ging São aan de voet van een mangoboom zitten en keek lange tijd naar de hemel. Ze dacht dat Renées ziel in de wolken op reis was en tussen de schittering door op weg was naar Gods troon. Wat zou daar zijn? Zou ze het dorpje, haar moeder en haar vriendjes missen? En de wilde hardloopwedstrijdjes over de weg die zij altijd won? São voelde zich angstig en kwetsbaar. Nog nooit had ze aan de dood gedacht. En nu besefte ze ineens dat hij zomaar kon komen. In een paar uur tijd. En onverwachts iemand kon weghalen die een paar dagen eerder nog speelde en schreeuwde alsof het hele leven, alle kracht van het heelal voor altijd in haar lijfje zat. Waar moest ze zich aan vasthouden? Op welke zekerheid kon ze van nu af aan bouwen?

De volgende ochtend werden alle kinderen van het dorp meegenomen om Renées lichaam te zien, voor de rouwdienst en de begrafenis. Ze zag er allerliefst uit, met haar roze jurk met kanten ruches, die ze nog niet eerder had gedragen, en met een bosje geurige jasmijn in haar handen. Het stelde São gerust haar zo te zien, alsof ze sliep, heel vredig, en naar haar idee zelfs blij, ondanks haar onbeweeglijkheid. Misschien was de hemel wel zo mooi als iedereen zei en had ze het daarboven naar haar zin, evenals beneden in het dorp.

Renées moeder zat naast het hoofdeind van de lijkkist omringd door een aantal vrouwen ontroostbaar te huilen. São merkte op dat ze steeds weer dezelfde zin herhaalde. Aanvankelijk kon ze die vanwege het gesnik niet verstaan. Ze bleef een poosje naast haar staan en zag hoe verdrietig ze was. Ze vroeg zich af of haar moeder ook zo zou huilen als zij dood zou gaan. En plotseling verstond ze wat ze zei: 'Als we geld hadden gehad om een dokter te halen en de medicijnen te betalen, dan was mijn arme kind niet gestorven...'

Dat was het. Dat was er dus gebeurd. Renée was niet gestorven omdat God haar bij zich had geroepen, zoals iedereen sinds de vorige dag voortdurend herhaalde. Ze was gestorven omdat ze geen dokter hadden kunnen betalen. São voelde iets knappen vanbinnen en al het verdriet dat ze tot dan toe had opgekropt in haar maag barstte op dat moment los. Ze begon keihard te huilen en rende het huis uit. Ze bleef pas staan toen ze bij de kapel op de Kale Berg aankwam. Hijgend wierp ze zich op haar buik op de grond en haar tranen dropen op de aarde. Na een tijdje werd haar gesnik minder heftig. Uiteindelijk ging ze zitten en met haar rok veegde ze de modder van haar gezicht. Ze trok haar knieën op tegen haar borst, sloeg haar armen eromheen alsof ze zichzelf omhelsde, en keek naar het landschap: de armoedige huisjes van Queimada, de miezerige moestuinen, de schrale berghelling die naar beneden liep tot aan de zee, als een roodachtige waterval van steen die pardoes in het water verdween. En in de diepte, de vage, verre vlek van Carvoeiros, met zijn vrolijke geroezemoes, zo anders dan deze droefgeestige dag in het dorp.

Plotseling wist ze het. De mensen die in de grote huizen van Carvoeiros woonden, hadden genoeg geld om de dokter te halen als ze ziek werden. En de mensen in Italië, met straten vol auto's, elektrisch licht en duizend scholen, ook. Als je geld had, ging je niet dood. Tenminste niet als je zes jaar was. Zij wilde het zover schoppen dat meisjes van zes niet hoefden te sterven. Ze zou dokter worden. Ze zou mensen helpen die geen geld hadden en in door rotsen omringde dorpjes woonden. Ze wilde dokter worden. Dát wilde ze met haar leven doen. Die wens wilde ze in vervulling brengen. Dat was de zekerheid waaraan ze zich moest vasthouden. En ineens meende ze dat ze dat geheimzinnige iets doorgrondde wat de grote mensen de wereld noemden.

Een maand later ging São naar school. De kinderen van Queimada gingen elke ochtend heel vroeg op pad en liepen vijf kilometer naar Fajã de Baixo, over het slingerweggetje langs de afgrond, met hun schriften en lunchpakketje op hun rug. In het begin waren ze meestal nog wat slaperig en zwijgzaam, en af en toe struikelde er eentje over de stenen waarmee het pad was bezaaid. Maar na een tijdje leefden ze allemaal op, maakten grapjes en zongen liedjes. Aan het eind deden ze wedstrijdjes wie het eerst bij het groene gebouw was dat zich midden op het dorpsplein verhief, in de schaduw van bananenplanten, en begroeid met grote, paarsbloemige bougainvillea's die doña Natercia liefdevol verzorgde.

Doña Natercia was São's schooljuffrouw. Ze liep tegen de veertig, was knap, lief en levenskrachtig. Ze was dol op kinderen, ook al had ze die zelf niet. Ze had een heel blanke huid. Haar ouders waren mulatten, afstammelingen van oude Europese kolonisten die in het verleden negerinnen als minnaressen hadden genomen. Ze hadden goed geboerd: ze bezaten een pension in Praia, de hoofdstad van het land, en met het geld dat ze verdienden hadden ze hun enige dochter naar een Portugese nonnenschool kunnen sturen, waar de meest bemiddelde dochters van de middenklasse onderwijs kregen. Er zaten ook enkele meisjes uit onfortuinlijke gezinnen op, over wie de kloosterorde de voogdij had. Hun hele leven op school werd getekend door verschillen: zij kwamen binnen door een andere, kleinere deur, die minder mooi versierd was dan de hoofdingang. Ze droegen een veel bescheidener uniform. Ze zaten achter in het klaslokaal, op de achterste bankjes. Tussen de middag gingen ze niet terug naar huis om te eten. In de eetzaal van het klooster kregen ze, nadat de zusters de maaltijd hadden gebruikt, de restjes voorgeschoteld. Ze werden door de armoede geknecht, als een ketting waarmee ze vastgebonden zaten, in een uithoek van de wereld waar achterstelling en armetierigheid schering en inslag waren en waaruit ze maar moeilijk konden ontsnappen zonder het stigma te voelen dat voorgoed op hun voorhoofd was gedrukt. Hun verwekkers

– alcoholisten, bedelaars, prostituees – waren parasieten, kakkerlakken die eigenlijk geen bestaansrecht hadden. In hun bloed zat het merkteken van smerigheid en het stonk naar bederf. Ze waren gedoemd tot een onophoudelijke strijd tegen een kwaadaardige engel die hen vanaf hun geboorte vergezelde, hen keer op keer omver zou werpen en onder zijn ondraaglijke gewicht zou verpletteren.

Bijna geen enkel meisje van school richtte het woord tot deze kinderen. Behalve Natercia. Vanaf de eerste dag had ze hen aandachtig gadegeslagen en onmiddellijk was er een diep mededogen in haar opgekomen. Ze had een levendige verbeeldingskracht en toen de anderen die meisjes op de speelplaats steelse blikken toewierpen en elkaar dingen toefluisterden die ze van oudere scholieren hadden gehoord, barstte ze haast in huilen uit. Ze bedacht hoe haar leven eruit zou hebben gezien als zij door een geheimzinnige, goddelijke beslissing in een van die gezinnen was geboren, een onbekende vader had, en een moeder die verschrikkelijke, onuitspreekbare dingen met mannen deed.

De volgende ochtend stopte ze thuis stiekem een appel in haar zak. Tijdens het speelkwartier stapte ze op een van de meisjes af. Ze stond apart van de anderen tegen de bananenplanten geleund, alsof ze zich daarin wilde verschuilen zodat niemand haar lastig zou vallen. Ze was die dag ongekamd en vies op school gekomen, met haar gezicht vol vuile vegen. Moeder María del Socorro had haar eerst een fikse klap verkocht, wat kennelijk niet de minste indruk op haar had gemaakt, en haar daarna meegenomen naar het klooster om haar te wassen.

Natercia glimlachte naar haar: 'Hoe heet je?'

Wrevelig keek het meisje haar aan, maar misschien moedigde Natercia's glimlach haar aan om te antwoorden: 'Ilda.'

'Ik ben Natercia. Kijk, dit heb ik voor je meegenomen.'

Ze reikte de appel aan. Met angstige ogen keek Ilda haar aan, alsof dat cadeautje een valluik was waaronder een inktzwarte put verborgen zat.

'Die is voor jou. Ik heb hem van huis meegenomen. Hier.'

Eindelijk besloot het meisje de vrucht aan te pakken. Maar uit angst dat iemand haar zou kunnen zien en zou denken dat ze hem gestolen had, draaide ze zich om en at hem op met haar rug naar het speelplein gekeerd. Ze was gewend aan de klappen van haar vader en de onverschilligheid van haar moeder. Ze probeerde alles te verbergen wat maar enigszins de schijn kon wekken dat ze zich niet netjes gedroeg, zoals een jonge hond die zich doodsbang onder de tafel verstopt als hij weet dat hij op zijn kop krijgt. Eigenlijk leek Ilda precies op een hulpeloos trillend jong hondje. Natercia ging naar haar toe en gaf een vluchtig kusje op haar wang. Vervolgens rende ze weg en voegde zich bij haar groepje vriendinnetjes. Die hadden haar gadegeslagen en ondervroegen haar streng. Maar ze wist zich uit de benarde situatie te redden door gebruik te maken van het moederlijke gezag: 'Die appel heb ik van mijn moeder gekregen. Ik moest hem aan een van de arme meisjes geven. Ze zegt dat wij aardig voor hen moeten zijn en voor hen moeten zorgen. Zij kunnen er niets aan doen dat ze zo zijn.'

Vanaf dat moment werd Natercia de beschermvrouwe van de onfortuinlijke meisjes en in het bijzonder van Ilda. Dikwijls nam ze eten van huis mee. Of kleren die zij niet meer droeg. In het speelkwartier hielp ze met het huiswerk. Ze bekommerde zich om hen en hun gezinnen. Ze slaagde er echter nooit in om de isolerende muur helemaal te slechten. Sommigen weigerden haar hulp zelfs. Ze dreven de spot met haar en scholden haar uit voor bleekscheet en stommerik. Dat was hun manier om hun afwijzing te tonen van een wereld die de deuren voor hen dichthield. Om te bewijzen dat ze zichzelf wel konden redden in die donkere uithoek van de aarde waar ze woonden. Alleen met Ilda slaagde ze erin echt vriendschap te sluiten, alhoewel haar vriendinnetje nooit vertelde wat ze dagelijks te verduren kreeg: de klappen van haar altijd dronken vader, het schaamtegevoel als ze haar moeder voor de deur van de kathedraal zag bedelen, het smerige hutje in de sloppenwijk tussen ratten en viezigheid, de lange nachten slapend op de grond, op de aarde, ineengedoken naast haar vier broertjes, de vernederende zoektocht naar etensresten in de vuilnisbakken van de rijke huizen, de buikpijn van de honger. De ellende te beseffen dat overleven, ervoor zorgen dat haar hart bleef kloppen, het enige was wat ze in het leven kon doen, zonder een sprankje hoop op iets wat die elementaire taak oversteeg, die met een onontwarbare knoop aan het leven zelf was verbonden.

De arme meisjes bleven een voor een van school weg. Enkelen werden thuisgehouden om voor hun kleine broertjes en zusjes te zorgen terwijl hun moeders gingen werken. Anderen vonden werk als dienstmeid of winkelhulpje. Ilda vertrok op haar tiende. Ze ging afwassen in een kroeg. Ze wilde geld sparen om van het eiland weg te gaan en voorgoed van haar moeder en stiefvader af te zijn. Natercia vroeg of ze contact wilde blijven houden. Ze nodigde haar uit om te komen wanneer ze maar wilde. Maar ze zag haar pas twee jaar later weer terug. Op een dag, toen ze uit school kwam, stond ze op het plein op haar te wachten.

Ze was nauwelijks gegroeid. Ze leek nog steeds op een hongerig hondje, met haar grote, bange ogen en haar broodmagere figuurtje. Verheugd omhelsden ze elkaar. Ilda zei dat ze afscheid van haar kwam nemen: 'Morgen neem ik de boot naar Maio,' zei ze. 'Ik heb voldoende kunnen sparen. Mijn moeder dacht dat ik haar al het geld gaf dat ik verdiende. Maar ik heb elke week wat achtergehouden. Dat stopte ik in een lege fles die ik in de bergen had begraven. Elke zondag, als ik werd uitbetaald, ging ik daarheen en deed er vijfhonderd escudo's in. Ik heb genoeg voor de reis en om een paar dagen te kunnen leven tot ik werk vind.'

Het speet Natercia verschrikkelijk. Elke middag zou zíj naar haar prachtige geelgeverfde huis gaan, met de kleine, vrolijke kamers met uitzicht op zee en een geurende jasmijn tegen de gevel. Haar moeder zou haar een kus geven en vragen hoe het die dag op school was gegaan. Ze zou alle details vertellen: de ruzie met Fátima, de tien voor taal, de boze bui van moeder María de las Angustias. Daarna zou ze naar haar kamer gaan, haar uniform uittrekken, gemakkelijke kleren aandoen en haar huiswerk maken. Als haar vader thuiskwam, zouden ze aan de tafel in de hoek van de eetkamer gaan zitten, ze zouden de klanten begroeten die langskwamen en ze zouden alles eten wat ze maar wilden. Heerlijke vis met aardappels, een bord maïspap met een lekker glas melk. Vervolgens zou ze in haar comfortabele bed gaan slapen, toegedekt met de bonte sprei die haar oma voor haar geboorte had gemaakt, terwijl ze naar het wiegende geluid van de brekende golven op het strand luisterde. Elke dag zou ze beschermd en wel in haar wereldje vol mooie spullen wonen. En ze zou op de toekomst afstormen als een vogel die snel rondvliegt op zoek naar water. Ondertussen zou Ilda moederziel alleen door de straten zwerven. Ze zou hongerlijden en alle winkels en kroegen aflopen op zoek naar een slechtbetaalde, doodvermoeiende baan. Ze zou in het portaal van een kerk slapen, verstoken van alle warmte: genegenheid, gelach, een aangename plek om zich terug te trekken, het voornemen om een aardig en gelukkig mens te worden. Natercia wilde haar uit al die ellende en eenzaamheid halen, haar bij zich houden om haar een zuchtje zorgeloosheid te kunnen inblazen, waardoor haar eigen bestaan werd omringd.

'Blijf toch hier. Mijn moeder heeft vast wel werk voor je in het pension. Ze heeft altijd mensen nodig. Blijf hier. Dan zien we elkaar elke dag. Mijn moeder is heel lief. Dat zul je zien.'

Ilda vond het een geweldig plan: een vriendin en een fatsoenlijke baan. Ze wilde er net op ingaan, toen het idee en alles wat dat met zich meebracht door iets troebels uit haar gedachten werd gewist. Ze boog haar hoofd. En voor één keer sprongen de tranen in haar ogen. 'Ik kan niet blijven. Mijn moeder en stiefvader weten me zeker te vinden. Dan zullen ze me dwingen het geld af te geven. En altijd als hij even kan, zal mijn stiefvader aan me zitten. Als ik nu naar huis ga en mijn moeder ziet het niet, zit hij aan me en wil hij dat ik hem kus. Ik weet hoe dat gaat. Ik moet maken dat ik wegkom.'

Natercia begreep dat ze in haar medelijden alleen stond. Het was een even overrompelend als nutteloos gevoel. Een donkere wolk die de wereld verduistert, maar er niet zijn heilzame water over kan uitstorten. De werkelijkheid was veel machtiger dan haar verlangen iets voor haar vriendin te kunnen betekenen. Diepbedroefd omhelsde ze haar: 'Oké, ga maar, maar vergeet niet dat ik hier altijd ben als je iets nodig hebt. Schrijf me alsjeblieft. Schrijf me snel hoe het met je gaat.'

Vlug noteerde ze haar adres op een blaadje uit haar schrift, scheurde het eruit en gaf het aan Ilda. Die pakte het aan, terwijl ze haar uiterste best deed om een glimlach te forceren. Het leek of ze moest vechten tegen een ondraaglijke last die ze van zich af moest schudden. Toen zette ze het op een lopen. Natercia zag hoe haar fragiele rug om de hoek van de kathedraal verdween. Het was of ze zich maar met moeite een weg kon banen door de vijandige lucht. Ze had het gevoel dat ze nooit meer iets van haar zou horen. Inderdaad verdween Ilda op dat ogenblik voorgoed uit haar leven.

Maar op een bepaalde manier liet ze duidelijk haar stempel achter: toen Natercia de middelbare school had afgemaakt, besloot ze naar de pedagogische academie te gaan. Ze wilde voor meisjes als Ilda doen wat ze voor haar vriendin niet had kunnen doen: hen helpen om de armoede te ontvluchten, laten zien dat ze, door te leren en zich in te spannen, een beter leven konden krijgen, dat ze eerbare vrouwen konden worden, ver van de wreedheden die de extreme armoede met zich meebracht. Hoop geven en middelen aanreiken, zodat ze ideeën kregen waarvoor ze zouden willen vechten.

Niets kon haar meer van haar roeping weerhouden. Tijdens haar studie kreeg ze een vriend die met haar wilde trouwen. Hannibal was eigenaar van een van de beste pensions in Praia. Als hij op bezoek was bij haar vader, een goede vriend van hem, dweepte hij met haar. Hij kreeg vrijwel direct toestemming om haar een verloving voor te stellen. Zij ging erop in, heel rustig, zonder hartstocht of verlangen; liefde maakte geen deel uit van haar fantasieën. Daarvoor was ze te serieus, te gereserveerd en realistisch. Ze veronderstelde dat ze wel een keer zou moeten trouwen, maar ze ambieerde alleen dat haar echtgenoot een aardige, hardwerkende man zou zijn, iemand die haar fatsoenlijk en respectvol tegemoet zou treden. Ze droomde niet van innige ontboezemingen en zielsvervoering. Hannibal leek een goede kandidaat: hij was tien jaar ouder dan zij en er waren geen schandalen met vrouwen of alcoholistische uitspattingen van hem bekend, tenminste niet sinds hij zijn zaak op het eiland was begonnen. Het was een saaie, voorspelbare, maar degelijke verlovingstijd. Natercia's moeder begon direct de uitzet van lakens en handdoeken in orde te maken. En hij sprak erover hoe ze hun slaapkamer zouden inrichten, met een groot bed en een toilettafel waaraan zij kon gaan zitten om haar haar te kappen zoals vrouwen in films.

Maar vanwege Natercia's werk liep alles stuk. Op een middag zaten ze op de kiezelstenen aan het strand. Over zes maanden zou ze klaar zijn met haar studie en Hannibal zei dat hij hun bruiloft direct daarna wilde organiseren. Ze keek hem heel ernstig aan. En een beetje angstig voor wat ze hem wilde zeggen: 'Dat zal niet gaan. Het eerste jaar als onderwijzeres word ik naar een dorpje op een of ander eiland gestuurd, buiten Praia. We zullen moeten wachten tot ik terug ben. Als het meezit, ben ik het studiejaar daarop weer hier.'

Woedend stond hij op en schreeuwde: 'Ben je van plan te gaan werken?'

'Of ik van plan ben te gaan werken? Ja, natuurlijk. Waarvoor studeer ik anders?'

Hannibal werd nog woedender: 'Ik sta niet toe dat mijn vrouw buitenshuis werkt! En helemaal niet dat ze in haar eentje god weet waarheen gaat. Er is meer dan genoeg werk in het pension!'

Natercia begreep dat er een gigantisch verschil van inzicht tussen hen in stond. Ze hadden er nooit over gesproken en hadden ieder hun eigen idee als vanzelfsprekend beschouwd. Hannibal verwachtte dat ze haar studie zou afmaken en de lauweren om zou hangen als een versiering waarover je kon opscheppen – mijn vrouw is onderwijzeres, weet u. Maar natuurlijk is ze niet als zodanig werkzaam –, terwijl zij er reikhalzend naar uitzag om met kinderen aan de slag te gaan en te proberen uit ieder kind het beste te halen, ook al was dat aan het eind van de wereld. Dat was haar diepste wens. Niemand zou haar daarvan weerhouden. Zelfs geen aardige echtgenoot.

Ze stond op. Verbolgen keek Hannibal haar aan. Met zijn handen in zijn zij en wijd opengesperde ogen wachtte hij af. Ze liep op hem toe: 'Ik geloof dat we elkaar verkeerd begrepen hebben. We hadden hier eerder over moeten praten. Ik wil lesgeven. Voor niets ter wereld geef ik dat op. We kunnen maar beter nu uit elkaar gaan.' Ze stak haar hand uit. Volledig van zijn stuk gebracht schudde hij die. 'Dank je wel voor al je attenties van de afgelopen tijd. Ik wens je het allerbeste.'

En met langzame, ferme stappen liep ze over de kiezelstenen weg. Diep vanbinnen wist ze dat ze zich bevrijd en gelukkig voelde, ook al moest ze ten overstaan van de anderen wel een beetje verdriet voorwenden. Niets, geen verplichting of pleziertje, zou haar ambitie nog in de weg staan.

Vanaf de allereerste dag mochten São en Natercia elkaar. São voelde zich aangetrokken door de zachtaardigheid van haar onderwijzeres, door de vriendelijke, geduldige manier waarop ze de dingen uitlegde, maar ook door de energie die ze uitstraalde, alsof ze onverstoorbaar tegen de golven in zwom. En door alle wonderbaarlijke kennis die in haar woorden verborgen lag. Wat Natercia opviel was São's enorme leergierigheid, het grote enthousiasme dat leek schuil te gaan onder haar rustige buitenkant, en de innemende glimlach waarmee ze de wereld tegemoet trad.

De zes jaar dat ze op school zat was ze een uitstekende leerling. Ze beet zich vast in de leerstof alsof dit haar zou behoeden voor ongeluk. De onderwijzeres stond telkens weer verbaasd over de voorlijke levenswijsheid van het in een afgelegen dorpje geboren meisje, dat kennelijk toch in een stimulerende omgeving was opgegroeid. Op een dag, toen de school net was begonnen, vroeg Natercia aan de kinderen wat ze later wilden worden. Bij de meesten was het niet eens opgekomen dat ze iets te kiezen hadden. Bijna allemaal vonden ze het vanzelfsprekend dat ze hetzelfde zouden doen als hun ouders: boer worden, of verkoper, of gaan werken in een fabriek in Europa, of huizen schoonmaken. Een enkeling die een keer de haven van Carvoeiros had gezien droomde ervan visser te worden. Eén meisje zei dat ze later een eethuis wilde hebben om lekkere dingen te kunnen koken. São had echter haar eigen droom. Een reusachtige drang als een kolossale berg die de zon met zijn stralen verlichtte: 'Ik wil dokter worden om arme kinderen beter te maken,' zei ze met haar serene, heldere stemmetje.

Natercia kreeg bijna tranen in haar ogen. Maar niet vanwege de betrokken ambitie van haar leerling, die zoveel op de hare leek, maar omdat ze begreep hoe moeilijk het zou zijn om dat plan te verwezenlijken. In het speelkwartier riep ze het meisje bij zich om haar te helpen met de verzorging van de planten die in het kleine tuintje van de school stonden.

'Het lijkt me een heel goed idee om dokter te worden,' zei ze. En São knikte, blij dat de juffrouw het met haar eens was. 'Maar je weet dat je dan heel hard moet studeren. De studie kost heel veel geld, zoveel dat alleen rijke mensen dat kunnen betalen. De enige manier om niets te hoeven betalen is hele hoge cijfers halen. Dan beslissen enkele heren uit Praia dat jij gratis mag studeren en sturen ze je naar Portugal om daar dokter te worden.'

'Is Portugal hetzelfde als Italië?'

'Nee. Het zijn twee verschillende landen, maar ze liggen alle twee in Europa.'

'Maar ik wil naar Italië. Net als mijn moeder en Noli.'

'Misschien lukt dat wel. Portugal is in elk geval heel mooi. Je vindt het vast leuk. Voorlopig moet je de hoogste cijfers halen. Onthoud dat. De allerhoogste.'

'Ja, doña Natercia. Dat zal ik doen. Dat beloof ik.'

En dat gebeurde. Binnen de kortste keren werd São de beste leerling van haar klas. Misschien wel van de hele school. Ze leerde snel lezen en schrijven, de elementaire rekenkundige begrippen, en alle landkaarten. Ze was dol op landkaarten. Urenlang zat ze erover gebogen; ze bekeek waar Kaapverdië, Portugal en Italië lagen, en mat de afstand tussen die twee landen waar ze een toekomst voor zich zag. Eén hele vinger om bij Portugal te komen, en bijna nog een tot Turijn, waar haar moeder woonde. Vrijdagmiddag, als ze terugkwam in het dorp, klom ze naar boven naar de kapel op de Kale Berg. Vandaar kon ze de zee zien. De juffrouw had haar uitgelegd in welke richting die landen lagen. Ze ging op een rots zitten, keek naar het noordoosten en dacht aan haar leven daar, als ze zou bestuderen hoe je de hoest kunt genezen waarvan je 's nachts wakker ligt, wat je moet doen om de koorts uit een beverig lijfje te verdrijven, of hoe je de gevreesde diarree kunt stoppen. Haar geest reisde naar een ruimte opgetrokken uit kleurrijke boeken en schriften, een reusachtig lokaal, waar een juffrouw zoals doña Natercia haar alle aandoeningen van het lichaam onderwees en de methodes om die te genezen. En naar een altijd helder verlichte, kleine kamer waar ze uren achtereen haar huiswerk maakte zonder ooit vermoeid te raken. Haar hele leven was gericht op dat ene doel, alsof ze een groot, met tapijt bedekt pad volgde dat naar een paradijs zou leiden, naar een gebied vol schatten binnen handbereik. Dan zong ze een *morna*, een oud volksliedje: Wie wees je de weg zo ver, zo ver, de weg naar São Tomé? Heimwee, heimwee naar mijn land, São Nicolau. Dan moest ze lachen. Ze wist dat zij geen heimwee zou hebben als ze ver weg zou gaan, omdat ze terug zou komen met al het goede dat mogelijk was.

Maar die geweldige droom verdween als sneeuw voor de zon op een dag in juli kort nadat São – ze was net twaalf geworden – het laatste jaar van de lagere school had afgerond en de vakantie begonnen was. Het jaar daarop zou ze zich inschrijven op het lyceum om haar middelbareschoolopleiding te beginnen. Ze zou in Vila moeten gaan wonen en daar een huurkamer moeten gaan zoeken. Diezelfde middag had ze met pijn in haar hart afscheid genomen van doña Natercia, die haar meerdere malen had omhelsd en had herhaald dat ze moest doorzetten en dat zij haar altijd zou steunen. En dat ze hoopte dat zij haar dokter zou zijn als zijzelf oud was: São, de beste dokter van heel Kaapverdië.

Vol trots kwam ze thuis, met de blauwe sjerp en het getuigschrift als bewijs dat ze de lagere school met succes had doorlopen. Op de binnenplaats was Jovita bezig met het avondeten. Ze maakte een zenuwachtige indruk. Hoewel ze nauwelijks meer de deur uit ging, was ze die dag wel naar de moestuin gegaan om de beste groentes te halen. Ze had een kip geslacht, de maïs zo fijn mogelijk gemalen, en nu was ze een *cachupa*, een heerlijke stoofpot aan het bereiden. Maar hoe hard ze ook blies en met de waaier wapperde, het vuurtje ging telkens uit, het meel klonterde, de groentes vielen uit elkaar, verdwenen bijna, gingen op in de soep, en het vlees werd maar niet gaar. Het ging niet goed. Alsof ze nog nooit had gekookt. Alsof ze dit gerecht nog nooit had klaargemaakt. Het had nota bene altijd bij de feestdagen gehoord, bij Kerstmis, of bij de thuiskomst van haar kinderen, die een enkele keer uit Europa voor de vakantie waren teruggekeerd.

Het was ook een bijzonder moeilijk moment. Jovita was niet zo'n sentimentele vrouw, maar haar genegenheid voor São was onverwoestbaar. Ook al was ze erg streng voor haar, toch hield ze misschien wel meer van het meisje dan ze ooit van haar eigen kinderen had gehouden. Mogelijk omdat ze besefte dat São de laatste in haar leven was aan wie ze gezelschap zou hebben. Als São bij haar weg zou gaan, als ze ergens anders zou gaan wonen, zou ze voorgoed alleen zijn. Het was de allerlaatste kans om nog een graantje tederheid mee te pikken, de laatste binding met de vermoeiende dagelijkse beslommeringen: het huis en de kleren op orde houden, voor het eten zorgen, koken. Zonder die verplichtingen zou haar leven veel saaier en eentoniger zijn. Want als São vertrok, bleef zij alleen met de geesten. En of de grond netjes is geveegd, de keuken asvrij, en de lakens schoon, dat laat hen volkomen koud.

Jovita was er niet blij mee. Ze had graag gewild dat het kind nooit uit Queimada wegging, maar tegelijkertijd kon ze wel begrip voor haar plannen opbrengen. De wereld was erg veranderd, had ze gehoord. Het was veel makkelijker om te reizen. Algauw trokken de mensen naar een ander dorp, eiland of land, of zelfs naar een ander continent. Vroeger moest je om ergens te komen dagen achtereen lopen en een eindeloos lange boottocht maken. Tegenwoordig waren er op veel plaatsen auto's, bussen en snelle vliegtuigen die de mensen in luttele uren naar de andere kant van de wereld brachten.

En daarnaast was er de vrouwenkwestie nog. Ze had gehoord dat in de Europese landen veel vrouwen dezelfde studies als mannen deden en beroepen uitoefenden die in Kaapverdië nog ondenkbaar waren. Voor zover zij wist, waren er in Italië en Portugal veel vrouwelijke doktoren. Weliswaar vond ze het vreemd en verbazingwekkend dat São ook arts wilde worden, maar ze was er niet op tegen. Ze kon niet begrijpen hoe het leven van een vrouwelijke dokter eruit zou zien. Ze vroeg zich af of er wel mannen waren die samen wilden zijn met zo'n slimme vrouw. En hoe ze het met de kinderen zou regelen als ze die kreeg. Ze zag wel in dat het feit dat zij zich dat niet kon voorstellen nog niet betekende dat het onmogelijk was. De mogelijkheid dat São een belangrijke vrouw werd, iemand die levens kon redden en die iedereen met u moest aanspreken, vervulde haar eerlijk gezegd met bewondering. Menige avond, terwijl het meisje bij het licht van een kaars gebogen over haar schrift geduldig zat te leren lezen en schrijven, had ze afgunst gevoeld. En soms had ze zich afgevraagd of haar een ander lot beschoren zou zijn geweest als zij naar school had kunnen gaan. Ze had het idee dat die strepen op het papier deel uitmaakten van een magisch ritueel, een ceremonie waardoor de wereld veranderd werd, omdat er andere bronnen werden aangeboord en deuren werden geopend naar ruimtes die zonder al die kennis voorgoed gesloten zouden blijven.

En nu moest ze haar vertellen dat de weg naar dat leven waarschijnlijk afgelopen was, dat die geblokkeerd was door een catastrofe, een onverwachte instorting die zich als een muur tussen São en haar toekomst had geplaatst. Twee maanden geleden had ze een brief van Carlina gekregen. Als Jovita een brief kreeg – vijf of zes per jaar –, wachtte ze meestal tot het meisje terugkwam van school en het nieuws hardop voorlas. Maar deze keer had een vreemd voorgevoel haar ertoe gebracht het anders te doen. Ze ging op zoek naar een van de dorpelingen die konden lezen. Toen vernam ze het ongeluk: Carlina was haar baan kwijtgeraakt. Zes jaar lang had ze als inwonende dienstmeid gewerkt. Ze had voor drie kinderen gezorgd en al het huishoudelijke werk gedaan. Maar de situatie was veranderd: ze was per ongeluk zwanger geraakt, en in de vierde maand, toen ze het niet meer kon verbergen, was ze op straat gezet. Haar mevrouw had gezegd dat haar kinderen al groot waren en dat ze haar niet meer nodig had. Maar ze wist dat dat niet waar was. Het ergste was dat ze met haar buik en gezwollen spataderen nu geen werk kon vinden. Dat betekende dat ze geen geld meer kon sturen. Wat haar man in de fabriek verdiende was amper genoeg voor de huur en hun eigen levensonderhoud. Ze voelden zich genoodzaakt om de kosten terug te brengen, wat heel moeilijk was juist nu ze een kind verwachtten. Ze vroeg of zij São alsjeblieft nog een paar maanden wilde onderhouden, tot ze was bevallen en een nieuwe baan had gevonden.

Nadat de brief was voorgelezen, ging Jovita voor de deur van haar huis zitten en dacht diep na. Ze wist zeker dat Carlina de waarheid sprak. Ze had al eerder dergelijke verhalen gehoord. Misschien werden vrouwen in Europa zwakker als ze zwanger waren en deugden ze niet meer om te werken. In elk geval wist ze ook zeker dat ze nooit meer geld uit Turijn zou ontvangen. Als Carlina het met kind en al voor elkaar zou krijgen een baan te vinden, zou ze alles wat ze verdiende voor de baby nodig hebben. Bovendien zou ze na een paar maanden aan het idee gewend zijn geraakt dat Jovita voor São zou blijven zorgen, zonder dat er iets tegenover stond. Dan zou ze ervan uitgaan dat het zo wel door kon gaan. Maar zelfs als ze uiteindelijk woord zou houden, zouden het meisje en zij een lange periode uitsluitend beschikken over het geld dat haar kinderen konden opsturen. En dat werd steeds minder. De middelbare school was erg duur. Het verblijf, de inschrijving en een stapel schriften en boeken moesten worden betaald. Als ze dat bedrag in de opvoeding van het meisje zou stoppen, zou ze bijna niets meer overhouden voor haar oude dag. Ze moest een beslissing nemen. Het was een belangrijke beslissing. Haar geweten en haar welzijn werden met elkaar geconfronteerd. Haar toekomst en die van São stonden tegenover elkaar. Voordat ze São iets vertelde, moest ze Socrates raadplegen.

Het was al enkele jaren geleden dat Socrates zich eindelijk had verwaardigd haar op te zoeken. Op een vroege zondagmorgen was hij plotseling opgedoken naast haar in bed. Jovita, nog half in slaap, werd de warmte van zijn lichaam gewaar en voelde duidelijk zijn adem in haar nek. Toen ze zich omdraaide zag ze hem, met een glimlach om zijn dikke, halfopen lippen en een gelukzalige blik in zijn ogen. Dat weerzien was een van de gelukkigste momenten van haar leven geweest. Bovendien sprak Socrates wel tegen haar, in tegenstelling tot haar moeder. Zolang hij bij haar bleef, in het waterige, goudkleurige ochtendlicht, vertelde hij van alles, totdat hij weer verdween, precies op het moment dat de zonnestralen onverzettelijk het vensterglas geselden, alles zijn schaduw herkreeg en de vogels geestdriftig begonnen te zingen. Na de eerste, schuchtere tekenen van de dageraad was hij in een paar tellen verdwenen, een spoor van zijn geur tussen de lakens achterlatend.

Jovita was gewend geraakt aan de gesprekken met hem. Hij kwam elke zondag, en dan voerden ze het gesprek al fluisterend in elkaars oor om São, die nog sliep, niet wakker te maken. Socrates waarschuwde haar niet voor nare gebeurtenissen, zoals andere geesten deden. Die verzweeg hij eigenlijk uit liefde voor haar: hij wilde haar geen angst aanjagen. In plaats daarvan troostte hij haar op moeilijke momenten. Als ze zenuwachtig was, kalmeerde hij haar. Als ze terneergeslagen was, sprak hij haar moed in. Altijd gaf hij haar wijze raad. En hij kon ook met haar lachen en maakte veel vleiende opmerkingen, waardoor ze zich nog steeds aantrekkelijk voelde. Het was alleen wel jammer dat ze elkaar niet konden aanraken.

Reikhalzend keek ze uit naar zondag. Die nacht kon ze niet eens de slaap vatten. Toen hij kwam zat ze op de rand van het bed, met rode ogen en een hevige hoofdpijn die in haar slapen klopte. Hij had amper de tijd om volledig te verschijnen of ze vroeg al: 'Weet je al wat Carlina is overkomen?' Ze kon nog niet eens goed zijn vorm ontwaren.

'Natuurlijk.'

'Wat moet ik doen? Als ik het geld aan São besteed, kan ik niet voor mezelf sparen. Maar als ik dat niet doe, bederf ik haar plannen. Het is een verschrikkelijke tweestrijd.'

Socrates haalde diep adem en sprak heel langzaam en heel duidelijk, alsof hij bang was dat ze hem niet goed zou verstaan: 'Je moet aan jezelf denken. Zij groeit hoe dan ook op, en krijgt haar eigen leven. Ze zal weggaan en jou alleen laten. Jij hebt het geld nodig om voor jezelf te zorgen. Misschien moet je later naar het ziekenhuis. Of naar het bejaardentehuis in Vila. En dan moet je betalen.'

'Wil je zeggen dat ik ziek word?'

'Nee, dat bedoel ik niet. Ik weet niet wat er met jou gebeurt op zo'n lange termijn. Ik stel me alleen voor hoe het kan lopen. Wees zelfzuchtig. Denk aan jezelf. Maar laat het kind wel dit jaar afmaken. Dan kun je haar later het slechte nieuws wel vertellen. Wat zie je er trouwens mooi uit vandaag.'

Jovita bracht haar haar in model.

'En ik heb nog wel geen oog dichtgedaan!'

'Weet je nog in het begin, toen we hele nachten niet sliepen? Die slapeloosheid deed je toen ook erg goed... Als je opstond zag je er net zo appetijtelijk uit als een pas rijp geworden guave. En nu ook.'

'Slijmerd die je bent!'

Jovita legde de laatste hand aan haar half mislukte cachupa. São had de tafel al gedekt. Haar blauwe sjerp, die glimmend dwars over haar gele jurkje liep, had ze nog niet afgedaan. Ze gingen zitten. Het meisje diende het gerecht op en bedankte Jovita dat ze die bijzondere stoofpot had bereid om te vieren dat ze de lagere school had afgerond.

De oude vrouw keek haar aan. Het meisje, met haar lieve, ronde gezichtje en haar reusachtige ogen, glimlachte stralend en verrukt. Jovita besloot niet langer te wachten: 'Je kunt je niet inschrijven op de middelbare school. Ik heb geen geld. Je moeder werkt niet meer. Ze kan me niets meer sturen.'

São's lepel viel op haar bord. De soep spatte op. Tientallen vetvlekken die in een paar tienden van een seconde onuitwisbaar in de glanzende nylon stof doordrongen bevuilden de sjerp. Onthutst keek het meisje ernaar. Ze richtte al haar aandacht op die kleine bruingrijze druppeltjes die zojuist de mooiste dag van haar leven voorgoed hadden bedorven en met één klap haar trots en haar diepste wens om zeep hadden geholpen. Als een overstroming, die in één ogenblik het werk van vele jaren vernielt, huizen onder water zet, herinneringen vernietigt, tuinen omwoelt, en alle inspanningen meesleurt waarmee de mensen een thuis hebben gebouwd, met de illusie te genieten van een schuilplaats tegen de boze wereld. Ze barstte in huilen uit, wanhopig: 'Mijn sjerp! Mijn sjerp is bedorven!'

ONTWAKEN UIT DE DROOM

Het jaar daarop bracht São door in een kristallen bol. Daar zat ze, ineengedoken en uitdrukkingsloos. Het leven ging langs haar heen, met zijn ochtendgloren en avondschemer, zijn spelletjes en verplichtingen, zijn lachbuien en driftaanvallen. Een heel gewoon leven voor een meisje van twaalf dat in een afgelegen dorpje in Kaapverdië woont en niet meer naar school gaat. Maar voor São had het leven geen zin meer. Die middag in juli, toen Jovita had verteld dat ze niet verder kon leren, was de draad die haar langs haar levenspad leidde geknapt en ze wist absoluut niet hoe ze die weer vast kon knopen. Ze was nog te jong om het te kunnen begrijpen, maar ze was inderdaad een belangrijk deel van zichzelf kwijtgeraakt: dat wat zich nog in de toekomst moest ontwikkelen, nog moest groeien uit de knop waarin ze opgesloten zat en zich met alle innerlijke kracht moest ontplooien, en een vermogende, heilzame schaduw over de wereld zou werpen.

Elke ochtend stond ze op met een intens leeg gevoel. Ze miste school verschrikkelijk: de lange wandeling naar Fajã in de stralende dageraad, de stilte van de andere kinderen tijdens de les en hun kabaal in het speelkwartier, de ruwe kaften van de boeken, het plezier om stap voor stap haar schrift in te vullen, de doordringende lucht van krijt, gummetjes en potloden. Ze miste alle kennis waarin ze had leren onderduiken, als een dorstige die op zoek is naar koel water. En de warme, stimulerende aanwezigheid van doña Natercia.

Regelmatig ging ze haar opzoeken. Dan liep ze in het begin van de middag naar Fajã en wachtte daar tot de school uitging. Meestal nam de onderwijzeres haar mee naar huis. Ze gingen samen in de kleine tuin zitten, omringd door bougainvillea's en hoge, waaiervormige ravenala's, terwijl Homerus, de hond, aan São's voeten kroop, in de vurige hoop dat er een kloddertje van haar verrukkelijke mango-ijsje op de grond viel, dat hij dan haastig oplikte.

Natercia betreurde de situatie van haar oud-leerlinge zeer. Zij overzag beter dan São wat deze tegenslag inhield en wat de gevolgen ervan op haar leven zouden zijn. Ze zou gedoemd zijn hongerbaantjes aan te nemen en naar vreemde landen te emigreren. En ze zou waarschijnlijk ook, zoals zoveel andere vrouwen, de aanwezigheid moeten verdragen van mannen die haar zonder enige consideratie keer op keer zouden bezwangeren. En terwijl zij zich kapot zou werken en voor de kinderen zou zorgen, zouden die kerels zich bedrinken en haar mishandelen. En zodra ze genoeg hadden van het al te vertrouwde seksleven, zouden ze haar in de steek laten. Natercia vreesde dat ze een van de vele weerloze, slaafse vrouwen van de wereld zou worden.

Toen São de tijding had meegedeeld, had Natercia ettelijke avonden zitten optellen en aftrekken. Ze wilde kijken of zij eventueel de studiekosten voor haar rekening kon nemen. Maar dat was onmogelijk: haar salaris als schooljuffrouw was laag. En ze voelde zich al jaren verplicht om de helft ervan naar haar ouders te sturen. Haar moeder had een beroerte gehad en was sindsdien gehandicapt. Onder die omstandigheden en met een vader die zwaarmoedig was geworden en uren per dag voor haar moest zorgen, was het met het pension steeds minder goed gegaan, totdat ze zich genoodzaakt hadden gezien het te sluiten. Nu hadden ze veel geld nodig om doktoren en medicijnen voor haar moeder te kunnen betalen. En hoewel ze zelf wel wat spaargeld hadden, was de hulp van hun dochter toch onmisbaar. Met wat ze overhield kon Natercia net de huur van haar huisje betalen en een sober leven leiden. Maar ze kon niet naar Europa reizen – waarvan ze altijd had gedroomd – en nauwelijks genieten van de gemakken en luxe die ze in haar kindertijd en haar jeugd had gekend. Ze veroorloofde zich slechts twee bijzonderheden: één keer in de week at ze vlees, en af en toe kocht ze een boek. Dat bestelde ze per post in de boekwinkel in Vila en ontving ze met kloppend hart, alsof het om een dierbare vriend ging. Ze zou best bereid zijn om deze twee kostenposten op te geven, maar hoe ze ook rekende, het was niet voldoende voor de inschrijving, het studiemateriaal en de huisvesting.

Het enige wat ze voor São kon doen was haar steunen en raad geven. Elke keer als ze elkaar zagen, zei ze dat ze de moed niet moest verliezen, dat ze misschien naar een avondschool kon gaan als ze een goede baan in de stad vond. Ze wilde dat ze de hoop niet liet varen, dat ze bleef vechten voor haar ideaal en dat ze zich niet liet vangen in het net van de berusting. Dat was zo gevaarlijk als een moeras, waarin ze in de loop van haar jaren als onderwijzeres zo vele kinderen had zien verdrinken: berusten in het louter overleven, domweg je best doen niet van de honger om te komen, routine en morele onverschilligheid, de overtuiging dat het onmogelijk was uit de kale, verstikkende kooi van de armoede te komen, aanvaarding van het onverbiddelijke lot, goedgelovige nachtelijke smeekbeden in de hoop dat een gewone koortsaanval, besmet water of een eenvoudig griepje je mee zou nemen en eindelijk de deuren zou openen naar de wereld met altijd groene weiden, nooit opdrogende fonteinen en eeuwige rust.

Desondanks vroeg Natercia zich dikwijls af of ze er wel goed aan deed het meisje te steunen. Ze wist dat het erg onwaarschijnlijk was dat ze de mogelijkheid zou krijgen om te kunnen doorleren. Ook al zou ze werk vinden als dienstmeid in een huis, als werkster in een café of als leerling in een werkplaats, dan nog zouden haar werktijden hoogstwaarschijnlijk veel te lang zijn om ook nog naar school te kunnen gaan en huiswerk te maken. En haar loon zou zo goed als zeker niet genoeg zijn voor de noodzakelijke kosten. Ze zou wel érg veel geluk moeten hebben om haar enthousiasme en moed niet te verliezen. Het was verschrikkelijk moeilijk. En hoe zou ze zich voelen, als Natercia steeds haar hoop had gevoed en het uiteindelijk toch niet lukte? Na een tweede mislukking zouden de frustratie en het verdriet alleen maar erger worden. En dat kon wel eens een complete verwaarlozing van haarzelf tot gevolg hebben. Maar als het wél lukte? Als er een edelmoedige godheid over haar waakte en bereid was zijn armen naar haar uit te steken, haar met gunsten te overladen en aan haar voeten een zachte loper neer te leggen die haar zonder omwegen naar een lumineuze toekomst zou leiden?

Doña Natercia worstelde met deze twijfels. Menige avond, als de slaap haar bijna had overmand en haar in die toestand wiegde waarin de werkelijkheid een wazige nevel wordt, werd haar verantwoordelijkheidsgevoel in een hoekje van haar geest actief en belette haar in slaap te vallen. Dikwijls ging ze dan naast Homerus op de grond zitten, die zijn kop op haar benen legde, in de hoop dat ze hem in haar verstrooiing een aaitje zou geven. Op die momenten van onzekerheid was ze blij dat ze zelf geen kinderen had die ze moest begeleiden en adviseren, op wier levens ze een blijvend stempel zou drukken en die ze misschien wel in de richting van een catastrofe zou duwen.

Als de zon opkwam en de foto's aan de muur verlichtte, bekeek ze die een voor een. Het waren ansichtkaarten van vrienden en oud-leerlingen die ze in de loop der jaren uit verschillende landen had ontvangen – uit Kaapverdië, Afrika, Europa en zelfs Amerika. Er stonden mooie plaatsen op, waar zij naar alle waarschijnlijkheid nooit zou komen. Als je het zo bekeek, leek de wereld met die verstilde tijd vol wonderlijke vormen en kleuren: het blauw van de luchten, de gevarieerde grijstinten van de zeeën, het groen van de bossen, het goudgeel van stenen die in vervlogen tijden een voor een op elkaar waren gestapeld, het wit van besneeuwde bergen, het rood van daken waaronder zoveel wezens beschutting vonden. Een veelbelovende, opwindende plek. Dan vatte ze weer moed: misschien kreeg São het met haar hulp wel voor elkaar en zou ze al die bijzondere plaatsen ooit wel kunnen gaan zien. Ze moest haar echt aansporen door te zetten. Wat rustiger ging ze weer naar bed en stortte zich op het dutje dat ze zich nog kon veroorloven voordat de lessen begonnen. Hoe het ook zou lopen, nooit zou zij São's hand loslaten en haar overlaten aan haar lot, zodat ze alleen haar weg moest gaan, zoals ze destijds met Ilda had moeten doen.

Afgezien van haar bezoeken aan doña Natercia deed São in die maanden niet veel. Ze liet de tijd voorbijgaan en hoopte op een baantje waardoor ze uit die laagvlakte zou kunnen komen, en, zoals de juffrouw zei, misschien weer verder kon gaan leren en het plan doorzetten dat ze voor haar leven had getrokken en dat door omstandigheden was opgeschort. Het dorpje was voor haar allang niet meer de enige plek in de wereld en het feit dat ze nu genoodzaakt was om daar dagenlang passief af te wachten, als een zeilschip in windstilte, gaf haar het gevoel dat ze gevangenzat. Met de routine van elke dag: handelingen zonder enige opwinding. Het huishouden natuurlijk. Jovita had al het werk aan haar overgedaan. Zelf zat ze nu de hele dag in haar schommelstoel te kijken wat er om haar heen gebeurde. Af en toe riep ze de kinderen iets toe in een poging hun luidruchtige spelletjes wat te temperen. Ondertussen maakte São het kleine huisje schoon, stofte de weinige meubels af, veegde zorgvuldig de lemen vloer en harkte hem zelfs aan, streek de lakens op de veldbedden glad, ging naar de bron om water te halen en de was te doen, maalde maïs, stak het vuur aan, maakte couscous klaar, bereidde vis en groentes, en kookte kikkererwten... Ze hield ook de moestuin bij: ze wiedde het onkruid en de distels, strooide mest, bond het riet samen, snoeide uitlopers en haalde dorre bladeren weg. En ze paste op de kleine kinderen, speelde met hen, vertelde verhaaltjes en leerde hun liedjes. Ze had ook geleerd om kleine vlechtjes te maken bij de meisjes, die meestal tijdens de lange kapsessies wel een keertje ontsnapten en haar met de kam in de lucht lieten zitten. Eigenlijk moest ze daar heel hard om lachen, maar als ze wilde dat de kleintjes haar een beetje respecteerden moest ze zich wel inhouden.

In de middag, als het iets minder warm werd, klom ze meestal naar het kapelletje op de Kale Berg en ging daar zitten lezen. Doña Natercia had haar een paar boeken te leen gegeven die ze nog uit haar eigen jeugd had bewaard: verzamelde verhalen en legendes, heiligenlevens en een kinderbijbel. Daar, afgezonderd van de wereld, bleef ze een poos zitten en luisterde naar het gekras van de grote vogels die boven de berg rondcirkelden en naar het getik van de lavasteentjes die van de rots af vielen en over de grond rolden. Langzaam zakte de zon en werd de rode aarde nog roder en leek even weerspiegeld te worden in de hemel. Ondertussen zat ze rustig te lezen. Ze probeerde de aangename tijd zo lang mogelijk te rekken. Ze leefde mee met de ongelukkige liefde van het Beest, had medelijden met de heilige Geneviève die naakt op haar paard moest rijden en verwonderde zich over het brandende braambos en God die met de tafelen met de tien geboden voor Mozes verscheen.

Maar naar de zee keek ze niet meer. Ze was niet meer op het heuveltje geklommen om in gedachten naar de Europese kusten te vliegen. Ze wilde zichzelf niet kwellen met de verbeelding van wat nu misschien wel onbereikbaar voor haar was geworden. Kijken naar die reusachtige grijze oneindigheid die zich tot de andere, zo begeerlijke wereld uitstrekte, maakte gevoelens in haar los waarbij ze niet stil wilde blijven staan: neerslachtigheid en angst voor de toekomst. Ze joeg die liever weg, als vieze muggen die ziektes overbrengen. Dus ging ze met haar rug naar de kust zitten en leunde tegen de warme muur van de kerk, die haar op die manier van haar oude droom verwijderde. En ze las zoals een kind leest: op een beschutte, magische plek waar van alles mogelijk is. Zou het echte leven ook zo zijn, vroeg ze zich soms af. Was het mogelijk je diepste wens te vervullen louter en alleen door ernaar te verlangen? De kleine zeemeermin had wel een heel hoge prijs moeten betalen om deel te kunnen uitmaken van de mensenwereld: ze verloor haar stem en kreeg hevige pijn in haar benen. Ook Elisa's handen en armen waren toegetakeld door de brandnetels waarmee ze haar in zwanen veranderde broers had gered. En het tinnen soldaatje en het danseresje waren bijna ten prooi gevallen aan de vlammen, voordat ze voorgoed bij elkaar waren gekomen. Maar voor iedereen was de inspanning de moeite waard geweest. Ook zij was bereid zich op te offeren om te verkrijgen wat ze wilde: ja, ze had er alles voor over om te kunnen studeren en dokter te worden. Ze zou niet meer slapen. Ze zou alleen maar maïs eten. Ze zou werken als een paard. Maar het zou haar lukken. Opgewekt en voldaan herrees ze uit haar boeken, alsof midden in de allesvernietigende hitte haar hele lichaam was opgefrist door een koele, trage regen. Ze kwam overeind om naar Queimada terug te gaan. Voordat ze op weg ging, wierp ze een vlugge, enigszins angstige blik op de zee. En eventjes leek het alsof ze daar in de verte, achter de horizon, waar de zee en de hemel in het zonlicht samensmolten tot één goudgele trillende vlek, de donkere lijn ontwaarde van een schaduw die van Europa moest zijn.

Priester Virgilius vond ten slotte een baan voor São. Op een dag verscheen hij in Jovita's huis met een brief die hij uit Praia had gekregen. Die kwam van Joana, een vrouw die jaren geleden uit het dorp naar de hoofdstad van het land was getrokken. Joana vroeg om een meisje dat haar kon helpen in het huis waar ze werkte als inwonende huishoudelijke hulp. Het ging natuurlijk om schoonmaken en koken, maar bovenal om de zorg voor vier kleine kinderen, van wie de ouders veel op reis waren. Haar mevrouw wilde een lief, net en slim meisje, iemand die naar school was geweest en de kinderen verhaaltjes kon voorlezen en de eerste beginselen van het onderwijs kon bijbrengen. De pater meende dat São aan die eisen voldeed. Er ontstond een korte briefwisseling en twee weken later was São onderweg naar Tarrafal om daar de boot te nemen die haar naar het eiland São Tiago zou brengen.

Jovita had haar de zeshonderd escudo's voor de overtocht geleend, op voorwaarde dat ze die terugbetaalde zodra ze haar eerste loon had gekregen. De oude vrouw was bedroefd, maar was niet geneigd om dat te laten merken. Op de laatste dag maakte ze voor het meisje een paar pasteitjes klaar en een handjevol vruchten voor onderweg. Ook gaf ze haar driehonderd escudo's, voor het geval ze iets nodig had. Dit hoef je niet terug te geven, zei ze. En terwijl ze voor de huisdeur het geld aan São overhandigde, haast beschaamd over haar vrijgevigheid, voelde ze een steek in haar hart en bijna sprongen de tranen in haar ogen; die muntjes waren waarschijnlijk het allerlaatste wat het kind, dat ze van jongs af aan had verzorgd, van haar kreeg. Voor het laatst stak ze haar hand uit om haar iets te geven waardoor haar leven een tikkeltje beter zou worden: voedsel, een lap om mee te spelen, een stukje zeep... En nu het geld, een volwassen cadeautje, dat je iemand geeft die zijn eigen leven leidt en verantwoordelijk is voor wat hij bezit. Haar laatste gulle geste. Jovita slikte om niet in huilen uit te barsten. São omhelsde haar stevig en kuste haar lang en nadrukkelijk op haar wang. Ze kon alleen maar mompelen: 'Dank je. Dank je wel voor alles.'

Ze draaide zich om en veinsde dat ze moest uitproberen hoe ze het kleine bundeltje waarin ze al haar bezittingen gestopt had – drie jurkjes, een jasje, wat ondergoed en een paar schoenen – het makkelijkst kon dragen. Terwijl ze op haar lip beet en voelde dat haar gezicht nat werd van de tranen, zette ze koers naar Fajã, waar ze afscheid zou nemen van doña Natercia en het busje zou pakken dat elke ochtend naar de haven van Tarrafal reed. Het was net dag geworden. Er hingen een paar witte wolkjes aan de hemel. Het licht dat erdoorheen scheen werd roze en leek alles in een sluier te wikkelen, alsof de wereld eventjes werd gewiegd in een bedrieglijke zachtheid, die weer zou oplossen zodra de zon zich onbarmhartig op de aarde zou storten. Dan werden de scherpe punten van elke rots geslepen, het brandende stof zou als priemende gloeiende kolen aan je voeten plakken, de vogels zouden zich zwijgend terugtrekken tussen de takken van de fruitbomen in de moestuinen, de taaie hagedissen zouden koortsachtig op zoek gaan naar het kleinste zweempje schaduw. Elk schepsel zou een heftige overlevingsstrijd moeten gaan voeren.

São liep razendsnel. Jovita joeg met een wild handgebaar de vliegen weg die zich om haar heen hadden verzameld, alsof ze hadden opgemerkt hoe weerloos ze plotseling was geworden. Ze uitte een verwensing – Godverdommese, duivelse beesten! Naar de hel met jullie! – en wierp een blik op haar schommelstoel. Ze besefte dat ze niet in staat was zich aan haar eigen gewoonte te houden, liep het huis binnen en liet zich op het veldbed neervallen. Daar bleef ze urenlang liggen, met pijnlijk droge ogen. Ze zag hoe de hitte traag naar binnen kroop door het open raam en elke kier in de muur, elke spleet in de meubels en elke porie van haar bezwete, al snel stinkende huid vulde. Een hitte die haar die dag, misschien wel voor het eerst in haar leven, ondraaglijk voorkwam.

De drie jaar die daarop volgden zorgde São voor de familie Monteiro. De Monteiro's woonden in een groot huis in de beste wijk van de stad. Er was een tuin vol struiken en bloemen, waar ze vaak verbleef en met de kinderen speelde, want haar voornaamste taak was de zorg voor hen. Ze nam hen ook dikwijls mee naar het strand, hoewel dat deel van haar werk haar niet aanstond: de hele tijd moest ze de kinderen in de gaten houden. Ze hadden een blanke huid. Ze moest oppassen dat ze niet verbrandden, en ook dat ze niet de zee in liepen, want in één minuut konden ze door de wilde golven worden opgeslokt. Het was niet gemakkelijk om vier kleine kinderen in bedwang te houden. Soms, als een van hen aan haar aandacht was ontsnapt en ineens bij de kustlijn opdook, krijsend en onder het zand omdat een golf hem op de grond had gegooid, had São het echt te kwaad en voelde ze haar hart in haar keel kloppen. Op een dag raakte ze Zezé kwijt, het meisje van drie. Ze was zelf een kasteel aan het bouwen met Sebastião en Jorge, terwijl Zezé en Loreto lagen te slapen. Plotseling keek ze op en zag ze dat het meisje niet meer onder de parasol onder de handdoeken lag waar ze haar enkele minuten eerder nog had gezien. Ze keek alle kanten op, maar zag haar nergens. Ze voelde de paniek in zich opkomen. Ze riep haar naam en zwaaide met haar armen, alsof ze plotseling gek was geworden. Onmiddellijk kwamen er andere vrouwen om haar heen staan en ook een paar jongens die aan het voetballen waren en nieuwsgierig op het tumult afkwamen. Niemand had het meisje gezien. De kinderen begonnen te huilen. Een oudere vrouw, gedienstige in een huis naast de Monteiro's, organiseerde snel een zoektocht. Er verspreidden zich groepjes over het terrein. São liep langs de kustlijn in alle richtingen en keek wanhopig naar de zee, doodsbang dat ze een klein lichaampje aan de oppervlakte zou zien drijven. Haar benen verstijfden alsof ze van steen waren. Ze moest tegen haar stijfheid vechten om te kunnen blijven doorlopen. Ze ging tot aan haar middel het water in en keek telkens weer naar de witte koppen van de golven en de opstuwingen die gevormd werden als ze zich weer terugtrokken. Eindelijk kwam iemand haar halen en trok haar mee naar het strand. Het meisje was terecht. Ze hadden haar vlak bij de vuurtoren gevonden, waar ze zat te huilen op een rots, aan de rand van de steile kust.

Uitgeput kwam São thuis. Ze had enorme zin om in bed te kruipen, urenlang achter elkaar te slapen en alles wat er gebeurd was te vergeten. Maar eerst moest ze uitleg geven aan haar mevrouw. Ze zou op straat worden gezet. Daar was ze zeker van. Maar dat gebeurde niet. Wel kreeg ze natuurlijk flink op haar kop. Diverse malen herhaalde mevrouw dat door haar toedoen een afschuwelijke ramp had kunnen gebeuren. Luid en nadrukkelijk zei ze dat São niet werd betaald om plezier te maken en te zitten kletsen met haar vriendinnen terwijl ze de kinderen aan hun lot overliet. Ze zei dat ze dom en onverantwoordelijk was, maar ze stuurde haar niet weg. Per slot van rekening was het niet makkelijk om zo'n lief en bekwaam meisje te vinden als zij, hoewel ze zich die dag niet goed had gedragen.

Al met al kon São niet zeggen dat ze ongelukkig was. Ze was aan de kinderen gehecht geraakt. Ze waren voor haar als een schat waarop ze graag paste. Ze waren innemend en aanhalig, en hielden van haar met die onvoorwaardelijke affectie waarmee kinderen hun dankbaarheid tonen aan degene die voor hen zorgt. Een blinde liefde, luidruchtig als een permanente feestdag, onverholen en ongegeneerd. São was voor hen: maaltijden, spelletjes, verhaaltjes, een lekker warm bedje 's avonds, de koele hand die verlichting bracht op akelige momenten als ze koorts hadden. Ze was de eerste glimlach in de ochtend, en de vrolijkheid en het onwrikbare geduld in de loop van de lange dagen, die met haar nooit saai of somber werden. Op een dag zou ze weggaan en hen moeten verlaten. Ze zou die bijzondere liefdesband die tussen luiers, gebadder, papjes en kleingesneden stukjes vlees was ontstaan moeten verbreken. Maar midden in de nevel waarin het geheugen de tijd hult, zouden de kinderen zich altijd nog haar diepe stem herinneren, en haar geur van zeep, mangojam en maïskoekjes, waar haar handen en haar schort altijd naar roken. En als ze op een goede dag een liedje zouden horen uit São Nicolau, zo'n lange, tedere melodie, zou er bij hen een onverklaarbare nostalgie opkomen, heimwee naar die zonnige middagen in de tuin in Praia, waar ze zaten aan de voet van de felrode flamboyantboom met zijn tientallen schitterende bloemen, en met de vage schaduw, al zonder gezicht, van een meisje met een wonderbaarlijk rustige, beschermende uitstraling, die datzelfde oude liedje zong, voor hen alleen.

De verhouding met Joana was eerder afstandelijk. Hoewel ze in hetzelfde dorpje waren geboren, was het al ruim vijftien jaar geleden dat die grote, robuuste vrouw Queimada had verlaten en in Praia was gaan werken. Mogelijk was ze door de eenzaamheid zo hard geworden. Wellicht had ze zich moeten wapenen tegen neerslachtige gevoelens, die haar als een vloek hadden kunnen breken toen ze zich genoodzaakt zag haar familie te verlaten om van 's ochtends vroeg tot 's avonds laat in vreemde huizen te gaan werken. Voor mensen te zorgen met wie ze geen enkele band had, alleen maar een noodzakelijke, wetende dat op elke beweging van haar werd gelet, dat ze zou slapen in een afschuwelijk donker kamertje, altijd in de meest onverzorgde hoek van het huis, en de kliekjes te eten kreeg die overbleven van de tafel van meneer en mevrouw. Of misschien was het eenvoudigweg haar karakter. Feit is dat ze São onverschillig tegemoet trad, zelfs met enige machtswellust, alsof het om haar eigen dienstmeid ging. Ze gebood haar haar bed op te maken, de kamer die ze deelden schoon te houden en haar aan tafel te bedienen. Ze nodigde haar nooit uit om 's zondags met haar mee te gaan als ze op de enige vrije dag van de week 's ochtends naar het strand ging en laat in de middag naar het dansfeest op het plein.

In het begin bleef São op de rustdag thuis. Ze lag op haar bed een van de krantjes te lezen die haar meneer en mevrouw de dagen daarvoor hadden gekocht. Ze ging alleen vroeg het huis uit om de mis bij te wonen en daarna een korte wandeling te maken door de straten, waar het naar koffie en maïskoeken rook. Maar algauw, zodra ze andere dienstmeisjes uit de wijk had leren kennen, nam ze die dag te baat om zich te amuseren. De meisjes, allemaal zonder familie, compenseerden het gemis met groepsactiviteiten op zondag: strand, eten op een van de esplanades van de stad, waar ze een vuurtje stookten, en op de grond rondom de pannen gezeten vertelden ze elkaar eindeloze verhalen over hun leven en moesten om elke onbenulligheid huilen van het lachen. Vervolgens maakten ze elkaar op, verfden elkaars lippen en krulden elkaars wimpers en gingen met z'n allen opgewonden naar het dansfeest. Daar dansten ze meestal met elkaar. Ze verwierpen het aanbod van jongens, want ze waren bang dat een jongen te veel toenadering zocht net als er een van de mevrouwen langskwam, en dan was het goed mogelijk dat het onbeschaamde nest haar baan kwijtraakte. Dat duurde natuurlijk alleen maar tot het donker werd. Als de avond gevallen was en als beschutting diende, drukten de lichamen zich onmiddellijk tegen elkaar aan, raakten de tongen in elkaar verstrikt en gleden de handen warm en begerig onder de kleren. Op dat moment ging São terug naar huis. Ze was nog te jong om zich te laten leiden door het verlangen een man aan te raken. Beduusd en bezorgd vroeg ze zich af of zij op een gegeven ogenblik ook zin zou krijgen om iemand te omhelzen, te kussen en op die manier tegen iemand aan te wrijven. Vooralsnog leek dat haar weerzinwekkend.

Wat haar mevrouw en meneer betrof, met hen kon ze niet goed maar ook niet slecht opschieten. Doña Ana was een enigszins stuurse vrouw. Ze liet zich nooit van haar vriendelijke kant zien, niet eens tegen haar kinderen. Als die een ongelukje kregen – momenten van pijn en ontreddering, waardoor kinderen meestal volledig van de kaart raken – namen ze hun toevlucht liever tot de armen van São dan tot die van hun moeder. Die stak haar armen praktisch altijd naar de kinderen uit om hen van zich af te duwen: ze had zich net opgemaakt, of ze was net haar haar aan het doen, of de lak op haar nagels was nog niet droog. Ze was een halfbloed, in Londen opgegroeid, meer Europees dan Afrikaans, die fysiek contact en te openlijke gevoelsuitingen verafschuwde. Ze hield iedereen op een afstand, misschien wel in de overtuiging dat nabijheid een bedreiging betekende voor haar integriteit. Zo bejegende ze São ook: altijd vanuit haar superioriteit van welgestelde vrouw. Alsof de studie die ze had kunnen doen, het geld dat ze bezat en alle voorrechten van haar situatie te danken waren aan haar eigen verdiensten, haar schoonheid, haar vele zorgen en haar slimheid, en niet het resultaat waren van de omstandigheden: het gelukkige gevolg de dochter te zijn van een Engelse zakenman die vroeger koffiebedrijven op het eiland had gehad en getrouwd was met een inheemse vrouw, zo beeldschoon en hoogmoedig als de volle maan. Vanuit haar hoge positie, goed opgeleid en ongeïnteresseerd in alles wat niet met haar eigen uiterlijk te maken had, stond ze toe dat haar personeel met een zeker comfort zijn werk deed. Ze achtervolgde hen niet met allerlei eisen. Gewoonlijk verhief ze haar stem niet tegen hen en berispte ze hen niet, maar ze vroeg ook nooit naar hun leven, hun familie, hun verlangens of behoeftes. Voor haar was het vanzelfsprekend dat deze vrouwen alleen maar deugden om anderen te dienen. In feite had ze zich niet eens afgevraagd of ze wel iets meer waren dan bezielde objecten die volledig tot haar beschikking stonden, robots van vlees en bloed, die aan wezens zoals zij gewoonweg werden geschonken, zodat haar levenswandel gemakkelijker werd. Net zoals ze juwelen kreeg om zich mooi te maken en parfums om mee te verleiden. Gewoon nog een accessoire erbij.

Meneer bemoeide zich ook niet veel met São's zaken. Don Jorge was een vriendelijke, minzame Portugees, die haar met een zekere beminnelijkheid tegemoet trad. Als hij 's ochtends in z'n eentje kwam ontbijten, vroeg hij naar hun vriendjes en maakte grapjes. São moest daarvan blozen. Ze vond dat te gewaagd, alsof er in de fantasie van die man beelden werden opgeroepen die zij verwierp, handtastelijkheden, gehijg en gezweet midden in het donker. Soms meende ze ook dat hij haar strak aankeek, met zijn blik gericht op haar borsten en haar brede heupen. Dan draaide ze zich om en ging onmiddellijk iets in de keuken doen om zich aan die blik te onttrekken. Maar als hij weer weg was, dacht ze dat het alleen maar verzinsels van haar waren: om wat voor reden zou een oudere man, die nota bene getrouwd was met een elegante, beeldschone vrouw – zo zou zij nooit worden – op die manier naar haar kijken?

Het was een fatsoenlijk leven. Eigenlijk miste ze niemand. Misschien doña Natercia een beetje, maar ze schreven elkaar lange brieven die de gezamenlijke momenten in Fajã vervingen. Het enige bezwaar van de situatie was natuurlijk dat ze niet verder kon leren. Ze was de hele dag bezig, vanaf 's morgens vroeg, behalve 's zondags. Het was onmogelijk lessen bij te wonen of zelfs maar een boek open te slaan. Als Joana en zij 's avonds klaar waren met het opruimen van het diner, het afwassen en klaarzetten van het ontbijt voor de volgende dag, kroop ze uitgeput in bed en viel onmiddellijk in slaap, met hetzelfde genot en dezelfde snelheid waarmee ze na een bloedhete dag naar het water zou zijn gerend.

Toen ze uit het dorpje vertrok, dacht ze nog dat die baan in de hoofdstad voor haar de mogelijkheid zou creëren om de middelbare school te gaan volgen. Eerst was ze naar de andere kant van São Nicolau gereisd en vervolgens het reusachtige zeeoppervlak overgestoken naar het eiland São Tiago, met die gedachte kloppend in haar hoofd, als een lampje dat blinkend de korte weg naar de toekomst verlichtte. Ze had zich voorgesteld hoe ze aan het eind van de middag naar de avondschool zou gaan, snel de straten zou oversteken met haar boeken stevig onder haar arm, die gezegende boeken waarin alle kennis van de wereld paste en bovendien haar eigen leven geschreven stond, wat zij zou worden.

Maar toen ze meteen na haar aankomst het eerste gesprek met mevrouw en Joana had gehad, realiseerde ze zich dat dat onmogelijk was: daar werken betekende de hele dag bezig zijn. Er was veel te doen. Vele uren gewijd aan het huishouden. Deze plek had niets te maken met de armzalige optrekjes in het dorp. Het stond er vol prachtige meubels, stuk voor stuk duurder dan één enkel hutje in Queimada. Er waren talloze verfijnde versieringen, kranen, badkuipen, wastafels en gootstenen, borden en glazen uit verre Europese fabrieken, zilveren bestek, linnen lakens, geraffineerde kleding uit Parijs of New York, en leren schoenen uit Italië die zich naar je voeten voegden alsof ze van stof waren. Elk oppervlak moest met de grootste zorg worden schoongemaakt – wrijven, boenen, borstelen, afnemen, insmeren met speciale vloeistoffen, in de was zetten, de stoffen voorzichtig wassen en strijken, erop letten dat elk voorwerp op het juiste moment op zijn plaats stond, met de juiste glans en textuur. Ze moesten elke dag naar de markt, de beste producten uitkiezen en die daarna zorgvuldig bereiden, erop lettend dat alles klopte: het type pan, de sterkte van het vuur, de hoeveelheid zout, en de kooktijd. En bovenal moesten ze zich met de kinderen bezighouden, de hele dag, en ieder kind geven wat het nodig had, eten of slaap, een spelletje of een bad, een standje of een liefkozing.

Het was als een mokerslag. Een verschrikkelijke klap die iemand onverwachts op haar hoofd had gegeven, waardoor ze uit het lood was geslagen en hevige pijn had. Maar ze durfde niet eens tegen doña Ana te zeggen dat ze naar school wilde. Ze zou haar hebben uitgelachen. En misschien had ze haar de baan wel geweigerd uit angst dat ze lui en onvriendelijk zou zijn. In één ogenblik begreep ze dat de ideeën die ze een jaar lang had gekoesterd, aangespoord door doña Natercia's woorden, een luchtspiegeling waren. En ze besefte dat ze nooit zou kunnen studeren. Ze was arm. En in het levensboek van de armen stond geschreven dat ze geen toegang tot de wetenschap hebben, dat ze van jongs af aan moeten werken om een klein beetje te krijgen van wat de rijken in overvloed wordt toebedeeld: eenvoudige maaltijden, kleren om het lichaam mee te bedekken, vier muren en een dak waaronder je kunt schuilen voor regenbuien en de meedogenloze middagzon. Een dak en vier muren, met een beetje geluk ook geschikt om dromen te herbergen. Dromen: onzinnige beelden die alleen maar zouden moeten verschijnen als iemand slaapt en zijn verstand uitgeschakeld is. Die vervloekte dromen die ons doen geloven dat de wereld misschien wel een lichtende plek is, een warme omgeving waarin zich een vredig en rechtvaardig bestaan ontrolt, waarin je evenveel krijgt als je geeft, waarin elke inspanning haar beloning heeft en elke strijd voor een vurig verlangen eindigt in een schitterende eindoverwinning. Alsof hij door de bliksem was geraakt, was haar droom zojuist in één tel uit elkaar gevallen in kleine stukjes, die niets meer betekenden, in stof dat weldra door de lucht zou vliegen, ijl en vormeloos, en op onzinnige wijze op een willekeurige plek zou neerdalen; nietige, microscopisch kleine vlokjes zonder enige waarde, waar geen mens naar taalt.

Die nacht deed ze geen oog dicht. Ze merkte dat het lichtje binnen in haar was gedoofd. Ze zat nu in haar eentje in het donker. Waarnaar moest ze haar armen uitstrekken? Waar kon ze zekerheid vandaan halen om verder te gaan als ze door deze narigheid werd omgeven? Het was of alle mooie dingen van het aardoppervlak waren verdwenen: de kinderstemmen, de opkomende zon over de zee, de vlucht van de vogels hoog in de lucht, een minuscuul bloemetje dat zomaar tussen de stenen groeit, de klanken van een morna, een Kaapverdisch lied dat iemand midden in de nacht zingt, de vreugde om een nieuw kledingstuk aan te trekken. Midden in deze nieuwe vijandige wereld moest ze verder trekken. Maar ze wist niet hoe. Als dienstmeisje in een huis, als kokkin in een eethuis, of met een klein koffertje naar een willekeurige plek emigreren, om te midden van de kou en de rijkdom van anderen in armoede te leven. Dat was alles wat ze kon doen. Ze moest het accepteren. Zich erbij neerleggen. Dat deel van zichzelf wegstoppen dat kortgeleden iets anders had willen worden: levens redden, afschuwelijke wonden helen, kinderen op de wereld helpen zetten.

Joana lag te snurken in haar bed. São trok de lakens over haar hoofd, alsof ze zich in een nestje oprolde. Ze had geen zin om te huilen, dat niet. Ze voelde zich als een blinde, en begreep dat er niets anders op zat. Ze wilde niet weer in een modderpoel blijven steken, zoals de laatste maanden in het dorp. Ondanks alles was er iets in haar, een intense, onstuimige energie, dat zijn best deed haar weer in het volle leven te gooien. Het accepteren. Zich erbij neerleggen. Ze moest doorgaan, alsof die vroegere drang er nooit was geweest, alsof het een andere São geweest was – veel kleiner en naïever, niet de oudere São die ze nu aan het worden was in de eerste uren van haar leven alleen – die de belachelijke droom van de middelbare school en de universiteit had gehad. Op de een of andere manier speelde ze het in de loop van de nacht klaar om dat argeloze kind onverwachts bij haar lurven te pakken. En vlak bij het kapelletje vanwaar je de zee kon zien, waarover ze eens naar haar toekomst zou varen, groef ze een kuil in de rode aarde, een grafje, en legde het kind op de bodem. Ze strooide wat oranje bloemblaadjes van de flamboyantboom over haar heen, zodat ze zacht zou rusten. Zo liet ze haar liggen, voorgoed in een vredige slaap. Toen ze de volgende ochtend opstond, had ze het gevoel dat ze was veranderd. Ze was een jonge vrouw geworden die zo lichtvoetig mogelijk door haar nieuwe leven als dienstmeid zou lopen, met in een hoekje van haar hoofd de gedoofde herinnering aan een gestorven, dromerig meisje.

Zelfs als São genoeg tijd had gehad, zou ze de inschrijving en de boeken niet hebben kunnen betalen, zoals doña Natercia al had voorzien. Haar loon was laag, slechts drieduizend escudo's per week, en onmiddellijk kwamen de verzoeken om hulp. Zodra Carlina hoorde dat haar dochter werk had, schreef ze haar vanuit Turijn. Ze had inmiddels twee kinderen – ze stuurde foto's van hen mee, snoezig en mollig alle twee –, en hoewel ze als werkvrouw op uurbasis in een paar huizen werkte, moest ze veel betalen voor de crèche, waar op haar kinderen werd gepast terwijl zij wc's van vreemden ging schoonmaken. Haar man werkte nog steeds in een fabriek. Het loon was niet erg hoog, maar de kosten waren gigantisch: het leven in een Europese stad was peperduur, ontzettend veel duurder dan in Kaapverdië, daar kon São zich geen voorstelling van maken. Carlina moest elke dag huilen als ze aan haar oudste dochter dacht, schreef ze. Ze had haar graag bij zich gehad, maar dat was erg moeilijk. Kinderen van haar leeftijd moesten in Italië nog naar school. Arme mensen zoals zij konden zich die luxe niet permitteren. Toen São deze vermoedelijk onoprechte nostalgische woorden las, beet ze zo hard op haar onderlip dat er bloed uit kwam. Ze probeerde zich haar moeder voor de geest te halen. In haar hoofd zocht ze naar een beeld, een gelaatstrek, haar stemgeluid, misschien een speciale armbeweging of gezwaai van haar rok in de openlucht op een zondag, op weg naar de mis. Maar ze kon niets vinden. Zelfs geen spoor van haar blik of een vaag gevoel van een liefkozing. De herinnering aan haar moeder was een leegte, een diep gat dat ze onmogelijk kon vullen. Ze wist niet eens of ze wel van haar hield. Het was haar moeder. Ze had eerbied voor haar en was bezorgd. Ze wenste haar een makkelijk en fortuinlijk leven toe. Maar 'houden van' was iets anders. 'Houden van' was aan iemand denken die er niet is en dan zo'n intense pijn voelen dat je keel wordt dichtgeknepen. En dat gebeurde niet bij haar. Omdat ze er nooit echt voor haar was geweest, miste ze haar ook niet. Eigenlijk koesterde ze een zekere wrok, daar kon ze niets aan doen. Ze verweet haar dat ze zo ver weg was gegaan en haar bij Jovita had achtergelaten, alsof ze volkomen onbelangrijk was geweest. Ze was er wel zeker van dat haar moeder uit noodzaak had gehandeld, maar als ze daaraan dacht voelde ze toch een steek van bitterheid, een scheut verdriet, waardoor de wereld even in donkere wolken werd gehuld. Dan zei ze bij zichzelf dat zij, als ze ooit kinderen zou krijgen, hen nooit in de steek zou laten, ook al zou ze haar hand voor hen moeten ophouden.

Ook Jovita had geld opgeëist. De dag na São's vertrek, toen ze zich op een gegeven moment eenzaam en lusteloos voelde, van alle genegenheid verstoken, als een zwarte rots die over talrijke berghellingen naar beneden was gerold en verstild en afgezonderd midden op een steenvlakte was terechtgekomen, kwam de geest van haar man haar opzoeken met zijn reeks goede raadgevingen en opbeurende woorden: 'Jovita, schat,' zei hij. 'Je bent niet alleen. Ik blijf komen. Ik ben de belangrijkste persoon in je leven. Ga dus je bed uit, steek het vuur aan, maak een kop koffie, ga in de schommelstoel zitten en kijk of de tomaten goed zijn gegroeid sinds gisteren. En vergeet niet een flinke scheut brandewijn in de koffie te doen.'

'O nee! Geen brandewijn. Ik drink al lang niet meer. Ik wil niet weer een dronkenlap worden.'

'Wat geeft dat nou? Ik zie je zo graag zo, lieveling. Als je wild wordt en gaat zingen en dansen, en wiegt met die wonderbaarlijke heupen van je. Er is niemand meer die je lastig kunt vallen. Kom op, een klein scheutje maar. Daar knap je van op en dat verdrijft de hitte.'

Jovita moest denken aan het voormalige genot van alcohol, het gevoel dat haar christelijke ziel langzaam smolt, terwijl een ander, oeroud wezen, uit de tijd van de hagedissen en de onberekenbare slangen, haar langzaamaan in zijn greep kreeg en veranderde in een wild mens, voor wie de wereld werd teruggebracht tot een ruimte die je kon plattrappen en vernietigen, een stuk grond met weerzinwekkende wormen die vermorzeld moesten worden. Ja, Socrates had gelijk. Met een beetje rum zou dat ondraaglijke, verstikkende gevoel, de gewaarwording die ze sinds de vorige dag had, dat ze niet veel meer was dan een gloeiende steen, wel overgaan: 'Goed dan. Ik neem wel een slok. Maar een kleintje dan, straks als jij weggaat. Ik wil nu nog niet bij je weg. Je ruikt erg lekker, naar zweet en sinaasappelschil. Heb je sinaasappels gegeten?'

'Hier eten we niet. Dat is niet nodig. Maar ik ben een poos in de tuin geweest. Hij staat vol met vruchtbomen en rozen, en de wei is erg groen, alsof het de hele dag regent. Maar het regent nooit.'

'Dat zou ik wel fijn vinden.'

'Natuurlijk vind je het fijn. Dat zul je zien als je komt.'

'Ja, maar je moet me niet opjagen.'

'Nee hoor, lieveling. Daarvoor ben ik niet gekomen. Ik ben gekomen om je uit bed te halen en om je te zeggen dat je aan het geld van São moet denken.'

'Wat bedoel je?'

'Besef je wel hoeveel geld je in dat kind gestoken hebt? Hoe lang is het al geleden dat haar moeder voor het laatst geld heeft gestuurd? Veertien maanden? Zestien? Wie geeft jou dat allemaal terug? Carlina kun je vergeten. Daar in Italië is het moeilijk. Dat moet São teruggeven.'

'Jawel. Maar zij weet niet dat haar moeder mij al lang niet meer betaalt.'

'Dan vertel je dat. Je vertelt het en zegt dat ze elke maand een bedrag voor jou apart moet leggen. We gaan eens even uitrekenen wat ze jou schuldig is.'

Ze gingen aan de slag. En ze kwamen tot de conclusie dat

haar schuld zou zijn afbetaald als São gedurende een lange tijd vierduizend escudo's per maand zou opsturen.

Voor São zat er dus niets anders op dan een deel van haar loon aan haar moeder en Jovita af te dragen. Dat deed ze graag, zonder te denken aan de dingen die ze had kunnen doen als al dat geld voor haarzelf was geweest. Zo was haar leven: een eindeloze aaneenschakeling van wederzijdse gunsten. Zich niets aantrekken van haar familie en haar naasten als die haar nodig hadden, zou voor haar een onvergeeflijk verraad hebben betekend. Net zoiets onbarmhartigs als de deur dichtgooien in het gezicht van een bedelaar, die armer is dan jij en bij jou een handjevol rijst of een beker melk komt vragen. Nu bestond het leven uit: 's ochtends opstaan, schoonmaken, voor de kinderen zorgen en naar de zee kijken, zonder in de verte, voorbij de horizon, een schaduw van een land te ontwaren. Alleen de kleine dagelijkse beslommeringen. En de liefde van de kinderen. En 's zondags het hartelijke gelach van haar vriendinnen, als ze samen het water in plonsden of dansten met zo veel mogelijk passie in elke beweging. Verder niets. En dat was al heel wat.

NAAR EUROPA

Het was een dinsdagavond in november. Doña Ana was dagen geleden naar Engeland vertrokken om haar ouders te bezoeken. São en Joana waren na het avondeten de keuken aan het opruimen toen don Jorge binnenkwam. Hij groette en talmde even. Vervolgens liep hij naar Joana toe: 'Je ziet er een beetje moe uit,' zei hij.

'Nee hoor, meneer. Ik voel me prima.'

'Ga maar naar je kamer. Laat São het maar afmaken.'

Joana vreesde dat ze dachten dat ze ziek was en haar als een schurftige hond op straat zouden zetten. Ze verzette zich: 'Maar meneer, er is echt niets met me aan de hand.'

'Rustig maar. Het huis blijft heus wel staan, hoor, als je een keertje vroeg naar bed gaat.'

Schoorvoetend legde ze zich erbij neer. Ze bedankte, zei welterusten en ging naar de zolderkamer, een beetje bezorgd om don Jorges plotselinge bevlieging.

Hij schonk zichzelf een glas melk in en ging aan tafel zitten. São ging door met afwassen. Ze voelde zich ongemakkelijk. Dat gebeurde elke keer als hij om haar heen draaide. Het leek of ze een innerlijke stem hoorde, die haar waarschuwde dat er gevaar dreigde. Dat schreef ze toe aan haar geringe ervaring met mannen. Ze was er niet aan gewend met hen in dezelfde ruimte te zijn. Maar niettemin voelde ze zich niet op haar gemak. Om eerder klaar te zijn ging ze sneller werken. Plotseling voelde ze iets warms op haar billen. Ze werden betast. Ze begreep niet wat er gebeurde en draaide zich om. Toen kwam dat warme, kleffe ding razendsnel op haar borsten af. Don Jorges handen bevoelden ze en knepen erin. Hij mompelde iets onbegrijpelijks. Hij bracht zijn hoofd naar dat van São, duidelijk om haar te kussen. Hij rook naar alcohol. Zijn adem was een naar rum stinkende walm. Ongetwijfeld had hij in zijn eentje in de kamer zitten drinken. São gaf hem een duw en vluchtte naar een hoekje van de keuken, alsof ze niet te verslaan zou zijn als ze met haar rug tegen de muur ging staan. Maar opnieuw wierp hij zich op haar, met snelle, zenuwachtige handen en door de begeerte vergrote pupillen. Het meisje vluchtte weer en probeerde de deur te bereiken. Hij was sneller. Hij kon haar tegen de koelkast klemzetten en kuste haar. Uit alle macht probeerde hij zijn tong tussen haar stijf dichtgeknepen lippen te wringen. Zijn hand gleed onder haar jurk en trok zo hard aan haar tepel dat het pijn deed. Hij duwde zijn rechtopstaande lid tegen haar onderbuik en schuurde ertegen als een beest.

São voelde de braakneigingen uit haar maag omhoogkomen. Toen de man de krampen in haar lichaam bemerkte, liet hij haar los en trok zich snel terug uit angst dat ze op hem zou overgeven. Ze probeerde diep adem te halen. Don Jorge leek zijn zelfbeheersing weer terug te krijgen. Hij streek met zijn hand zijn haar uit zijn gezicht en keek haar van een afstandje aan. 'Wat is er?' vroeg hij. Zijn stem klonk nijdig.

Ze voelde alleen de walging die de onverwachte aanval had veroorzaakt, de zweterige handen op haar huid, de stinkende mond tegen de hare, de dreigende bobbel van zijn penis. Ze voelde angst noch schaamte. Het enige wat ze wilde was dat die kerel ophield met haar te betasten en dat alles weer werd zoals het was: rust in haar maag, kalmte in haar longen.

'Kom niet in mijn buurt,' antwoordde ze. 'Waag het niet weer in mijn buurt te komen.'

'Nou, nou. Moet je zien, die puriteinse... Jarenlang heb je zo goed als naakt voor mijn neus lopen paraderen, in die jurkjes waar je hele lijf doorheen te zien is. Of niet soms? En nu doe je zo preuts! Waar was je op uit? Dit wou je toch?'

São was verontwaardigd. Ze was altijd netjes geweest. Ze hield er niet van met haar lichaam te pronken. Maar naarmate ze was gegroeid, had haar lichaam zich steeds duidelijker en steviger onder haar kleren afgetekend. Daar kon ze niets aan doen. Ze had nooit vol trots en zich bewust van haar schoonheid voor hem met haar heupen staan wiegen. Ze had die man zelfs nog nooit een blik toegeworpen. Uit verlegenheid sloeg ze altijd haar ogen neer. Ze wist niet eens wat het betekende om het verlangen te tarten. Ze was pas dertien toen ze in dat huis was komen werken. En nu, op haar zeventiende, was seks voor haar nog steeds iets onbekends, waarover ze zich alleen door de verhalen van haar vriendinnen een idee had gevormd. De laatste weken had ze op het dansfeest een jongen ontmoet die ze wel leuk vond. Maar het enige waarvan ze soms droomde, als ze uitgeput in bed kroop, voordat ze haar ogen dichtdeed, was dat hij haar hand vastpakte. Haar eigen bevende hand te voelen in die van de jongen. De ontroering die dit plaatje opriep kwam het dichtst bij het seksuele verlangen dat ze kende. Wat dat betreft was São nog een kind. Maar ze snapte heel goed dat de achterbakse blik van don Jorge niet op die manier naar haar keek: 'Ik heb nooit iets uitgelokt!' riep ze uit. 'Als u denkt van wel, ligt dat aan uzelf.'

São's houding was boven alle twijfel verheven. Hij leek in

te zien dat hij het mis had. Hij draaide zich om en trok zijn kleren, die er na de schermutseling slordig bij hingen, weer recht. Toen keek hij weer naar haar, langdurig, alsof hij een besluit nam. Deze keer sloeg ze haar ogen niet neer. Ze wist dat ze dit wezen, dat haar geen greintje respect of angst inboezemde, had overwonnen. Ze voelde alleen maar minachting. En walging.

'Oké,' zei hij, op zijn meest vaderlijke toon, die hij ook 's ochtends aansloeg als hij haar goedemorgen wenste. 'Een misverstand. Ik geloof dat ik wat te veel heb gedronken. We vergeten allebei wat er is gebeurd, oké? Ik verzeker je dat het niet weer zal voorkomen. En niets tegen mevrouw zeggen. Ze zou je trouwens toch niet geloven.'

Hij ging weg. Hij verdween uit de keuken zonder zich te verontschuldigen, in de waan dat hij de situatie nog meester was. De heer en meester des huizes.

São deed de afwas en ruimde de laatste dingen op. Daarna ging ze naar boven naar haar kamer. Vlug maakte ze een tas met haar spullen klaar. Ze wilde daar geen minuut langer blijven. Het risico dat dit zich zou herhalen wilde ze niet lopen. Het idee die man weer te zien en aan het gebeurde herinnerd te worden, kon ze niet verdragen. Joana begon te woelen in haar bed, maar werd niet wakker. Om don Jorge niet te alarmeren liep het meisje op haar tenen de trap af. Toen ze langs de kamers van de kinderen kwam, kreeg ze de neiging naar binnen te gaan, hen te omhelzen en te bedanken voor alle mooie dingen van de afgelopen jaren en te zeggen dat ze nog steeds van hen hield, ook al vertrok ze. Maar ze begreep dat ze als ze naar binnen ging nooit weg zou komen. Ze zou hen zien liggen slapen, met hun snoezige hoofdjes op het kussen, hun mooie dromen dromend, in alle rust wachtend op de komst van de dag, als zij hen zou wekken. Dan zou ze het niet over haar hart kunnen verkrijgen weg te gaan. Ze liep verder door de gang, beet op haar lip en hield haar tranen in. Ze voelde dat ze een waardevol stuk van zichzelf daar achterliet, alsof ze vervelde.

Ze bracht de nacht door op het strand, met haar tas als hoofdkussen, huilend, met het gevoel dat de heimwee naar de kinderen haar verstikte. Wat moest ze doen? Ze had twee mogelijkheden: een nieuwe baan zien te vinden, of teruggaan naar Queimada, met hangende pootjes, en daar met de hulp van Jovita overleven, zo goed en zo kwaad als dat ging. Toen het licht werd, begaf ze zich naar de wijk Platô en ging op zoek naar een pension. Gelukkig had ze het deel van haar weekloon nog niet opgestuurd naar haar moeder en Jovita. Ze kon dus een slaapplaats betalen zolang ze nog geen beslissing had genomen. Ze moest slapen. Ze vond een goedkoop hotelletje en installeerde zich in een naargeestig, heet kamertje, waar ze zich in elk geval veilig voelde. Ze kroop in bed. Ze was uitgeput. Voor het eerst was ze met misbruik geconfronteerd, met machtswellust die iemand anders op haar had willen botvieren. En ook al had zij gewonnen, die ervaring had toch een schrijnend spoor in haar geest achtergelaten. Tot nu toe was ze erg goedgelovig geweest. Ze was opgegroeid met het idee dat de overgrote meerderheid van de mensen goede bedoelingen had. En dat je slechteriken aan hun uiterlijk kon herkennen, alsof ze in hun blik en hun stem een stigma hadden, iets ongrijpbaars maar reëels dat hen op een bepaalde manier van gewone mensen onderscheidde, zodat je, als je goed oplette, hen kon herkennen nog voordat ze je kwaad konden doen. Nu had ze zich gerealiseerd dat dit niet waar was. Zelfs in zo'n net, vriendelijk iemand als don Jorge kon een beest schuilgaan dat op het meest onverwachte moment als bij een plotselinge vulkaanuitbarsting naar buiten kon komen. Ze wist niet of ze er wel goed aan deed om iedereen te blijven vertrouwen. Maar ze wilde niet dat die ervaring haar angstig zou maken. Ze wilde niet zo'n bangelijk wezen worden dat op haar tenen door de wereld liep. Was het mogelijk argeloos te blijven en tegelijk behoedzaam te zijn?

Al piekerend viel ze in slaap. Ze sliep urenlang, tot het krieken van de volgende dag, ondanks de drukte van mensen die de trappen van het pension op en af liepen en door de gangen renden. Ondanks het kabaal en de *sambuna*, de dansmuziek die in de middag door de straten van de wijk weerklonk en ondanks het gebons en de kreten van genot van een stel dat in de kamer naast haar de hele nacht tekeerging. São sliep een slaap zonder dromen, zonder verleden of toekomst, zonder zorgen, waardoor haar lichaam en haar hoofd de wereld even konden verlaten en goed konden uitrusten.

Toen ze wakker werd, had ze al een beslissing genomen: ze kon niet terug naar huis, ook al wilde ze dat eigenlijk het allerliefst: bekende stemmen, het oude vertrouwde landschap van zwarte lava en rode aarde, de drakenbloedboom die zich plechtig en eenzaam naast het kapelletje verhief, de geringe vruchtbaarheid van de moestuinen. Het was geen kwestie van trots, dat ze niet zou willen toegeven dat het niet goed was gegaan. Ze was alleen bang dat ze te veel zou wennen aan het gemak om op een bekende plek te wonen, een ruimte die ze zonder enige angst zich eigen kon maken, altijd wetend waarheen elke stap zou leiden, wat haar ogen zouden zien als ze naar het noorden of het zuiden ging, welke geuren ze op elk punt van dat landschap zou ruiken: de maïskoeken die in het dorp op het vuur lagen te roosteren, de pestlucht van de rum

van de oudjes, de regen die gauw zou komen als de passaatwind kwam opzetten... Als ze terugging, zou ze er hoogstwaarschijnlijk voorgoed blijven. En dat wilde ze niet. Ze wilde zich
niet voegen naar de omstandigheden daar: zorgen voor de
moestuin of kleren naaien voor de vrouwen van Carvoeiros
om te overleven, een niet al te slechte man zoeken, een huis
bouwen, zich daarin terugtrekken als in een hol, roerloos en
passief, kinderen barend die ze amper zou kunnen voeden,
voor wie ze nooit een opleiding zou kunnen betalen en die
misschien de koortsaanvallen en buikloop niet zouden overleven. En daarna, als haar einde naderde, achteromkijken en
denken dat haar leven niets had voorgesteld, alleen een leegte,
een absurd gaatje zonder enige betekenis, nog minder dan het
spoor in de lucht van een klapwiekende mus of de afdruk van
een mier op de grond. Ze zou nooit dokter worden, maar ze
wilde wel dat haar leven iets zou betekenen, dat iemand haar
zou missen als ze er niet meer was, dat haar afwezigheid iemand aan het hart zou gaan.

Nog diezelfde ochtend ging ze op zoek naar werk. Ze ging
een voor een bij al haar vriendinnen langs om haar situatie uit
te leggen – hoewel ze niet wilde vertellen waarom ze bij de
familie Monteiro was weggegaan. Ze zocht zelfs de priester op
van de kerk waar ze altijd de mis bijwoonde. Maar ze kreeg de
indruk dat alle welgestelde families in Praia genoeg dienstmeisjes hadden, want niemand had werk voor haar. Toen ze
bijna wanhopig was en vrijwel geen geld meer had – al had ze
om te sparen twee weken lang nauwelijks iets gegeten – kwam
ze op een dag langs een kantoor in de Rua Andrade Corvo en
zag een bord waarop een baan als receptioniste stond aangeboden. Homerus Bureau. Zo heette het kantoor. São moest aan
het hondje van doña Natercia denken, en haar hart begon

sneller te kloppen. Dat vond ze een goed voorteken. Ze ging naar binnen. Ze kwam in een grote, helder verlichte, wit-geverfde ruimte. Er stonden vier tafels waaraan vier vrouwen zaten. Eentje, een corpulente negerin in een jurk met blauwe en oranje bloemen, waardoor ze nog reusachtiger leek, glimlachte haar toe: 'Kind, wat wil je?'

'De baan.'

De vrouw barstte in lachen uit. Haar lach was net zo volumineus als zijzelf. Hij leek de hele ruimte te vullen, dwars door de muren te gaan en door de ramen heen naar buiten te rollen.

'Oké. Dat zullen we even bespreken.'

Ze bespraken het. Een kwartier later kwam São naar buiten met de afspraak dat ze de volgende dag zou beginnen. Doña Benvinda had haar zelfs als voorschot op haar loon drieduizend escudo's gegeven. Dat had São niet eens hoeven vragen: doña Benvinda had zelf ingezien dat het meisje, dat al veertien dagen werk zocht, wel wat geld kon gebruiken.

Als doña Benvinda iets in overvloed bezat was dat verbeeldingskracht: ze kon zich uitstekend in de situatie van anderen inleven. Eigenlijk was het geen kwestie van fantasie, maar van ervaring. Ze had geen makkelijk leven gehad. Ze was in Portela geboren. Een grauw, armoedig gehucht op het eiland Fogo, midden op de helling van een reusachtige vulkaan, waar tussen droogtes en hongersnoden dysenterie en koortsaanvallen welig tierden. Van jongs af aan was ze eraan gewend dat de dood deel uitmaakte van het leven, en dat hij zich aankondigde op een wrede manier. Ze had zelf broers en zussen verloren, hoeveel wist ze niet meer. En toen ze tien jaar was, stierf haar moeder en kreeg zij de vier kleintjes en het huis onder haar hoede. Daarnaast moest ze haar vader helpen, die een armzalige, smerige, stinkende kroeg bestierde, waar de dronk-aards van het gehucht slechte brandewijn en warme frisdrank voorgezet kregen. Ze had al snel in de gaten dat ze voor man-nen moest oppassen. Zodra haar vader om de een of andere reden een paar minuten uit het zicht verdween, probeerden sommige klanten haar wankelend en boerend te betasten, op de mond te kussen en haar zelfs zo ver te krijgen dat ze hun lid vastpakte om hen te plezieren. Ze leerde hen te ontwijken en zo van zich af te duwen dat er een eind aan hun labiele toe-stand kwam. En ook hoe ze iemand een knietje in zijn kruis moest geven als hij opdringerig bleef doen.

Noodgedwongen leerde ze dat overleven een dagelijkse strijd was, een moeilijke, beheerste, bewuste handeling waarin zelfzucht en grootmoedigheid, sluwheid en vertrouwen moes-ten samengaan: onverzettelijk van haar vader eisen dat hij haar geld gaf om eten te kopen en ook ervoor zorgen dat hij iets te eten kreeg als hij beschonken thuiskwam. Niet toestaan dat haar broertjes en zusjes stiekem een handjevol voedsel wegna-men, maar het ze wel gunnen als er een ziek was. De vrouwen van het dorp helpen als ze haar nodig hadden, maar zonder hen in de waan te laten dat ze altijd voor hen klaarstond. Grenzen stellen aan de mannen en hen toch vertrouwen wan-neer ze gingen drinken en hun loon nog niet hadden geïnd. Ja, Benvinda had van kindsbeen af geleerd dat je moest geven en nemen, liefkozen en slaan, glimlachen en schreeuwen: een moeilijk evenwicht, dat ze echter zonder enige moeite bereik-te. Alsof ze wijs was geboren.

Zo leefde ze jarenlang, gewikkeld in een spinnenweb waar-in niet doodgaan van de honger en ervoor zorgen dat ze niet werd aangerand het enige was wat telde. En toch hing er een wonderbaarlijke helderheid om haar heen, de uitstraling van een levensblij mens. Midden in de nachtelijke stilte, als iedereen in het gehucht te rusten lag, was regelmatig haar gelach te horen, dat geschater waarin ze uitbarstte door een of andere dwaze opmerking van een zusje of broertje en dat als een onbekommerde nachtvlinder door de lucht vloog. Benvinda lachte voortdurend. Ze had iets in zich wat haar beschermde tegen het ongeluk, alsof haar geest was gehuld in een laagje zeldzame meegevendheid dat elk verdriet afstootte. Niet dat ze dat niet had. Ze had pijn en verdriet zoals iedereen, als die zich aandienden. Maar in die pijn of dat verdriet vond ze altijd een draadje waaraan ze heel hard trok, een draadje dat stevig was verbonden met het optimisme dat haar altijd omringde en tegen wanhoop beschermde. Midden in akelig donkere momenten dacht ze toch nog dat de situatie zou verbeteren. En als ze 's nachts stilletjes lag te huilen, met haar arm om een van haar slapende broertjes of zusjes, dan stond ze toch 's ochtends vol energie weer op, bereid om al het noodzakelijke te doen opdat de dag draaglijk werd niet alleen voor haar, maar ook voor al haar naasten.

Op haar negentiende, toen de kleintjes al groot waren en haar vader zich steeds vaker bedronk en haar het leven moeilijker maakte, leerde ze Roberto kennen. Roberto was in een naburig gehucht geboren, maar hij was al een tijd geleden naar Spanje geëmigreerd, waar hij in de mijn werkte in een dorpje in het noorden. Net als vorige keren was hij teruggekomen voor de vakantie. En toen hij Benvinda in de kroeg weer zag, nu een jonge vrouw, met haar lach die door de lucht galmde en het forsgebouwde lijf waardoor ze zo stevig met haar benen op de grond stond, kwam het idee bij hem op dat zij wel een goede echtgenote voor hem zou zijn. Zij zou de eenzaamheid verdrijven waardoor hij soms 's ochtends vroeg, als hij naar zijn werk moest, verlamd in bed bleef liggen, alsof zijn binnenste door een beestje werd verslonden en uitgehold, zoals een grauwe, verrotte boom. Terwijl hij keek hoe ze met de flessen sleepte en de klanten hielp, bedacht hij hoe mooi het zou zijn om haar in de sneeuw te omhelzen, om op zonnige dagen samen door de bossen te wandelen en haar alle kleuren groen te wijzen die ze nog nooit had gezien. Om samen hand in hand televisie te kijken en in het weekend te gaan dansen in een discotheek. Met vrienden uit eten te gaan en spullen te kopen om zijn onverzorgde huis mee op te fleuren. En om later kinderen te krijgen, twee jongens en een meisje. Dat wilde hij: drie kinderen die over doktoren en gratis medicijnen zouden beschikken en niet zouden sterven van de honger of diarree, die naar school zouden gaan en zouden gaan studeren en daarna als belangrijke mensen, wie weet als minister of regeringsleider, zouden terugkeren naar Kaapverdië...

Benvinda had geen flauw benul van wat er zich in Roberto's hoofd afspeelde. Maar toen ze hem de kroeg binnen zag komen, met zijn brede glimlach en zijn mooie Europese kleren en hij haar als begroeting twee kussen gaf en haar hielp herinneren wie hij ook weer was – ze hadden elkaar vier of vijf jaar niet gezien –, kwam er ineens, om een bepaalde reden die ze niet kon benoemen, een gevoel van schaamte in haar op dat ze zo slecht gekleed ging, met haar alledaagse, duizend keer gewassen en verstelde blauwe rokje en een lelijk zwart T-shirt. Ze streek met haar hand door haar haar en betreurde het dat ze geen vlechtjes had gemaakt om er leuker uit te zien. En een vreemde, ongekende gewaarwording maakte zich van haar meester, een soort merkwaardig verlangen om voortdurend te glimlachen en weg te vliegen.

Een week later waren Roberto en Benvinda een stel. Aan

het eind van de vakantie namen ze snikkend afscheid van elkaar en beloofden elkaar trouw en geduld. Toen Roberto met
Kerstmis terugkwam, vroeg hij haar ten huwelijk. Hij had zich
ervan op de hoogte gesteld welke paperassen ze allemaal nodig
had om zich in Spanje te kunnen vestigen. Midden in de lente, toen de seringen de tuinen vulden met paarse trossen, in de
bossen de kastanjebomen en de eiken begonnen uit te lopen
en alles groen kleurden, en de bergbeekjes met het smeltwater
buiten hun oevers traden, kwam Benvinda aan in haar nieuwe
dorp.

Vijf jaar lang was ze een gelukkige vrouw. Ze vond alles
prachtig: het lieflijke landschap, de vier seizoenen, het elektrisch licht, het water dat uit de kraan stroomde als een eindeloze waterval, de winkels, de markten, waar ze zoveel verschillende etenswaren kon vinden, de huishoudelijke apparaten
die haar taken overnamen, het park waar kinderen speelden,
de koffiehuizen waar ze genoeglijk koffie ging drinken met
andere Kaapverdische meisjes, de winterjassen en hooggehakte schoenen, de uitstapjes per auto met Roberto door een wereld die zowel onafzienbaar als dichtbij was. Voor haar was
alles een cadeautje, alsof het leven onverwachts was veranderd
in een fantastisch pakket waaruit ze telkens allerlei heerlijkhe-
den tevoorschijn haalde, buitengewone, kleine dingen die ze
bewonderde en waar ze heel zuinig op was en die ze stevig en
voorzichtig in haar handen vasthield.

Roberto was het beste van alles. Hij sloeg haar niet en bedronk zich niet, zoals zoveel andere mannen. Een enkele zaterdagavond, als ze uitgingen met bevriende echtparen keek hij
wel te diep in het glaasje, maar dan had hij een vrolijke dronk
over zich en wilde hij zingen, haar zoenen en aan haar zitten,
en later met haar vrijen, hoewel hij dan altijd al in slaap viel

voordat het gelukt was. Hij hield van haar, behandelde haar goed, gaf haar al het geld, liefkoosde haar met een tederheid die ze nooit voor mogelijk had gehouden, en soms zat hij een poos naar haar te kijken alsof zij de enige vrouw in de hele wereld was, een vorstin. Benvinda beantwoordde zijn liefde met alles waartoe ze in staat was. Gretig schonk ze aandacht aan hem. Ze meende dat ze in staat was om met hand en tand de sfeer van welbehagen te verdedigen die hij elke dag voor haar creëerde. De maaltijden waren nooit te lekker, zijn overhemden nooit te netjes gestreken en de lakens nooit te glad getrokken, opdat Roberto kon uitrusten als hij terugkwam van zijn zware werk, en zich op zijn gemak voelde. Als ze hem zag binnenkomen, met zijn gezicht vol zwarte vlekken, uitgeput na de hele dag onder in de boorput steenkool te hebben afgebikt, met rode, haast angstvallige ogen door het vele licht, kreeg ze een onbedwingbare neiging hem te vertroetelen als een klein kind, hem in bad te stoppen en eten te geven en daarna te wiegen zoals ze met haar kleine broertjes had gedaan.

Naast het schoonmaken, koken, strijken en het dagelijkse kortstondige gezelschap van haar vriendinnen, schreef Benvinda zich in voor een aantal lessen voor volwassenen. In Kaapverdië was ze nooit naar school gegaan. Haar broers hadden de eerste jaren van de lagere school gevolgd, maar haar vader was van mening dat meisjes niets hoefden te leren. Het geld kunnen tellen wanneer de klanten in de kroeg betaalden, het huishouden doen en kinderen krijgen, dat was voldoende. God had de vrouw niet voor iets anders geschapen, zei hij altijd. Nu leerde ze zo veel mogelijk en genoot als een klein kind van elke nieuwe ontdekking. 's Avonds na het eten, terwijl Roberto even televisiekeek, ging ze aan de keukentafel zitten en maakte moedig alle oefeningen. Ze concentreerde zich dermate dat ze vergat dat hij op haar zat te wachten om naar bed te gaan. Algauw kon ze lezen en schrijven, en ook ingewikkelde rekensommen maken. Ondertussen leerde ze de nieuwe taal spelenderwijs. Drie maanden later kon ze een aardig woordje wisselen met iedereen uit het dorp. Roberto was trots op haar intelligentie en toewijding – je wordt nog lerares, zei hij altijd. En zij lachte, ontspannen en blij.

In die vijf jaar was er maar één probleem: Benvinda raakte niet zwanger. Toen ze uiteindelijk naar de dokter gingen, kregen ze te horen dat er iets mis was met haar eileiders en dat ze geen kinderen kon krijgen. Dat vonden ze erg jammer, maar het duurde niet zo lang. Algauw hadden ze het over adoptie. In Kaapverdië waren veel kinderen die ouders nodig hadden. Dat zou niet zo moeilijk zijn. Maar ze besloten het nog even uit te stellen. Vooralsnog hadden ze genoeg aan elkaar.

Op een vroege januariochtend vertrok Roberto om vier uur van huis voor de eerste dagdienst in de boorput. Zoals altijd gaf hij, voor hij vertrok, zijn vrouw een tedere afscheidskus. Ze draaide zich om en mompelde iets, maar ze werd niet echt wakker. Het sneeuwde. Hij vond het heerlijk om midden in de nacht door de sneeuw te lopen en te zien hoe de vlokjes in het donker glinsterden als sterretjes die langzaam en stil naar beneden vielen. Het was de laatste keer dat hij daarvan genoot, dat hij überhaupt ergens van genoot. Om acht uur in de morgen vond er een instorting plaats in de mijn. Daar werd Roberto op tweehonderd meter diepte samen met twee kameraden begraven.

Benvinda dacht dat ze gek werd. Maandenlang snapte ze helemaal niets van het leven. Ze begreep niet wat er gebeurd was. Ze wilde het niet eens begrijpen. Ze haatte de hele wereld. En God bovenal. Haar lach, bedolven onder tonnen zwarte brokken steen die haar man hadden vermoord, verdween. Gedurende die tijd zorgden haar vriendinnen voor haar. Om de beurt dwongen ze haar iets te eten en de tabletten in te nemen die de dokter haar had voorgeschreven. En buiten een wandeling te maken, futloos en vervreemd van alles wat ze vroeger zo prachtig had gevonden. Geleidelijk aan herstelde ze, als een zieke die zijn oude bezigheden stukje bij beetje opnieuw moet leren: douchen, aankleden, koffiezetten of een gerecht klaarmaken, boodschappen doen, even de televisie aanzetten en aandacht schenken aan andermans blijdschap en zorgen, die voor haar waren opgehouden te bestaan.

Er was nagenoeg een jaar verstreken na Roberto's overlijden toen ze besloot terug te keren naar Kaapverdië. Dankzij de vergoeding die ze voor het ongeluk had gekregen bezat ze een aardig geldbedrag, en daar kwam het weduwepensioen nog bij. Dat zou in haar land een waar vermogen betekenen. Ze hoefde niet terug naar Portela om daar in de morsige kroeg de ouderdom af te wachten tussen smerige dronkenlappen die haar voortdurend zouden belagen. Ze kon zich in Praia, de hoofdstad, vestigen en een of andere zaak beginnen. Ze wist nog niet wat, maar ze was er zeker van dat ze iets zou vinden wat bij haar paste; met de dag keerde haar gebruikelijke optimisme weer een beetje terug. Ze had de draad weer opgepakt die haar altijd vrijwaarde voor verdriet. De verslagenheid doofde langzaam uit en zou uiteindelijk vanzelf een handjevol grijze as worden. Dat zou ze wel voorgoed met zich mee blijven dragen, maar het zou haar niet beletten verder te leven en te werken, en weer zo schaterend te lachen dat niemand die haar vroeger had gekend zou merken dat zich op een bepaald moment in haar bestaan een catastrofe had voorgedaan. Benvinda zou in ieders ogen weer een tevreden, gelukkige vrouw worden, met een uitstraling van welbevinden en welwillendheid, waardoor onheil en tegenspoed ogenschijnlijk op afstand werden gehouden.

Na verloop van een paar weken in Praia kwam ze Homerus Bureau tegen, een klein bedrijfje gewijd aan de verkoop van kantoorartikelen, dat ter overname werd aangeboden. Ze wist niets van schrijfmachines, papier of kopieerapparaten. Toch stond het haar wel aan en ze vertrouwde erop dat ze het snel onder de knie zou krijgen, zeker met het grootmoedige aanbod van de oude eigenaar, die beloofde dat hij alles uitvoerig zou uitleggen. Ze investeerde een groot deel van haar geld in het bedrijfje, hield een bedrag apart voor als de zaken niet goed gingen, en verdeelde de rest onder haar broers en zussen om hen vooruit te helpen. En met evenveel geduld en standvastigheid als vroeger in de kroeg hernam ze haar leven.

Toen São daar kwam werken, was Homerus Bureau al sinds jaren een bloeiend en betrouwbaar bedrijf. Het was een goede tijd voor haar. Ze deed het werk met plezier: de telefoon beantwoorden, bestellingen klaarmaken en op straat een jongen zoeken die de pakjes moest afleveren. Ze huurde een kamer met gebruik van keuken bij een weduwe. Als São alleen in haar kamertje was en door het raam een heel klein stukje zee zag, had ze het best naar haar zin, ook al moest ze soms eindeloze verhalen aanhoren als haar hospita voor de zoveelste keer alles vertelde wat ze had meegemaakt. Afgezien van de dagen in het pension was het de eerste keer dat ze over een eigen ruimte beschikte. Door die onafhankelijkheid kreeg ze het gevoel dat ze eindelijk een volwassen vrouw geworden was, die volledig verantwoordelijk was voor haar eigen leven en in staat was het in goede banen te leiden. Eindelijk zag het ernaar uit dat ze de pech dat ze niet kon doorleren te boven was gekomen. Het plan leek nu erg ver weg, alsof er vele jaren waren verstreken sinds dat vroegere kinderlijke enthousiasme, waarvan ze nu zag hoe naïef het was. Tussen haar en die buitensporige ideeën was een stevige muur opgetrokken, zonder spleten of deuren waardoor geen enkele frustratie naar haar huidige leven kon doorsijpelen. Het begraven meisje lag nog steeds vredig onder het dunne laagje aarde te slapen.

's Avonds als ze in bed kroop, maakte ze toekomstplannen: ze zou geld sparen en naar Europa gaan. Daar zou ze zo hard mogelijk gaan werken. Daarna zou ze terugkeren naar Kaapverdië en haar eigen bedrijfje opzetten, zoals doña Benvinda had gedaan. Wat helemaal niet in haar hoofd opkwam, was een man zoeken en kinderen krijgen. De herinnering aan wat er met don Jorge was voorgevallen dreunde nog na in haar buik en deed haar weer walgen. Maar er was nog iets anders aan de hand. Als ze daaraan dacht was het of er een amper zichtbaar lichtje in een hoekje van haar brein ontbrandde en haar waarschuwde. Of een bijzondere verplaatsing in de tijd haar liet zien wat er in de toekomst zou kunnen gebeuren: liefde en seks konden volgens haar gevaarlijk zijn, konden haar pijn doen en haar beschadigen. Haar kantoorgenootjes, met wie ze af en toe een ijsje ging eten of uit dansen ging, praatten echter over niets anders. Ze vertelden elkaar hun ervaringen met jongens, het reusachtige genot en de zenuwen. En als ze meenden dat ze verliefd waren, analyseerden ze tot in de kleinste details of de jongen echt van hen zou houden en zou voorstellen zijn huis met hen te delen. Alsof de belangrijkste doelstelling was het lichaam van een man te bezitten en tot zijn dagelijks leven te behoren. São vreesde dat zij gedoemd waren om te lijden, om keer op keer te pletter te slaan op het geheimzinnige wezen van de manlijke ziel, vol kronkels en woestenijen waar ze niets van begreep en die haar angst aanjoegen.

Ze wenste voor zichzelf een zelfstandig leven. De beste, meest tevreden vrouwen die ze kende – doña Natercia en doña Benvinda – leefden zonder man. Niet alleen. Dat niet; ze hadden veel vriendinnen om zich heen, familieleden, en een heleboel vreemde kinderen, mensen die van hen hielden en hen steunden, voor wie zij zelf liefdevol zorgden en wier nabijheid misschien intenser was dan die van een man met wie je het bed deelt. Die man weet precies hoe elk stukje van je huid smaakt, hoe stevig je borsten zijn en hoe warm en smal je geslacht is. Hij komt in jou klaar en ontlaadt zich telkens weer in jouw binnenste. Hij vecht in je armen, geeft zich over, zoekt weer en zucht en steunt, alsof het eind van de wereld is aangebroken. Maar nooit zal hij de moeite nemen om na te gaan of jij je ellendig of gelukkig voelt, of jij meester meent te zijn van de grond waarover je loopt en van de lucht die je inademt, of jij, als je 's ochtends opstaat, beeft van angst in de zekerheid dat het leven je zal aanvallen, zich op je zal storten en zal pogen je helemaal op te vreten en alleen je botten zal laten liggen.

Ze stelde zich voor dat ze later op een rustige plek vlak bij de zee zou wonen, in een kleurig geschilderd huis, met grote ramen waar het licht en de zeewind door naar binnen kwamen, en een tuin waarin bougainvillea's en jasmijn zouden groeien en een acacia vol witte bloemetjes, met een prettige, behaaglijke schaduw. Ze zou geen man en geen kinderen hebben, maar er zouden veel mensen in en uit lopen. En er zou een ruime keuken zijn waarin iedereen kon vinden wat hij wilde. Een huis als dat van doña Benvinda. 's Zondags at ze daar altijd. Haar bazin maakte een grote pan cachupa klaar en nodigde tien of twaalf mensen uit. De vrouw genoot als ze São aan haar tafel zag zitten. Van het begin af aan had ze haar al gemogen. Evenals doña Natercia kon ze het niet uitstaan dat zo'n slim meisje wegens gebrek aan geld niet verder had kunnen leren. Ze zag graag hoe zij haar werk deed, volhardend en respectvol, alsof het beantwoorden van de telefoon, het noteren van de bestellingen en het regelen van de verzendingen uiterst belangrijke taken waren. Ze werd getroffen door de bijzondere mengeling van geestkracht en onschuld van haar persoonlijkheid, haar goedaardigheid en doortastendheid. Ze vroeg zich af wat de toekomst voor haar in petto had. Ze had nog een lang leven voor de boeg. Haar stond waarschijnlijk nog veel leed te wachten. Het was zeker dat iemand zou proberen haar te manipuleren, dat ze bedrogen zou worden en dat mensen haar pijn zouden doen. Iemand zou haar openkrabben en proberen haar energie te ontfutselen. Maar tegelijkertijd was ze ervan overtuigd dat São stand zou houden, dat ze stevig met beide benen op de grond zou blijven staan, met geheven hoofd en een gedecideerde, zonnige blik in haar ogen. Wat er ook mocht gebeuren, ze zou een buitengewone overlevende zijn.

Op een middag, na het sluiten van de zaak en terwijl de andere kantoormeisjes zich naar hun vriendjes haastten, nodigde Benvinda haar uit om een ijsje te gaan eten. Het regende pijpenstelen. Het water stroomde over de straten. Passerende auto's spatten de voetgangers onder de modder, die luidkeels protesteerden en in een poging te schuilen van portiek tot portiek renden. In de ijssalon gingen ze aan een tafeltje bij het raam zitten. De regen kletterde tegen de ruiten en plensde met een rauw catastrofaal kabaal neer op het dak. Eenmaal in veiligheid, vulde Benvinda even de hele salon met haar schaterlach. Daarop zuchtte ze plotseling diep en werd ze door heimwee overmand: 'In Spanje regende het veel,' zei ze. 'Maar nooit zo hard. Het was een langdurige motregen. En 's winters sneeuwde het. Zo stil als de sneeuw valt, dat heeft me altijd verbaasd. Alsof de wereld stilstaat en alleen de sneeuwvlokken leven.'

'Wat mooi moet dat zijn. Dat zou ik wel willen zien.'

'Heb je er nooit aan gedacht om naar Europa te gaan?'

'Heel vaak. Voortdurend. Van jongs af aan. Maar hoe? Ik heb geen papieren. Ik heb geen geld. Op een dag...'

'Misschien kan ik je helpen.'

São bloosde. Ze kon niet eens antwoorden. Ze zwaaide met haar armen in de lucht alsof ze verdronk. Benvinda moest weer lachen: 'Wil dat zeggen dat je erop ingaat?'

'Ja, ja, natuurlijk.'

'Ik kan mijn zussen vragen. Die wonen in Nederland. Ze zijn me nog iets verschuldigd: dankzij het geld dat ik hun heb gegeven konden ze daarheen. En ze hebben het niet slecht gedaan. Zij kunnen een toeristenvisum voor je regelen. Daarna moet je jezelf zien te redden.'

'Maar ik heb geen geld voor een ticket.'

'Dat kun je van mij lenen. Dan betaal je het later stukje bij beetje terug.'

'Echt...? Meent u dat echt?'

'Denk je dat ik je voor de gek houd? Ik wens je oprecht een beter leven toe. Dat verdien je. Je moet het proberen.'

Drie maanden later was alles in kannen en kruiken. São moest een bankrekening openen. Naast het geld voor het vliegticket gaf doña Benvinda haar nog zestigduizend escudo's om bij de Hollandse autoriteiten te kunnen aantonen dat ze genoeg geld had om als toerist te reizen en dat ze niet op straat zou gaan bedelen, of misschien wel zou gaan stelen, of erger nog: iemand zou vermoorden. Zonder dit vereiste zou ze nooit een visum krijgen.

In feite was ze niet van plan naar Nederland te gaan. Ze zou in Portugal blijven. Daar zou ze haar best doen om een verblijfs- en een werkvergunning te krijgen. Ze zou heel hard naar werk gaan zoeken, als dienstmeisje bij een gezin, serveerster in een bar of caissière in een supermarkt: GOEDKOPE ARBEIDSKRACHT VOOR EEN HONDENBAAN. Ze zou zich moeten behelpen om zich staande te houden en de lening aan doña Benvinda terug te betalen, geld te blijven sturen naar haar moeder en Jovita, en te sparen voor de toekomst. Of misschien pakte het verkeerd uit. Mogelijk kreeg ze geen vergunningen. Dan zou ze illegaal in Portugal verblijven en zou ze zich genoodzaakt zien om de voorwaarden te accepteren die een of andere boosdoener haar zou willen opleggen om te kunnen werken, verstoken van elk recht. Doodsbang zou ze door de straten lopen. Ze zou zich verstoppen voor iedere politieagent die haar kon aanhouden en kon terugsturen naar haar land. En dan zou ze het weinige dat ze had kunnen bereiken ook nog kwijtraken.

Maar São wist dat natuurlijk niet. Ze vermoedde dat het niet makkelijk was de papieren te krijgen, maar Europa was voor haar nog steeds een plek met motregen en stille witte sneeuw. Een ruimte waar alles mogelijk was. Een wereld die haar voorgoed uit de armoede kon halen. Het gebied waar alle dromen een plaats hadden. Het was het thuis dat Noli had beschreven toen ze klein waren, die vervlogen zomer in het dorp, toen ze aan de voet van de mangoboom zaten: een huis vol speelgoed, boeken, schriften en potloden, snelle bussen die naar eindeloze bossen reden en grazige weiden waar je bloots-voets doorheen kon lopen, en een heerlijk koel beekje tegen de hitte. Nog nooit had ze een beekje of een weiland gezien. Nog nooit had ze veel boeken of potloden gehad. Binnenkort lag dat allemaal voor het grijpen.

Ze ging in het vliegtuig bij het raampje zitten en keek voort-durend naar buiten. Eerst vloog het toestel over de zee, met zijn angstaanjagende donkere dieptes. Vervolgens kwam het over de verlaten zandvlaktes van de Sahara en de bruingrijze toppen van het Atlasgebergte. Daarna verschenen de bebouw-de vlaktes en de verspreide dorpjes, en opnieuw de zee. En ten slotte Europa, de wonderbaarlijke grote rivieren, de om zich-zelf heen gedraaide steden, en als laatste Lissabon, als een uit-kijkplaats over zee. Lissabon was mooi vanuit de lucht gezien. Gigantisch en prachtig. São voelde zich gelukkig. Kaapverdië lag heel ver achter haar. En was heel klein geworden.

BIGADOR

São nam haar intrek bij een nicht van haar moeder. Het was een kleine flat, met slechts twee kamers, waar het echtpaar met hun vier kinderen woonde. Zij mocht slapen op de bank in de zitkamer. Daar sliep ze onwennig en gekweld door de hitte, die als een misdadiger rondsloop in de smalle straten van de buitenwijk van Lissabon, doordrong in het asfalt, in de amper geprepareerde muren en de kleine kamertjes zonder ventilatie. Al met al had ze geluk gehad: na veel vergeefse pogingen, brieven aan haar moeder en telefoontjes had ze Imelda toch gevonden. En Imelda had aangeboden haar een paar dagen onderdak te geven en te helpen met het zoeken naar een baantje.

Elke ochtend nam São de advertenties in de krant door. Ze wilde een baan als inwonend dienstmeisje: zo zou ze meer kunnen sparen en hoefde ze geen huurkamer te zoeken. Ze werd uitgenodigd voor verscheidene sollicitatiegesprekken, maar zonder resultaat. Het eerste wat de mevrouwen vroegen was of ze Portugese maaltijden kon bereiden. En hoewel ze aan haar ontkenning direct toevoegde dat ze het snel zou leren, werd ze onmiddellijk weggestuurd. Ze had ook geen referenties. De vijf jaar dat ze op de kinderen van de familie Monteiro had gepast maakten niet de minste indruk. Hoogstwaarschijnlijk geloofden ze haar niet eens. Al die stijlvolle dames, met hun gelakte nagels en verzorgde kapsels, hielden haar vast en zeker voor een wilde. Alsof ze schrokken van haar Creoolse accent en haar Afrikaanse kleding. Ze vertrouwden haar niet.

Na afloop van de gesprekken dwaalde ze door de straten van Lissabon. Ze werd overweldigd door de brede lanen en stenen gebouwen, door de keurig aangelegde tuinen en de symmetrische altaren in de kerken, door de zuilen van de hoge gevels en de reusachtige standbeelden op de pleinen. Ze ontdekte de verbazingwekkende geometrie der dingen, het onverbiddelijke evenwicht, de onwaarschijnlijke, imposante harmonie die verborgen lag achter de planmatige lijnen van de in de loop der eeuwen gebouwde stad. Die zeldzame perfectie, die zo anders was dan de chaos op de eilanden, met z'n wanordelijke losse rotsblokken en omgevallen bomen, z'n opgetrokken hutjes en verspreide gehuchten, maakte diepere indruk dan het straatrumoer, de massa's mensen, de verkeersherrie of de grillig luxueuze etalages.

Ook de metro en de bussen trokken haar aandacht. Hoe de tijd tot op de seconde in de hand werd gehouden, hoe snel ze zich kon verplaatsen van de ene naar de andere kant van de stad, tussen een heleboel onbekende mensen die ze allemaal goed zou willen bekijken, alsof iedereen een schilderij vol geheimzinnige details was. Ze zag hoe ze gekleed gingen en hoe ze liepen, hoe ze elkaar groetten en met elkaar spraken, hoe ze voor zich uit staarden in een oneindige verte als ze alleen reisden, de aangename afstandelijkheid waarmee ze haar bejegenden. Lissabon leek haar een onderkomen waarin levens, liefdes en ambities, maar ongetwijfeld ook angsten en tegenslagen verweven waren, en waar haar eigen anonieme bestaan door de gemeenschappelijke strijd werd gered van de banaliteit. Op een dag, als ze haar eigen werk had, haar eigen huis en haar vrije tijd, zou ze van dat geheel een eerbiedwaardig lid zijn.

Maar de tijd verstreek en ze kon maar geen werk vinden. Na tien dagen liet Imelda haar weten dat ze niet langer bij haar kon blijven. Ze opperde het idee om naar de Algarve te gaan. Het was begin juni en de stranden stroomden vol met toeristen. Waarschijnlijk kwam ze daar veel gemakkelijker aan de bak. De hotels en restaurants hadden altijd seizoenspersoneel nodig. De dochter van een goede vriendin woonde in Portimão en kon haar misschien helpen: ze hielp pasaangekomen meisjes altijd. Ze belden haar op. Liliana spoorde São aan om onmiddellijk te komen: er was inderdaad veel werk. En in de flat die ze met andere Kaapverdische vrouwen huurde, beschikte ze over een kamer voor twee. De volgende dag nam São de bus naar het zuiden.

Het was al donker toen ze in Portimão aankwam. Liliana stond op het busstation op haar te wachten. Ze was zo mooi en stevig als een standbeeld. Vanaf het eerste moment bewonderde São haar. Ze was opgemaakt, met veel mascara boven haar reusachtige ogen. En haar lippen waren zo felrood gestift dat het ieder ander ordinair had gestaan, maar háár alleen nog mooier maakte. Ze droeg een spijkerbroek en een laag uitgesneden T-shirt. Het waren waarschijnlijk goedkope kleren, maar zij droeg ze alsof ze uit de meest chique winkel van Lissabon kwamen. Er was geen enkele afstandelijkheid in haar te bespeuren. Integendeel, ze leek open en spontaan. São kreeg onmiddellijk het gevoel dat ze in gezelschap was van een ouder zusje, die op moeilijke momenten haar arm om haar heen zou slaan en haar weer tot rust zou brengen.

Liliana was in Kaapverdië geboren, maar ze beschouwde zichzelf niet als immigrant. Toen ze pas vier was, waren haar ouders naar Lissabon gekomen om daar te werken. Ze was gewoon als een Portugees meisje opgegroeid. Ze had kunnen studeren, en had de School voor Toerisme afgerond. Van maart tot oktober werkte ze als receptioniste in een goed hotel in Portimão. De rest van het jaar ging ze terug naar de hoofdstad en verdiende wat geld als actrice in reclamefilmpjes. Maar die wereld stond haar niet aan. Haar feitelijke belangstelling ging uit naar de politiek. Ze was actief in de socialistische partij en hoopte ooit een verantwoordelijke functie te vervullen. Misschien werd ze wel volksvertegenwoordiger. Ze was ervan overtuigd dat er in Portugal mettertijd veel politici van Afrikaanse oorsprong zouden zijn, mensen uit de oude kolonies. Het was een onvermijdelijk historisch proces, beweerde ze. Net zoals de Franse Revolutie de burgers aan de macht had gebracht die zich daarvoor hadden ingezet, zouden de Afrikanen die eeuwenlang hadden bijgedragen aan de rijkdom van de wereldstad uiteindelijk ook leidinggevende functies bekleden.

Ze was een overtuigd feministe, meende ze. Regelmatig reisde ze naar Kaapverdië en organiseerde bijeenkomsten voor vrouwen uit de dorpen en de armste wijken van de steden. Dan vergat ze haar intellectuele jargon en gebruikte beelden die de vrouwen daar konden begrijpen. Ze kende die wereld goed. Haar eigen moeder was analfabeet geweest tot haar vierendertigste, toen zij haar zelf had leren lezen en schrijven. Ze probeerde hun enkele eenvoudige, maar essentiële ideeën uit te leggen: als vrouw was je geen eigendom van je man, het gebruik van anticonceptiemiddelen was oké en ze moesten hun dochters naar school sturen. Ze wist echter dat de vrouwen bijna nooit naar haar luisterden. De meeste toehoorders beschikten niet over de geestelijke vermogens om te kunnen nadenken over wat ze zei. Ze waren midden in een harde, gewelddadige wereld neergezet en daarin geworteld overleefden ze als weerloze, kwetsbare dieren. Het enige idee dat in hun hoofd weerklonk was overleven, zijzelf en hun kinderen: de honger, de klappen, de dysenterie... Maar een enkele keer leek een van die vrouwen een bijzondere belangstelling te tonen en zat met een gretige blik in haar ogen en een gespannen lichaam te luisteren. Dan had ze de indruk dat haar woorden dienden om nieuwe wegen open te stellen die in de toekomst wellicht zouden veranderen in brede, schaduwrijke lanen waarover een heleboel vrije, sterke, trotse vrouwen zouden wandelen.

Liliana en São liepen door de drukke straten van Portimão naar de flat. Twee van de drie medebewoonsters waren nog aan het werk: tafel dekken en glazen serveren in de rumoerige zomernacht. Ze lieten haar de kamer zien die ze met Lula moest delen. De plek beviel haar wel. De witte bedden en het kleine oranje vloerkleed, waarop ze haar voeten kon zetten als ze uit bed stapte. Nog nooit had ze een vloerkleed gehad, en ze bedacht hoe plezierig en zacht het zou voelen als ze er met haar blote voeten overheen zou lopen. Iemand had een lekkere maaltijd voor haar klaargemaakt. Ze at met smaak, terwijl ze de vragen van haar huisgenootjes beantwoordde, die alles over haar leven wilden weten. Ze was opgetogen. Het was heerlijk om zo ontvangen te worden. Het was alsof ze al bij dat groepje hoorde dat 's zomers in die flat woonde met frisse muren, glimmende tegels en grote ramen die uitkeken op de terrassen van de cafés, waar op dat tijdstip nog een heleboel mensen zorgeloos zaten te praten en te lachen, zoals het in de vakantie gebruikelijk was. Het was goed te weten dat ze, zoals Liliana volhield, hoogstwaarschijnlijk direct een baan zou vinden. En dat ze dan een gastvrije plek zou hebben om 's avonds naar terug te gaan en een fris, schoon bed.

Twee dagen later was ze al aan het werk. Ze had een baantje gevonden als serveerster in een nabijgelegen etablissement aan het strand. Niemand vroeg naar haar situatie: ze namen haar gewoonweg aan, zonder schriftelijk contract, zonder rechten, en zonder ziektekostenverzekering. Van negen tot vijf moest São de terrastafeltjes bedienen. Een laat ontbijt, biertjes halverwege de ochtend, aperitiefjes rond één uur, broodjes rond etenstijd en koffie in de middag. In het begin was ze zenuwachtig. Het dienblad trilde in haar hand en ze gooide de glazen frisdrank en wijn om. Maar ze leerde snel. Algauw bewoog ze zich soepel tussen de stoelen door, onthield probleemloos het nummer van elke tafel, ontwikkelde haar eigen systeem om bestellingen te noteren en wende zichzelf aan om bij de bar haar stem te verheffen, zodat ze naar haar luisterden. Ze kweet zich zo snel en welwillend mogelijk van haar taak. Ze schaamde zich nog een beetje voor haar accent, maar ze lette goed op de manier waarop de Portugezen spraken en deed haar best om hun intonatie en uitdrukkingen over te nemen.

Over het algemeen waren de mensen vriendelijk tegen haar, al werd ze door sommigen duidelijk minachtend behandeld. Soms kwam er een vage angst in haar hoofd op, een zeker bewustzijn dat ze er voor het eerst anders uitzag dan de anderen. En dat verschil vormde een barrière waar anderen makkelijk doorheen konden komen als ze haar wilden lastigvallen. Maar ze deed of ze dat niet in de gaten had. Als ze van bepaalde dingen de waarde ontkende en er niet aan dacht, was het alsof ze niet echt gebeurden, meende ze. Maar die zogenaamde onwetendheid hield ze slechts enkele dagen vol, tot ze op een ochtend een ernstig probleem met een halfdronken kerel kreeg. Ze had zojuist een glas witte wijn op het tafeltje neergezet en liep al weg toen hij haar riep: 'Zwarte!'

São wist dat hij haar bedoelde, maar ze deed of haar neus bloedde. De man verhief zijn stem: 'Zwarte! Juffrouw!'

Sommige mensen keken om. Rood van woede draaide São zich om en liep terug naar het tafeltje: 'Wat kan ik voor u doen?'

'Deze wijn is warm.'

'Ik breng u direct een nieuw glas.'

Ze ging naar binnen en vertelde aan haar baas wat de klacht was, die mopperend een nieuwe fles uit de koelkast haalde. Ze liep terug naar het terras en zette het glas voor de man neer, kalmte veinzend. Vervolgens ging ze naar een ander tafeltje. Achter zich hoorde ze het lawaai van een op de grond vallende stoel, en opnieuw dat lasterlijke geschreeuw: 'Zwarte! Ik heb het tegen jou! Kijk me aan!'

Ze draaide zich weer om. Ze voelde het bloed in haar aderen koken en haar hart in haar keel kloppen. Als ze het had gekund, als ze er zeker van was geweest dat ze haar baan niet zou verliezen, had ze zich met alle macht op hem gestort. De man was gaan staan en brulde: 'De wijn is nog steeds warm!! Ga terug naar het oerwoud, negerin! Als je niet kunt bedienen!'

São hield op met denken. Het was alsof ze in vuur en vlam stond, een toorts van duizendjarige trots die de weerzinwekkende arrogantie van die kerel in de fik wilde steken. Ze stormde op hem af. Ze wilde hem stompen, bijten en schoppen of wat dan ook, om zich te bevrijden van die plotselinge verwonding die zijn aanwezigheid en zijn stem haar toebrachten. Maar de armen van haar baas en van een andere ober hielden haar tegen. Toen de eigenaar het geschreeuw had gehoord was hij meteen het café uit gekomen. Hij wilde per se geen bonje op zijn terras. Als de politie erop af zou komen, zouden ze hem misschien wel een boete opleggen omdat hij een illegale immigrant in dienst had.

Samen weerhielden ze haar. De man werd ten slotte meegenomen door zijn vrienden, die aanvankelijk moesten lachen om zijn beledigende woorden, maar nu toch verontrust waren door de opschudding. Langzamerhand keerden de mensen weer terug naar hun biertjes en broodjes. De baas zei tegen São dat ze voor de rest van de middag maar naar huis moest gaan. Maar voordat ze ervandoor kon gaan, kwam hij naar haar toe en fluisterde dreigend: 'Je bent toch niet zo'n uitdagend type, hoop ik, hè?'

São barstte in huilen uit en zette het op een lopen. In tranen holde ze naar de flat. Daar wierp ze zich snikkend op haar bed. Eigenlijk wilde ze dit niet. Ze wilde zich als een sterke, waardige vrouw gedragen, maar het was sterker dan zijzelf. Het was de eerste keer dat iemand haar uitschold voor zwarte, de eerste keer dat ze veracht werd omdat ze in Afrika was geboren. Degenen die uit Europa terugkwamen spraken hier nooit over. Die vertelden niet dat zwart zijn te midden van zoveel blanken hetzelfde is als permanent een aangestoken licht bij je hebben, en dat er mensen waren die dat met geweld wilde uitdoven. Ze wilde terug naar Kaapverdië. Een van de velen zijn. Aan iedereen gelijk. Onopvallend. Ineens lieten de armoede en de toekomst haar volkomen koud. Ze verlangde er alleen maar naar om in de menigte op te gaan.

Toen Liliana thuiskwam en tussen de snikken door hoorde wat er gebeurd was, schonk ze onmiddellijk een glas whisky voor São in.

'Je moet je niet zo laten opfokken door zo'n idioot,' zei ze. 'Ze zijn er alleen maar op uit ons te pesten, snap je. Ze wíllen juist dat we gaan huilen. Sterker nog: dat we ze aanvliegen.

Dan kunnen ze later zeggen dat alle Afrikanen klootzakken zijn.'

São nam kleine slokjes uit haar glas, terwijl er grote, dikke kleinemeisjestranen stilletjes over haar wangen biggelden. Liliana kwam dichterbij en nam haar gezicht in haar handen: 'Weet je wat er eigenlijk met die racisten aan de hand is? Ze zijn jaloers. Besef je niet hoe mooi je bent? Denk je dat die kerel ooit een vrouw tegenkomt die zo knap is als jij? Moet je kijken wat een huid! Hoe zacht en glimmend. En die prachtige kleur, waar alles zo goed bij past. De hele zomer lang proberen zij zo bruin te worden, zonder dat dat ze lukt. En je billen? Heb je wel gezien wat voor billen je hebt en wat een fantastische borsten? Als een bleekneus je beledigt, denk dan maar aan je billen. Dan gaat je woede meteen over, dat zul je zien.'

São moest lachen. Ze dronk nooit whisky, en de uitwerking liet niet op zich wachten. Ze voelde haar bloed luchtig door haar aderen stromen. En in haar hoofd schommelde een wolkje heen en weer waardoor alles wazig werd. Ze stond op en wiegde met haar heupen alsof ze een wilde dans vertolkte: 'Kijk eens, bleekneus! Kijk eens! Dit ben ik!'

Ze zetten muziek op, *batuca's*, onstuimige ritmes van het eiland São Tiago. En ze begonnen hartstochtelijk te dansen op het ritme van de trommels, dat hun lichaam binnendrong, hen in zijn macht kreeg en hen volledig in zijn greep hield. Snel. Sneller. Steeds sneller. Als wervelwinden. Tot ze uitgeput en doodop van het lachen op de grond vielen.

Dit was het laatste vertier in lange tijd. Enkele dagen later had São nóg een baantje gevonden. Van zeven uur 's avonds tot twaalf uur 's nachts bediende ze in een pizzeria. Ze moest meer geld verdienen. Ze moest de lening aan Benvinda terugbetalen. Daarnaast moest ze de gebruikelijke bedragen sturen aan Jovita en haar moeder, die haar nog steeds jammerlijke brieven schreef waarin ze vertelde hoeveel kosten haar broertjes wel niet maakten. En haar deel van het huis betalen, het eten en ook de T-shirts en de broeken die ze had gekocht, om zich te kunnen kleden als een Portugees meisje. Ze had alleen een paar uur vrij aan het eind van de middag en in de vroege ochtend. Ze sliep niet veel. Liever zat ze even te kletsen met haar huisgenoten, hoewel ze vaak van vermoeidheid in slaap viel in de zitkamer. Maar ze vond het niet erg om hard te werken. Ze was blij dat ze zoveel geluk had en was trots op haar fysieke uithoudingsvermogen, op dat gezonde en sterke lichaam, dat alles trotseerde.

Regelmatig sprak ze met Liliana over wat ze zou doen als de zomer voorbij was en er in de kroegen van Portimão geen plaats meer was voor immigranten. Met het geld dat ze had kunnen sparen zou ze naar Lissabon teruggaan en een andere huurkamer zoeken. Ze konden niet bij elkaar blijven wonen, omdat Liliana een flatje deelde met haar vriend, die docent was op de sociologische faculteit. Maar ze zou haar helpen met het zoeken naar een huis en een baan. En af en toe zouden ze samen een wandeling door Lissabon gaan maken en op een terrasje gaan zitten om naar de mensen te kijken. Alles zou goed gaan. Het leven zou plezierig verlopen. Het zou als een rivier door grazige vlaktes stromen, zonder onverwachte schokken of grote overwinningen. Heel kalm. Zo zou het zijn. Het doel van het harde werken. Rust.

Maandagochtend was het café van São gesloten, zodat de eigenaar kon uitrusten. Meestal nam ze de gelegenheid te baat om een paar uurtjes naar het strand te gaan. Ze ging altijd alleen, want haar vriendinnen waren aan het werk. Dat moment van afzondering vond ze wel prettig. Ze ging op haar buik op het zand liggen en keek naar de zee. En ze las een van de boeken die ze van Liliana leende, ingewikkelde romans die ze wel een beetje vervelend vond, maar die ze per se wilde lezen. Ze herlas de moeilijkste passages net zo vaak tot ze ze begreep. Begin augustus vulde het strand zich met een menigte mensen, kinderen die overal heen renden, ouders veilig onder parasols, vrouwen die langs de waterlijn liepen, jongelui die strandtennis speelden. Toen ze de eerste maandag van de maand daar aankwam, irriteerde die plotselinge massa mensen haar, alsof ze een ruimte hadden ingepikt die haar rechtens toekwam. Maar er zat niets anders op dan zich erbij neer te leggen. Ze zocht een plekje waar ze haar handdoek kon uitspreiden, zo ver mogelijk weg van het water en het voortdurende gegil van de badgasten. En ze dook in haar boek.

Zonder dat ze het in de gaten had kwam de man naderbij. Plotseling zat hij naast haar en vroeg: 'Wat ben je aan het lezen?'

São draaide zich om en keek hem aan. Het was alsof er een donkere, warme donderwolk zwaar van energie tussen haar en de zon was komen te hangen. Met het beschamende gevoel dat haar uitgestrekte lichaam te opvallend was kwam ze vlug overeind. Ze ging zitten en trok als bescherming haar knieën tegen haar borst: 'Een Braziliaanse schrijver, Jorge Amado.'

'O... En is het leuk?'

'Ja.'

De man sprak met een vreemd accent. Glimlachend stond hij naar haar te kijken, zelfverzekerd, zonder schroom of angst. Hij stak zijn hand uit: 'Ik heet Bigador. En jij?'

De hand van het meisje paste helemaal in de zijne, en beefde als een bibberend vogeltje.

'São.'

'São...' Hij zei het alsof hij midden op de oceaan wind in een zeil blies.

Even later liep hij met haar mee naar huis. Hij stelde voor om haar die middag uit haar werk op te halen en samen te zijn totdat ze in de pizzeria moest beginnen. Hoewel ze die tijd graag rustig in de flat een kopje koffie dronk en een douche nam, nam ze het aanbod zonder aarzelen aan. Bij het afscheid gaf Bigador een kus op haar wang. Zijn zachte lippen op haar huid gaven een prettig gevoel.

Van vijf tot zeven maakten ze samen een wandeling over het strand en gingen op een terrasje zitten. Toen São bij de pizzeria aankwam wist ze al een heleboel over hem. Hij was zevenentwintig. Hij was geboren in Angola, midden in de burgeroorlog. Van zijn kindertijd herinnerde hij zich met name de honger, het geschiet, de vechtende legertanks die stofwolken veroorzaakten in de straten van Luanda, de puinhopen waarop kinderen oorlogje speelden en ratten vingen, die door vrouwen op een nachtelijk vuurtje werden geroosterd. Vanaf zijn zesde stal hij op de markt vruchten en stukken zeep. Zijn moeder wees hem terecht, maar hij wist dat de gestolen spullen haarzelf en zijn zeven broertjes en zusjes goed van pas kwamen. Van hun vader hoorden ze bijna nooit iets. Hij werkte in de diamantmijnen in Catoca en elke maand maakte hij wat geld over op een bankrekening. Toen de oorlog in hevigheid afnam, kwam hij af en toe langs. Na een paar dagen vertrok hij weer naar dat gat en liet zijn vrouw zwanger en wel weer alleen.

De kleine Bigador was zo vlug als een kat, behendig en gewiekst, en die kleine diefstalletjes gingen hem goed af. Hij kreeg steeds meer zelfvertrouwen en leerde blanken te bespioneren – die hadden altijd flink wat geld bij zich – en hun portefeuilles te rollen. Zijn moeder vroeg niet meer waar hij de levensmiddelen vandaan haalde waarmee hij thuiskwam. Ze gaf ze aan haar kinderen en legde zich erbij neer.

Op een dag, hij was toen elf, overviel hij een katholieke priester. Hij stal alle bankbiljetten die er in zijn zak zaten en rende zoals gewoonlijk met zijn vliegensvlugge *Kimbundu*-beentjes weg. Maar hij had er niet op gerekend dat die man, die in zijn jeugd atleet was geweest, nog steeds erg snel en sterk was. Een paar steegjes verderop kon pater Barcellos hem makkelijk in zijn kraag grijpen. Hij nam hem in de houdgreep en drukte hem tegen de grond. Die ontmoeting veranderde zijn leven. De priester besloot zich over hem te ontfermen. Naast de kerk, in de wijk Katari, had hij een schooltje. Daar leerde hij een handjevol straatschuimers niet alleen lezen en schrijven, maar ook stenen metselen, een stopcontact aanleggen, een kraan installeren of hout zagen. Kleine dingen waardoor ze een fatsoenlijk baantje konden vinden. Hij was zo iemand die ervan overtuigd was dat iedereen gered kon worden als hem maar een gelegenheid werd geboden. En dat probeerde hij zonder omhaal te doen.

Dat een man hem aandacht schonk liet Bigador niet onberoerd. Zijn vader kende hij amper. En in zijn omgeving waren alleen andere kinderen en veel vrouwen. Dat een volwassen man, met zijn zware stem en bruuske bewegingen, zich om hem bekommerde en hem opdrachten gaf, vond hij iets buitengewoons. Vanaf de eerste dag liep hij als een straathondje achter hem aan. Zo vasthoudend dat de priester soms dermate genoeg van zijn aanwezigheid kreeg dat hij hem luidkeels wegstuurde. Algauw besefte Bigador dat het werken met zijn handen hem goed afging. Hij vond het leuk te zien hoe er, dankzij zijn inspanning, uit het niets een muur of een tafel ontstond.

Pater Barcellos zei dat hij heel talentvol was en dat het niet makkelijk was om zo'n geduldige en begaafde arbeider te vinden als hij. En dat hem een goede toekomst wachtte als hij zijn criminele leventje voorgoed zou vergeten. Bigador zette een hoge borst op en zwol van trots. En zijn opdrachten voerde hij met nog meer aandacht en toewijding uit.

Enkele jaren later, toen hij genoeg had geleerd, werd hij naar Caungula gestuurd om een missiepost opnieuw op te bouwen. Het was zijn eerste baantje. Hij zou wat geld verdienen en werkervaring opdoen voor later. Het speet hem dat hij afscheid moest nemen van de priester, maar toch vertrok hij enthousiast. Maandenlang trok hij muren op, maakte daken, plaatste deuren en ramen, en vervaardigde meubels. Daarnaast leerde hij hoe hij zich in het oerwoud moest verstoppen wanneer de guerrilla in de buurt kwam, hoe hij een pistool moest gebruiken en een hakmes moest hanteren. Een enkele keer zag hij zich genoodzaakt iemand te doden, maar daar wilde hij liever niet aan terugdenken. Stappen op de dorre bladeren, een schim die met de kalasjnikov in de aanslag de schuilplaats naderde waar hij tussen het dichte struikgewas verscholen zat met twee nonnen, de levensdrang, zijn onverhoedse sprong naar die man met zijn mes in zijn hand, het gevecht, de weerstand van het vlees dat het lemmet voelde toen het er één, twee, vier, zes keer in werd gestoken, de misselijkmakende geur van bloed, de stuiptrekkingen van het lichaam op de grond tot het niet meer bewoog... Afschuwelijke herinneringen. Daar kon hij beter maar niet over praten.

Toen hij naar Luanda terugkeerde, was hij een man geworden, al was hij pas vijftien jaar. Hij vond direct een baan als metselaar; de oorlog liep langzamerhand af, de stad groeide en er werd driftig gebouwd. Hij kon voor zijn moeder en broertjes en zusjes een veel beter huis huren dan het armoedige hutje waarin ze tot op dat moment hadden gewoond. En zodra hij meerderjarig was en genoeg geld bij elkaar had, emigreerde hij naar Portugal. Nu woonde hij in Lissabon en werkte nog steeds in de bouw. Hij boerde zo goed dat hij een hypotheek had kunnen aanvragen om een flat te kopen en hij kon zich zelfs permitteren om in de Algarve vakantie te houden. Hij was trots op zichzelf: het had maar een haartje gescheeld of hij was het criminele pad op gegaan. Dan zou hij nu al dood zijn geweest, zoals de meeste vrienden uit zijn kindertijd. Maar hij had een verwoede strijd gevoerd met het lot en uiteindelijk een fatsoenlijk leven opgebouwd. Vanzelfsprekend was hij pater Barcellos dankbaar, maar de echte strijder was hijzelf geweest. Nu kon hij pralen met zijn trofeeën en die aan zijn schild hangen, zoals de oude leden van zijn volksstam.

Toen São die avond thuiskwam, vertelde ze haar vriendinnen niets over Bigador. Niet uit schaamte. Ook niet omdat ze een geheim wilde bewaren. Alleen omdat ze bang was dat, als ze in woorden zou vatten wat ze voelde, het sprankje merkwaardige gelukzaligheid zou verdwijnen dat ze in de loop van de dag meende te bespeuren, zoals een droom als je die vertelt. Ze ging vroeg naar bed en probeerde zich alles voor de geest te halen wat er gebeurd was. Het was gek: voor het eerst was het alarmlampje vanbinnen niet ontstoken dat altijd ging branden als er een man om haar heen hing. Misschien kwam het doordat hij niet wellustig naar haar gekeken had, en niet te kennen had gegeven dat hij in haar borsten wilde knijpen en gewelddadig bij haar naar binnen wilde dringen. Maar hij had een tedere blik in zijn ogen gehad, alsof hij haar langzaam, urenlang wilde liefkozen. En dat vond ze prettig. Bigadors handen voelen op haar lijf, telkens weer. Als de zachte, koele zeewind die op het strand over haar lichaam gleed.

Gedurende de twee weken vakantie van de Angolees zagen ze elkaar elke dag. Hij haalde haar om vijf uur op uit het café en trakteerde haar op een ijsje of een kop koffie. Daarna bracht hij haar naar de pizzeria en haalde haar weer om middernacht op. Dan wandelden ze hand in hand over het strand, gingen op het zand zitten, omhelsden en omstrengelden elkaar. De wereld om hen heen vervaagde. Er stonden geen mensen tegen de balustrade van de strandboulevard geleund. Er waren geen bruisend brekende golven op het zand. Er stonden geen sterren hoog aan de lucht te twinkelen. Alleen tongen, huid, adem, het zo begeerde lijf van de ander. Onverwachts liep São elke avond verder het hemelruim van de hartstocht in, ferm en zelfverzekerd, tot ze bij het zenit kwam.

De laatste maandag dat Bigador in Portimão zou zijn, hadden ze om negen uur 's ochtends afgesproken om samen naar het strand te gaan. Maar nog voor halfnegen belde hij al aan. Zodra zij de deur opende, pakte hij haar bij haar middel en kuste haar, omstandig en langdurig, op haar ogen, op haar wangen, haar mond, elke millimeter van haar lippen, en vervolgens haar hals, en haar borsten, heel uitvoerig, elke porie aflikkend alsof daarin de essentie van het leven was geworteld. São voelde dat die man het diepste van haar wezen omwroette, dat hij uit haar ziel wonderlijke geheimen losmaakte, waarvan ze het bestaan nooit had vermoed. En met haar volle bewustzijn gaf ze zich over aan de lust. Ze genoot van elke zinnenstreling, opende zich volledig voor hem zodat hij bij haar naar binnen drong, en legde haar oude, strenge maagdelijkheid aan zijn voeten. Ze kwam aan in het paradijs, waar alle geliefden van alle tijden wonen, de eindelijk ineengevlochten wereld van twee verschillende wezens die voor één ogenblik geloven dat de eenzaamheid achter hen ligt.

Toen Bigador drie dagen later naar Lissabon terugkeerde, was het duidelijk dat ze verliefd waren. Alle plannen van São waren plotseling veranderd. Zij die altijd een leven voor zichzelf alleen had uitgestippeld, dacht nu voor twee. Zij en haar geliefde, twee zuilen die elkaar zouden steunen in goede en in slechte tijden. Hij had beloofd een kamer voor haar te zoeken en te helpen met het vinden van een baan. Hij zou haar elk hoekje van de stad laten zien en haar elke zaterdagavond mee uit dansen nemen. Hij zou voor haar zorgen en haar nooit aan het huilen maken, ook al zou ze zich moedeloos voelen en de donkere lava en de hooghartige drakenbloedbomen van Kaapverdië missen. Ook al zou iemand haar uitschelden en 'zwarte' naar haar roepen en al zou de raadselachtige Europese winterkou zich in haar botten nestelen, waardoor ze zich broos en nutteloos zou voelen. Hij zou haar terzijde staan. Naast haar prachtige, stralende man zou zij stralen en zich prachtig voelen. En al die pracht zou de schoonheid van Lissabon zijn, van de drukke straten en de lawaaiige metro, de fantastische hemel boven de brede rivier en de oude goudkleurige stenen. De schoonheid van het leven zelf, dat haar nu vanuit elke onverwachte hoek overviel, waardoor ze besluiteloos en emotioneel werd.

De weken tot haar vertrek uit Portimão verstreken langzaam. Elke dag om zes uur precies belde Bigador. São ging op bed liggen om de telefoon te beantwoorden. Ze had het idee dat ze dan dichter bij hem was, ook al was er op dat tijdstip niemand anders in de flat. Het waren saaie gesprekken, conversaties van twee geliefden, waarin ze de dagelijkse beslommeringen uitwisselden en herhaalden dat ze elkaar zo graag wilden zien. Ze kon maar niet begrijpen dat er op vijfhonderd kilometer afstand een man was die haar miste, bereid was om zich voor haar in te zetten, van haar hield, haar wilde omhelzen en met haar de liefde wilde bedrijven. Maar overal was een verklaring voor. Hij noemde haar naam en het was alsof nog nooit iemand haar zo had genoemd. Ze voelde zich waardevol en enig in haar soort. Ze verlangde er zielsveel naar om beter te zijn dan ze was en alle goeds wat ze had in zijn handen te leggen, hem als een cadeautje alle genoegens te schenken, ook haar vreugde, haar geestkracht en haar strijdlust.

's Avonds sprak ze regelmatig met Liliana over wat haar overkwam. Haar vriendin probeerde haar ervan te overtuigen dat ze voorzichtig moest zijn.

'Je moet niet zo goedgelovig zijn,' zei ze vaak. 'Je kent hem amper.'

'Ik ken hem best wel,' zei São. 'Hij is aardig en lief, en werkt hard. Hij heeft een huis gekocht voor zijn moeder in Luanda. En elke maand stuurt hij haar geld. Iemand die zoiets voor zijn moeder doet, moet wel lief zijn.'

'Je moet niet alles geloven wat hij over zichzelf zegt als je geen bewijs hebt. Als iemand je wil verleiden is hij geneigd zich mooier voor te doen dan hij is. Gun jezelf wat meer tijd om hem beter te leren kennen.'

'En wat wil dat zeggen? Dat ik niet moet voelen wat ik voel? Denk je dat je de liefde van je af kunt schudden als stof?'

'Nee, dat kan niet. Dat weet ik ook wel. Ik zeg alleen dat je moet oppassen. Je moet op je hoede zijn. Hou van hem en geniet ervan, maar pas op dat hij je niet belazert.'

São herinnerde zich het voorval met don Jorge: 'Op een gegeven moment stond ik voor de keuze argwanend te worden of te blijven denken dat iedereen altijd het beste met je voor-

heeft. Ik wil niet in mijn schulp kruipen, en als een wantrou-
wige oude zeur door het leven gaan. Dan bega ik liever een
fout. Maar in Bigador vergis ik me niet. Dat weet ik zeker.'

Met een zucht gaf Liliana zich gewonnen: 'Ik hoop dat je
gelijk hebt. Zo niet, weet dan dat ik er voor je ben.'

Op een dag aan het eind van september, toen het café en de
pizzeria haar hadden ontslagen, reisde São weer met de bus
van Portimão terug naar Lissabon. Ze was opmerkelijk kalm.
Ze keek reikhalzend uit naar de ontmoeting met Bigador. Ze
was er zo van overtuigd dat hij van haar hield dat ze gedurende
de hele reis rustig naar buiten naar het landschap keek zonder
ook maar een moment zenuwachtig te worden. Als een vis die
zich met het water van de rivier laat meevoeren naar zijn enig
mogelijke bestemming. Toen ze op het busstation aankwam
stond hij haar al op te wachten. Hij had de middag vrij gevraagd om haar op te halen. De manier waarop hun blikken
elkaar midden in de mensenmassa vonden, hoe ze elkaar aan-
keken met die unieke glans die je uitstraalt als je naar de ander
verlangt, hoe ze elkaar kusten en omhelsden alsof hun lichamen het enige was wat er op de wereld bestond – dat alles
maakte haar duidelijk dat ze zich niet vergiste.

Bijna een uur lang doorkruisten ze Lissabon met Bigadors
auto. Telkens als hij de versnellingspook kon loslaten pakte hij
haar hand. Een week eerder had hij gezegd dat hij een plek
gevonden had waar ze kon wonen. Een nichtje van een vriend
van hem had een kamer te huur. Het was niet veel bijzonders,
maar hij was niet erg duur en was niet zo ver van zijn huis.
Dan konden ze elkaar vaak ontmoeten. Tijdens de rit zei hij
bovendien dat hij voor de volgende dag een afspraak voor een
baantje had geregeld. Bij een bakker werd een verkoopster ge-

vraagd, wist hij. Een vriendin van hem had daar gewerkt en zou een goed woordje voor haar doen. Dat was een mooie kans. São kraaide het uit van blijdschap. Ze wist niet hoe ze hem moest bedanken. Of wel, ze zou voor hem zorgen zoals nog geen enkele vrouw ooit had gedaan. Als hij dat wilde zou ze voor hem echtgenote, zus en moeder zijn. Ze zou hem lief-hebben zoals ze nog nooit iemand had liefgehad.

Het huis van María Sábado was erg naargeestig. Eerlijk gezegd was alles erg naargeestig. De wijk met zijn groezelige straten, vol met dezelfde morsige, afgebladderde gebouwen, waarin honderden immigranten boven op elkaar zaten. Hele families die ten koste van hoge schulden en het spaargeld van veel levens uit Afrika waren gekomen en als insecten in de piepkleine flatjes op elkaar gepropt zaten. Mannen die op een dag hun dorp in de savanne hadden verlaten, woestijnen, ber-gen en zeeën hadden doorkruist en die nu paraplu's verkoch-ten als het regende en waaiers als de zon scheen, en die maar amper konden rondkomen. Vrouwen die een armoedige stad waren ontvlucht om te ontsnappen aan een gedwongen huwe-lijk, afranselingen en een slavenbestaan, en die nu voor een paar centen huizen, kantoren, trappenhuizen en ziekenhuizen schoonmaakten. Een heleboel mensen van verschillende oor-sprong en onderling vijandige volksstammen. Een bijenkorf afgeladen met verschillende geuren, talen en muziek. Nachten vol liefde, seks, dood, alcohol, gejank, messen. Een oneindig aantal gebroken dromen en een heleboel hoop. Gefrustreerde en berustende zielen. Ziedende, ontredderde en krachtige zie-len. Een zwerm ontwortelde mensen, zonder enige reden om te blijven of om terug te keren, eigenaren zonder enig bezit, dolende schimmen op een pad dat naar het paradijs had moe-ten leiden maar praktisch altijd in de hel uitkwam.

Het was een flatje op de vijfde verdieping zonder lift. Er waren drie kleine slaapkamers en een zitkamer. Er woonden al vijf mensen, allemaal Angolezen, drie vrouwen en twee mannen. Vooralsnog kon São alleen slapen. Het bovenste bed van het stapelbed in haar kamer was vrij. Een kast zonder deuren en een krakkemikkig nachtkastje vormden het enige meubilair. Er was nauwelijks licht. Ze opende het raampje. Het kwam uit op een minuscule binnenplaats. Aan de overkant zag je alleen een vunzige grauwe muur. Een verdorde wilderadijsplant klemde zich nog met een mysterieuze kracht vast in een spleet. Er klonken kindergebèr, vrouwengeschreeuw en een stem die een diepdroevig lied zong, dat uit de bodem van een inktzwarte put leek te komen. São sloot het raam weer. Ze was geschrokken. Ze had op lelijke, nagenoeg kale plekken gewoond, zo sober als de cel van een monnik. Maar geen enkele woning had haar ooit zo troosteloos geleken als deze benauwende ruimte. Het greep haar bij de keel. María Sábado had haar niet eens een glimlach gegund. De twee mannen die in de zitkamer op de bank televisie zaten te kijken, hadden haar amper gegroet. Met hen zou ze het huis moeten delen. Hun ademhaling zou ze door de dunne scheidingswanden heen kunnen horen. Zodra ze de deur opendeed zou ze hun bedrukte gezichten zien. Er zou geen 'goedemorgen' zijn, geen gelach, geen kusjes, geen vragen over hoe de dag of avond was geweest. En als ze wegging zou ze door die beklemmende straten naar de bushalte moeten lopen, waar kinderen zonder toezicht tussen toeterende auto's speelden, geheimzinnige figuren op straathoeken stonden en ruziënd gekrakeel uit de kroegen klonk... Ze wist niet zeker of ze dat aankon.

Ze keek naar Bigador. Kennelijk begreep hij wat ze dacht. Hij glimlachte en streelde haar haar.

'Het spijt me, liefje,' zei hij zachtjes. 'Ik weet dat je het niks vindt. Dat snap ik. Het is geen goede plek voor jou. Jij verdient iets veel beters. Maar het is maar voor een paar dagen. Ik wilde er zeker van zijn dat je bij een bekend iemand zat, zodat je niet alleen zou zijn. En dit was het enige wat ik kon vinden. Zodra je een goed contract hebt en een vast salaris, zoeken we iets anders voor je. Dat beloof ik.'

São sloeg haar armen om hem heen. De verontrusting verdween, alsof het lichaam van de man die had opgezogen.

Hij wachtte tot ze haar koffer had uitgepakt en nam haar toen mee naar een goed restaurant. Aan het eind van de avond lagen ze bij hem thuis in een groot, zacht bed, begeerden elkaar en gaven zich aan elkaar alsof het leven op dat moment begon.

HARDE WIND

Ze kreeg het baantje. Het was veel beter dan ze had verwacht. Een maand was ze op proef, maar daarna kreeg ze een contract waarmee ze een werk- en verblijfsvergunning kon aanvragen. De premie voor de ziektekostenverzekering werd voor haar betaald. Bij de gedachte dat, indien nodig, doktoren, medicijnen en ziekenhuizen voor haar gratis zouden zijn, raakte ze opgewonden. Het leven was haar goedgezind, en ze probeerde zo veel mogelijk terug te doen. Ze mocht niet klagen.

Om acht uur begon ze en om zeven uur 's avonds was ze klaar. Van een tot drie was de bakker gesloten. Dan ging ze boodschappen doen en daarna door Lissabon wandelen, terwijl ze een broodje of een pasteitje at. Ze genoot van haar werk. De winkel lag in de wijk Alfama, midden in het centrum. Elke ochtend kwamen er oude vrouwtjes brood kopen. Sommigen trokken met hun been en liepen met kleine stapjes, krachteloos steunend op een stok. Soms bleef er eentje even staan praten en vertelde dingen uit haar verleden, haar ouders, haar lieve man die te vroeg was gestorven, de kinderen, wie het goed was gegaan of die aan de drugs waren geraakt, en over de kleinkinderen die nooit of juist heel vaak kwamen, ziektes, en de soapseries op de televisie, waar São nooit naar keek. Ze mocht die vrouwtjes wel die hun leven meedroegen als een slak zijn huisje. Ze werd geroerd door die flarden van hun belangrijke herin-

neringen, door de beschroomde, tegelijk geestdriftige manier
waarop ze alle hoekjes van hun bestaan oplichtten en een voor
een de puzzelstukjes verzamelden van alles wat ze hadden meegemaakt: liefde, verlating, tijden van pracht en tijden van
schaarste, zegepraal en nederlaag, uitbundige blijdschap en ondraaglijk verdriet. Gewone dingen, die ze echter in hun handen hielden alsof het edelstenen waren.

De oude mannen waren veel minder mededeelzaam. Nagenoeg allemaal zagen ze er mistroostig en een beetje verloren
uit, alsof de tijd in zijn vlucht de heldere momenten uit hun
geheugen had weggerukt. Maar met één, don Carlos, had São
erg veel plezier. Hij droeg nog een hoed, en een netjes, ietwat
versleten driedelig pak, van lichtkleurige stof in de zomer en
donkergetint weefsel in de winter. In zijn jeugd had hij in
Angola gewoond en hij was met een Angolese vrouw getrouwd, die vlak na hun aankomst in Portugal was overleden
en hem alleen en kinderloos had achtergelaten. São's aanblik
haalde kennelijk veel herinneringen naar boven, en elke ochtend deed hij haar nostalgische voorstellen. 'Ach, lief zwartje,'
placht hij te zeggen, 'had je me maar veertig jaar geleden ontmoet! Dan had je graag gewild dat ik je als een vorstin behandelde. Reken maar!'

En dan waren er nog moeders met hun blozende kindertjes
voor wie ze altijd snoepjes bewaarde, arbeidsters die laat in de
middag naar huis teruggingen, zo uitgeput dat er bijna geen
glimlachje meer af kon; jongemannen die 's zaterdags vroeg
opstonden en snel de krant en brood gingen kopen om thuis
weer in bed te duiken; opgewonden, pruilende pubermeisjes
die door hun moeders naar de bakker werden gestuurd, en
jong verliefden die elkaar geen moment uit het oog wilden
verliezen, zelfs niet om een paar broodjes te halen...

São stelde zich die levens met al hun behoeftes voor en kon er wel begrip voor opbrengen. Ze ging vaardig met hen om en wist heel goed met wie ze geduldig moest zijn of kortaf, met wie ze een grapje kon maken of wie van haar alleen de gebruikelijke vormelijkheden verwachtte.

Ondertussen kabbelde haar relatie met Bigador voort. Door de week zagen ze elkaar alleen op woensdag. Ze moesten allebei erg vroeg op en werkten tot laat; daarom had hij deze beperking voor de werkdagen voorgesteld, want als ze samen waren duurden de nachten heel lang, en ze konden niet elke ochtend slaperig en vermoeid naar hun werk gaan. Maar het hele weekend waren ze samen, vanaf zaterdagmiddag na hun werk tot zondagavond laat. Ze installeerden zich in Bigadors flat met het idee dat het de allerbeste plek was en urenlang bedreven ze de liefde, lagen half in slaap in elkaars armen, en voelden de warmte van elkaars lichaam. 's Avonds gingen ze uit dansen. In het begin vond São het vreemd dat er in gesloten ruimtes werd gedanst. Maar algauw raakte ze gewend aan het rumoer van de discotheek, aan de rook, de lichten en de Angolese muziek, *kizomba's*, *semba's* en *kuduro's*, die in haar bloed gingen zitten, waardoor het voelde of alles om haar heen onecht was behalve het wiegende lijf van Bigador, dat haar enorm opwond.

's Zondags maakte São het huis grondig schoon, streek de was, kookte en maakte eten voor de hele week klaar voor Bigador, terwijl hij met een paar vrienden naar voetbalwedstrijden op de televisie keek. Ze leerde gerechten maken die hij lekker vond, visschotels met maïs, maniokmeelpap, pikant lamsvlees met groenten. Ze was uren in de keuken bezig. Ze vond dat ze bofte omdat ze op deze manier voor hem kon zorgen en was gelukkig bij de gedachte dat hij elke avond na een lange werkdag weer op krachten kwam door maaltijden te eten waaraan zij alle mogelijke zorg had besteed.

Elke dag werd ze verliefder op Bigador. En elke dag werd hij onontbeerlijker. Zonder zijn hulp zou haar komst naar Lissabon erg moeilijk zijn geweest. Hij vertelde welke stappen ze moest nemen om haar papieren in orde te maken. Hij nam haar mee naar de mooiste plekjes van de stad. Hij lichtte de Portugese gewoontes toe. En zodra ze haar contract had getekend, haalde hij haar uit de afschuwelijke flat van María Sábado en bracht haar naar een fatsoenlijker huis. Sãoging daar weg zonder een woord met de andere bewoners gewisseld te hebben. Nooit kwam ze te weten dat María Sábado op een avond door zeven dronken guerrillastrijders was verkracht. Ze waren een voor een op beestachtige wijze in haar samengekrompen, haar gehavende tienerbuik binnengedrongen en zij had een kind gebaard, dat ze midden in het oerwoud op de verrotte bladeren van de miombobomen had achtergelaten. Evenmin kreeg ze te horen dat de twee mannen die meestal op de bank naar de televisie zaten te kijken deserteurs waren van de rebellenbeweging Unita, met bloed van veel slachtoffers aan hun handen. En dat de vrouwen die overdag in de kamer naast haar sliepen en die ze nooit had gezien door een madam om de tuin waren geleid in een kroeg in Luanda. Die had hun werk als kamermeisjes beloofd in een goed hotel in Europa en vervolgens waren ze ontvoerd en moesten ze onder doodsbedreiging als prostituee in een club gaan werken. Nu werden ze oud, maar ze boden nog steeds hun ontredderde lijf op de meest groezelige hoeken van Lissabon te koop aan.

Bigador vond woonruimte voor haar in zijn eigen wijk, Corroios, aan de andere kant van de brug 25 de Abril, in een flat van een vriend die daar met zijn vrouw woonde en twee kamers verhuurde. São's kamer was klein, maar de meubels zagen er tenminste netjes uit. En tot haar grote plezier viel er licht door het raam naar binnen. Het keek uit op een open veldje, waar katten miauwend rondzwierven tussen het afval. Dat vond ze niet erg, zelfs niet als ze er midden in de nacht wakker van werd. Ze hoorde graag hoe ze in het pikkedonker tegen elkaar opsneden. Voor haar waren het onvermoeibare strijders, kleine, frêle wezens, die dag na dag overleefden terwijl ze alles tegen hadden: honger, dorst en het verkeer. Er stond ook een kersenboom, een iel boompje dat daar vermoedelijk vanzelf was gegroeid en zich met alle macht aan de vochtige grond vastklampte. Elke ochtend keek ze ernaar, en ze moest denken aan de vruchtbomen in de moestuinen in Queimada, met hun zoete geuren en in de wind dansende blaadjes. Maar toen de zon steeds verder weg aan de hemel stond en het herfst werd, kleurde het kersenboompje rood en vielen de blaadjes een voor een op de grond. Ze had al wel geleerd dat de boom in de lente weer zou uitlopen. Maar toen ze de aandoenlijk kale stam zag, vond ze het toch zielig. 's Avonds vertelde ze het aan Bigador. Ze dacht dat hij het wel zou begrijpen, maar onverwachts brieste hij en barstte uit in een minachtend gelach. 'Vind jij een boom zielig...?' vroeg hij. 'Doe niet zo belachelijk!'

Op dat ogenblik zag ze het voor het eerst: een vreemde trek op zijn gezicht, zijn naar links getrokken mond, zijn bovenlip iets omhoog, zodat je zijn tanden kon zien, iets roods diep in zijn ogen, een flonkering waaruit woede en razernij straalden. Geschrokken hield ze een poosje haar mond. Ze twijfelde aan zichzelf. Ze lagen in bed. Hij stond op en ging naar de wc. Voordat hij terugkwam zette hij muziek op, een langzame semba. Dansend kwam hij de kamer binnen, wiegend met

zijn heupen, terwijl hij zijn armen in de lucht gestrekt hield.
Hij ging op het bed liggen. Hij kuste haar zachtjes en zong het
hele liedje in haar oor. Onbegrijpelijke woorden in het Kimbundu, waarvan São hoopte dat het troetelwoordjes waren.
Toen het uit was zei hij zachtjes: 'Ik hou van je.' Ze drukte
zich krachtig tegen hem aan, alsof ze bang was uit elkaar te
vallen. 'Ik ook van jou,' fluisterde ze. Bigador kwam overeind
en opende het raam: 'São houdt van mij!' riep hij. 'Horen jullie dat? São houdt van mij! Ik ben de gelukkigste man van de
hele wereld!'

Daarna wierp hij zich op haar en overlaadde haar met kussen.

Toen ze zwanger werd, in mei, was Bigador heel blij. São was in
het begin een beetje angstig. Hoewel ze sinds ze met hem samen
was af en toe aan de mogelijkheid had gedacht om kinderen te
krijgen, wist ze nog niet zeker of dit wel het juiste moment was.
Maar toen ze zag hoe opgetogen hij was, hoe hij vol enthousiasme over haar buik streek en onmiddellijk nadacht over een
naam die ze het kind zouden geven – André, of Jorge, of Edson,
alleen jongensnamen, want hij was ervan overtuigd dat het een
jongetje zou worden –, stelde ze zich een leven met z'n drieën
voor: zij en Bigador samen met een piepklein, kwetsbaar schepseltje. En al wist ze hoe moeilijk het zou worden om met hun
lange werkdagen en zonder hulp van familie voor het kind te
zorgen, toch vond ze het een mooi perspectief. Ze zouden er wel
uit komen. Uiteindelijk vond iedereen een oplossing. Alsof
kinderen de vindingrijkheid stimuleerden en ideeën in je los-
maakten die negen maanden daarvoor nog niet eens bij je waren opgekomen.

Hij stelde onmiddellijk voor dat ze bij hem kwam wonen.

Zonder erover na te denken nam São het voorstel aan. Het was normaal. Een gezin, een huis, zoals iedereen. Bovendien voelde ze zich 's nachts op haar kamer erg alleen. Ze sliep graag in zijn armen, en nu had ze er meer dan ooit behoefte aan dat hij bij haar was en aandacht aan haar besteedde. Als ze zwaar en dik zou zijn, zou het prettig zijn als hij kon opstaan om een glas water te halen als ze dorst had. Dat was eigenlijk het enige wat ze wilde: kleine gebaren, wat genegenheid, iemand die haar zo nu en dan kon bijstaan. Door de zwangerschap voelde ze zich heel sterk. Ze was opgewekt en zelfverzekerd, en merkte dat ze dingen durfde te doen waaraan ze daarvoor helemaal niet had gedacht. Bijvoorbeeld zonder schroom vrij vragen aan haar baas om naar de dokter te gaan. Of zonder blozen de blik weerstaan van iemand die haar minachtend bejegende. Maar tegelijkertijd had ze er meer dan ooit behoefte aan zich veiliger te voelen, zich te installeren in een gerieflijke, warme ruimte, waar alles soepel en volkomen rustig verliep.

Toen ze haar eenzame kamertje verliet en ze haar enige koffer in Bigadors auto naar zijn flat vervoerden, had ze het gevoel dat ze de gelukkigste vrouw van de hele wereld was. Het was een mooie dag. De mensen liepen met lichte tred en zagen er zorgeloos uit. Misschien zat er bij iedereen thuis wel een minnaar te wachten met een glanzende huid, een echtgenoot met begeerlijk glimmende ogen. Boven de brug en de riviermonding vlogen zeemeeuwen ferm krijsend in het rond. Op hun vleugels werd het licht weerspiegeld en weerkaatst in de lucht. Het liet een vaag violet spoortje achter, dat meteen weer verdween. Ze reden langs een bloeiende acacia. Een zuchtje wind blies enkele bloemblaadjes los, die door het open raampje op haar jurk vielen. São moest lachen: Afrikaanse bloemen die haar lichaam zegenden. Ze droeg het kind in zich van de man die ze liefhad. Kon ze nog meer van het leven verlangen? Ze pakte zijn hand, maakte hem los van het stuur en kuste hem. Ze gaf er zoveel kusjes op tot Bigador hem geïrriteerd terugtrok en zich op het verkeer concentreerde: 'Doe niet zo vervelend,' zei hij. 'Als we ons te pletter rijden is het jouw schuld.'

De nachtmerrie kwam telkens weer terug. Hij zwom midden in de oceaan. De zee was heldergroen, maar ze wist dat er onder die schijnbare kalmte honderden meters duisternis en angst zaten. Hij zwom, speelde, glimlachte en draaide zich om. Maar plotseling gebeurde er iets. Zijn gezicht veranderde. Hij was bang. Hij werd zo zwak als een kind. São wist dat hij gevaar liep. Telkens stak ze haar hand uit om hem te pakken, maar hij duwde die weg. Alsof hij niet wilde dat ze hem hielp. Alsof hij liever verdronk, door het donkere water werd opgeslokt voordat ze hem vast kon grijpen.

Badend in het zweet werd ze midden in de nacht wakker. Het raam was open, maar er stond geen zuchtje wind. Ze lag niet in Bigadors armen om hem niet tot last te zijn: hij kon de slaap niet goed vatten en als iets hem wakker hield werd hij boos. Ze stond op en ging een poosje in de woonkamer zitten, tot ze gekalmeerd was. Ze wist dat de droom iets betekende. Jovita had haar dikwijls uitgelegd dat de beelden die we zien als we slapen boodschappen uit de andere wereld zijn, waarschuwingen van de geesten, en dat je moest leren hoe je ze moest verklaren. Maar dat was niet zo makkelijk. De taal van de doden was gecompliceerd en vaak onzinnig. Als je de angstdroom op een rationele manier verklaarde, dan zou die betekenen dat haar man iets akeligs te wachten stond. Maar ze was er zeker van dat dat niet klopte. Ze meende dat het meer te maken had met de wijze waarop hij haar de laatste tijd tegemoet trad.

Sinds ze haar intrek in zijn flat had genomen, was er iets met hem. Er hing een soort van irritatie in de lucht: stiltes, gefronste gezichten en af en toe geschreeuw. Slaan met deuren en soms, als zijn voetbalelftal verloor, angstaanjagende vuistslagen op de tafel. Als hij thuiskwam of wegging kuste hij haar niet meer vol overgave, zoals hij had gedaan voordat ze samenwoonden. Toen pakte hij haar bij haar middel, tilde haar op en drukte haar krachtig tegen zich aan zodra hij haar zag. Het leek wel of hij haar gezelschap niet meer op prijs stelde. Nu kwam hij vaak laat thuis nadat hij met wat vrienden een paar pilsjes had gedronken, en bij binnenkomst vroeg hij alleen maar wat er te eten was, alsof het hem niets kon schelen hoe haar dag was geweest. Vervolgens zat hij met de televisie aan te eten, en richtte soms zelfs geen enkel woord tot haar. Alsof ze hem hinderde, alsof hij door haar aanwezigheid in zijn privacy werd gestoord en verachting de enige manier was die hij kon vinden om dit duidelijk te maken.

Op een avond deed hij bijzonder onaangenaam. São had de hele dag hoofdpijn gehad. Na verloop van tijd werd het steeds erger. Ze voelde een gemeen geklop in haar rechterslaap, en haar ogen traanden. Maar ze durfde niets in te nemen vanwege het kind. Toen ze thuiskwam, bevochtigde ze een doek met azijn en legde die op haar voorhoofd. Ze ging op de bank liggen en wachtte het donker af. Dat deed haar goed. Uiteindelijk sloot ze haar ogen en verzonk in een halfslaap. Rond een uur of elf hoorde ze de deur opengaan. Bigador smeet hem met alle macht dicht. De klap dreunde na in haar hoofd. Vrijwel tegelijkertijd deed hij alle lampen aan. Later, toen alles achter de rug was, zag São dat alle ramen van de flat openstonden. Ongetwijfeld hadden de buren het plotselinge geschreeuw gehoord. 'Wat is hier aan de hand...?' krijste hij. 'Waarom zijn alle lampen uit?'

Onthutst ging ze zitten op de bank.

'Ik heb hoofdpijn.'

'Heb jij hoofdpijn? Jammer dan. Het lijkt wel of hier iemand dood is! Dat wil ik niet als ik thuiskom!'

'Maar, Bigador...'

'Dit is de laatste keer, hoor je! Je hoeft me geen eten te brengen! De eetlust is me vergaan!'

Zonder verder een woord te zeggen ging hij naar bed. Twee minuten later sliep hij. Vanaf de bank hoorde São hem ademhalen. De hele nacht bleef ze op de bank liggen en deed haast geen oog dicht. Aanvankelijk kon ze niet begrijpen wat er was gebeurd. Alsof hij plotseling iemand anders was. Een onbekende, irritante, opvliegende man, van wie ze niet hield. Maar ze wilde niet verdrietig of boos worden. Ze wilde alleen maar weten waarom dit gebeurde. Wat de reden was van zijn ongenoegen en woede, van de onverwachte manier waarop hij haar verfoeide, alsof er binnen in hem plotseling haatgevoelens waren ontstaan die geleidelijk aan de tederheid verslonden. Ze wilde begrijpen wat er in zijn hoofd omging. Mogelijk ergerde hij zich aan haar aanwezigheid in een ruimte waarover hij lange tijd alleen had kunnen beschikken. Misschien was hij zenuwachtig omdat hij binnenkort een kind kreeg. Per slot van rekening was zwangerschap niet hetzelfde voor een vrouw en een man. Zij voelde haar kindje bewegen en een plaatsje voor zichzelf opeisen. Dankzij haar lichaam kon het zich voeden en groeien. Hij was een onderdeel van haar, net zo gewoon als haar handen. Hij was een stukje van haar, vlees van haar vlees. Een hartje dat klopte vlak bij haar eigen hart. Het was een prachtige, levenslustige gewaarwording. Voor hem was het kind iets vreemds en afstandelijks, wellicht een spookbeeld dat zijn welzijn bedreigde. Hij was vast en zeker bang. Daarom werd hij in haar droom klein en kwetsbaar, ook al wilde hij dat niet erkennen. Ze moest geduld hebben. Ze moest hem laten zien dat geen enkel kind op de hele wereld haar ook maar het kleinste piezeltje liefde voor hem zou kunnen ontnemen.

Toen Bigador de volgende ochtend opstond, lag São ongemakkelijk en bezweet op de bank te slapen met haar handen op haar buik. Hij kuste haar op haar mond en haar oogleden.

'Sorry voor gisteravond,' zei hij zodra ze haar ogen opende. 'Ik weet niet wat ik had. Ik had te veel gedronken en voelde me niet lekker. Ik zweer je dat het niet meer gebeurt.'

Ze sloeg haar armen om zijn hals.

'Weet je wel hoeveel ik van je hou?'

'Ja, dat weet ik.'

'Niets kan tussen ons komen. Wees daarvan overtuigd.'

'Dat ben ik ook. Straks zijn we met z'n drieën. En met z'n drieën zijn we één.'

'Zo is het, liefste. En ik zal nog meer van je houden. Als dat tenminste kan.'

Eind juni vroeg de eigenaar van de bakkerij aan São wanneer ze vakantie wilde opnemen. Ze wist dat Bigador verplicht vakantie had in augustus, dus vroeg zij die maand ook vrij. Ze hadden het erover gehad om een week naar Portimão te gaan. Ze zouden een appartement huren, zoals hij het vorig jaar had gedaan. Maar deze keer hoefde zij niet te gaan werken. Ze zouden rusten, veel slapen en naar het strand gaan. São had nog nooit vakantie gehad. Ze was opgewonden en verheugd, en stelde zich voor hoe de flat zou zijn, met een terras dat uitkeek op zee, waar ze elke ochtend zouden ontbijten, en een slaapkamer met een ventilator aan het plafond om siësta te houden als ze van het strand terugkwamen. 's Avonds, als ze thuiskwamen uit hun werk, rekenden ze uit hoeveel het zou kosten. Vanwege de baby konden ze zich niet te veel permitteren. Bigador zei dat ze in de flat moesten eten. Dat vond ze geen probleem. Het enige belangrijke was, zei ze, dat ze de hele tijd samen waren zonder op de tijd te hoeven letten. En ze liet hem beloven dat voor hun vertrek uit Lissabon de klokken uit de huurflat werden weggehaald.

Maar een paar weken later belde de eigenaar van de bakkerij op om te zeggen dat hij in augustus geen betrouwbare vervanger voor haar kon vinden. Ze zou tot september moeten wachten om vakantie op te nemen. Het speet haar erg voor Bigador. Hij was zo moe na een heel jaar hard werken, hij had zoveel plannen gemaakt, en nu moest ze zeggen dat ze niet weg konden. Ze vond het niet erg. Als ze thuisbleven, zou ze alvast wat spullen voor de baby kunnen kopen en het kamertje in orde maken. Maar ze vond het onrechtvaardig als hij niet met vakantie kon.

Die middag haastte ze zich om de winkel te sluiten en de bus te nemen om vroeg thuis te zijn. Ze maakte een lekkere maaltijd klaar: stoofpot van tarbot met gekruide groenten en gebakken aardappels met boter. Ze dekte de tafel met het mooiste tafellaken dat ze had, een wit geborduurd kleed dat ze vorig jaar in Portimão had gekocht, en zette een bos margrieten in het midden. Ze wilde dat alles er zo goed mogelijk uitzag om het slechte nieuws te compenseren.

Bij de aanblik van de mooi gedekte tafel was Bigador verbaasd. 'Jemig! Wat hebben we te vieren? Heb je loonsverhoging gekregen?'

'Nee, liefje. Eerlijk gezegd vieren we niets. Eerder het tegenovergestelde.'

Hij ging zitten, klaar om het bericht in ontvangst te nemen, wat het ook mocht wezen.

'Wat is er?'

'Niets ernstigs. Maak je geen zorgen. Ik kan alleen pas in september vakantie opnemen. Het spijt me verschrikkelijk.'

De man zweeg. Even later ging São naar hem toe en streelde zijn wang. 'Het spijt me echt. Ik weet dat je die vrije dagen heel hard nodig hebt.'

Ze probeerde hem te kussen, maar hij hield haar tegen.

'Wat heb je tegen je baas gezegd?'

'Niks. Wat had ik moeten zeggen?'

'Dat je in augustus ging, wat er ook gebeurt.'

'Dat kan ik toch niet zeggen! Dan gooit hij me eruit!'

Bigador verhief zijn stem steeds meer. 'Wat zou dat? Zijn er geen andere baantjes?'

'Maar...'

'Aan mij heb je niet gedacht, hè? Je denkt nooit aan mij! Dát is mijn dank voor alles wat ik doe voor jou en het kind!'

Plotseling voelde São zich nietig en zwak, als een insect dat elk ogenblik platgetrapt kan worden. Ze barstte in huilen uit. Ontroostbaar vluchtte ze weg in een hoekje en drukte zich tegen de warme muren aan. Ze wist niet wat ze moest doen of zeggen. Ze wilde alleen maar dat dit afgelopen was, dat hij ophield met schreeuwen en dat dit moment oploste. Ze wilde dat de klok werd teruggezet, dat Bigador weer binnenkwam en haar omhelsde toen ze zei dat ze niet naar de Algarve konden en haar influisterde dat dat niet gaf, dat het het belangrijkste was dat ze samen waren en van elkaar bleven houden zoals daarvoor. Het speet haar verschrikkelijk. Ze voelde enorm veel spijt op zich drukken, alsof ze ineens een hele berg op haar rug droeg. Was het mogelijk dat in luttele seconden alles misliep, haar hele levensplan, de liefde, het gezin, de wederzijdse steun en het begrip?

De man stormde op de tafel af. Met een ruk trok hij de glazen en de vaas met bloemen op de grond.

'Flikker toch op! Jij met je vakantie!'

Met een geweldige klap van de deur die als een ontploffende bom in het hele huis weergalmde, verliet hij het appartement. São voelde de muren trillen en de wilde beweging die het kind maakte, alsof het zich tegen het geweld probeerde te beschermen. Zij was echter verlamd. Snikkend bleef ze staan. Geleidelijk aan zakte ze in elkaar, tot ze op de grond viel. Het water van de vaas had een plasje op de tegels gevormd en druppelde langzaam en ritmisch op de vloer.

Ze kon het nog niet vatten, maar zij die zo dapper en eerlijk tegenover zichzelf was geweest, die zich had ontwikkeld tot een krachtige, sterke vrouw, stond op punt te verworden tot een zielig, verwond schepsel. De man die ze gezworen had intens lief te hebben, de man van wie ze hield had de helft van haar ziel afgebeten. Maar hoe maak je jezelf duidelijk dat de man die jij uit duizenden uitverkoren denkt te hebben probeert jou de grond in te boren? Hoe moet je erkennen dat jouw liefdespad niet leidt naar het licht van twee wezens die elkaar vertrouwen hebben geschonken en hebben besloten een stuk van hun leven samen te delen, maar een gevaarlijke kronkelweg heeft genomen de andere kant op, waar bliksemschichten splijten en alles donker en chaotisch wordt?

Toen ze op verhaal was gekomen, overwoog ze weg te gaan. Ze zou haar koffer pakken, vertrekken en nooit meer terugkomen. Het idee dat Bigador opnieuw tegen haar tekeer zou gaan was onverdraaglijk. Ze zou Liliana bellen. Die zou haar helpen. Zij zou de juiste woorden weten te vinden om haar op te beuren. Zij zou zich om haar bekommeren, geleidelijk aan zou de pijn om het fiasco verdwijnen. Ze zou weer een vrouw zijn zonder man, zonder lichaam waaraan ze zich in koude nachten kon warmen. Goeie god, wat zou ze dat lijf missen! Wat zou ze vaak moeten denken aan de lust en het genot, en de eindeloze liefkozingen! Wat eenzaam zou ze zich voelen als ze thuiskwam in een naargeestig hok zonder dat geliefde gezicht, met zijn grote donkere ogen en zijn smachtende mond! Er zou niemand zijn aan wie ze kon vertellen hoe haar dag was geweest. Niemand om op zaterdagmiddag uitbundig mee te lachen, niemand om mee moe te worden of mateloos lief te hebben. Niemand aan wiens hand ze op zondagochtend langs de rivier kon wandelen onder het redeloze gekrijs van de zeemeeuwen, denkend aan de gelukkige uurtjes samen die ze nog voor de boeg hadden.

Niemand zou haar helpen het kind groot te brengen. Haar kind zou geen vader hebben. Een bezoekje af en toe. Met een beetje geluk van tijd tot tijd een weekend, als het al uit de luiers was en zelf kon lopen. Zo zou het zijn tot Bigador ergens anders heen zou gaan, een immigrant die in een andere stad gaat wonen of terugkeert naar zijn land. Of tot hij een andere vrouw zou krijgen, en andere kinderen, en zij hem zou vergeten, alsof hij slechts een tekening in een kinderboek was geweest, een in een la vergeten verkleurde foto, waarop iemand staat die we denken te herkennen uit een vervlogen moment uit ons leven, maar wiens naam ons niet eens meer te binnen wil schieten. 'Ooit had ik een kind, maar ik kan me niet meer herinneren hoe het heette...'

En hij? Bigador? Wat zou er in hem omgaan als hij thuiskwam in het lege huis – de glazen op de vloer, de bloemen over de tafel, de pan met de visschotel op het fornuis, precies zoals zij het had achtergelaten? Hoe verdrietig zou hij zijn als hij besefte dat ze was vertrokken? Hoe zouden zijn nachten zijn zonder haar? Hoe lang zou hij wakker liggen, eenzaam en alleen, in bed liggen woelen, en in zijn verbeelding haar lichaam tegen het zijne aan gedrukt voelen? Wie zou voor hem zorgen? Wie zou zijn kleren schoonhouden, de badkamer dweilen en het eten klaarmaken? En als hij doodmoe van zijn werk thuiskwam, wie zou hem dan masseren en elke spier van zijn lijf goed losmaken?

Ze moest blijven. Ze kon niet vertrekken en alle mooie dingen die ze samen bezaten de rug toekeren: de liefde, de begeerte, en het verlangen samen te zijn en een kind groot te brengen. Het zou erg onrechtvaardig zijn als ze zich van dat alles ontdeed en het weg zou gooien alsof het niets te betekenen had. Het was een voorrecht om van iemand te houden zoals zij van Bigador. Ze kon die privileges toch niet zomaar afdanken? Ze ging bidden. Het was lang geleden dat ze dat had gedaan, maar nu ging ze bidden. Voor haarzelf, voor hem en voor het kind. Ze bad tot God dat Bigador weer tot zichzelf kwam en niet meer tegen haar tekeer zou gaan. Dat Hij hem zijn slechte bui vergaf. Dat Hij hun alle twee hun liefde ongeschonden terug zou geven. Uiteindelijk viel ze uitgeput in slaap en droomde weer van Bigador, hoewel hij nu niet in de zee zwom, maar in het plasje bloemenwater op de grond, dat een reusachtige oceaan was geworden. Hij zwom te midden van het gevaar. Zij stak haar hand naar hem uit, maar hij keerde om en zwom in tegenovergestelde richting verder en verwijderde zich steeds verder in de richting van een onzichtbare, in nevel gehulde horizon.

Het duurde drie dagen voordat Bigador terugkwam. São stond doodsangsten uit. Ze belde talloze keren naar zijn mobiel, maar hij nam niet op. Ze durfde echter niet naar zijn vrienden te bellen: waarschijnlijk zat hij wel bij een van hen, maar als het niet zo was, zou hij het erg vervelend vinden als ze erachter kwamen dat ze ruzie hadden gehad. Ze wilde niet dat hij weer zo kwaad werd. Het idee dat hij bij zijn terugkeer weer zou gaan schelden en tieren en overal op zou slaan, was voor haar ondraaglijk. Als ze daaraan dacht sprongen de tranen weer in haar ogen.

Maar verontrust en met hangende pootjes kwam hij terug. Hij deed een poging tot glimlachen, maar door schaamte en bedruktheid was dat vergeefs. Hij had een flesje meegenomen van haar lievelingsparfum, dat ze altijd opdeed als ze in een warenhuis waren maar dat ze zelf nooit kon kopen omdat het te duur was. Met betraande ogen vroeg hij om vergiffenis. Grenzeloos teder bedreef hij de liefde met haar. Die nacht sliepen ze in elkaars armen, veel dichter bij elkaar dan ooit. Zij voelde zijn korte, bedaarde hartenklop en hij rook de frisse geur van haar verwarde haardos.

De eerste klappen kwamen een paar weken later, hartje augustus, midden in de trieste vakantie die ze niet samen konden doorbrengen. Ze kwamen net als een aardbeving, of wat voor catastrofe dan ook: volkomen onverwachts, ook al waren er allerlei tekenen geweest die het onheil ruim van tevoren hadden aangekondigd, tekenen die São's geest had waargenomen, maar die ze toch niet echt onder ogen had willen zien.

Het was een vrijdagavond. Lissabon stond in brand. In de loop van de zomer had de hitte zich opgehoopt in de straten en was in het asfalt, de huismuren en deurklinken doorgedrongen. Zelfs de bomen wasemden hitte uit, of ze door een onzichtbaar vuur vanbinnen werden verslonden dat vervolgens de walmen de lucht in blies. Ze had de hele dag gewerkt. Ze was doodop. Haar lichaam was sterk, maar vanwege de zwangerschap was haar uithoudingsvermogen iets afgenomen. Haar benen waren gezwollen en ze had pijn in haar rug, alsof iemand haar ter hoogte van haar middel met een zweep had afgeranseld. Toen ze thuiskwam wilde ze alleen maar uitrusten, snel iets eten en vroeg naar bed gaan, om de volgende ochtend weer op tijd te kunnen opstaan.

Ze trof Bigador aan als een vod slapend op bank. Op de tafel stonden vijf of zes lege bierblikjes. De televisie stond keihard aan. Een film waarin een paar kerels op de vuist gingen en elkaar in de auto achtervolgden, met een hels kabaal. São zette het geluid uit voordat ze naar de man toe ging en hem een kus gaf.

'Hallo, liefste.'

Hij opende zijn ogen en zei gapend: 'Hallo.'

'Hoe was het vandaag?'

'Saai. Ik heb niets gedaan.'

'Ben je niet weg geweest?'

'Nee. Ik had geen zin.'

'Ik ben moe. Met die hitte. Mijn benen zijn helemaal gezwollen, kijk maar.'

Bigador wierp een blik op haar benen: 'Jemig...! Wat eten we?'

'Rijst met kabeljauw. Ik heb het gisteren al gemaakt. Vind je het erg om het op te warmen? Ik ga even liggen.'

'Opgewarmde rijst. Daar hou ik niet van. Dat weet je toch?'

São voelde hoe het bloed door haar hele lichaam omhoog

werd gestuwd en in haar slapen begon te bonzen. Een golf van ergernis, die onmiddellijk door angst werd gesust, net als vuur door water wordt geblust. Ze besefte dat hij tegen een woede-aanval aan zat. Ze wilde hem niet horen. Ze wilde niet voelen hoe zijn rauwe kreten als scherpe stenen op haar neervielen. Dat zou ze niet kunnen verdragen. Ze had geen kracht om zijn woede te trotseren. Ze had het gevoel dat ze uit elkaar zou vallen als hij tegen haar zou gaan schreeuwen, zou oplossen in de lucht, net als een geestverschijning. Zonder dat ze er erg in had gehad, was ze terechtgekomen in de spelonk waar de angst woont, in die verschrikkelijke, roodachtige ruimte waar het slachtoffer liever eerst zichzelf opoffert dan dat hij wederom de woede van zijn beul uitlokt. Dus zei ze niets. Ze ging naar de slaapkamer en trok een huispak aan. Daarna keerde ze zwijgend terug naar de keuken en maakte de avondmaaltijd klaar. Ze warmde de rijst op, legde het tafelkleed over de tafel, zette de glazen neer, het bestek, haalde een biertje voor hem uit de koelkast en een fles water voor haar, sneed het brood en diende het eten op.

Ze gingen aan tafel zitten. Tegen die tijd was São al over het nare ogenblik heen. Ze had het voor zichzelf steeds kleiner gemaakt en met moeite gereduceerd tot een piepklein donker stipje in haar hoofd. Ze probeerde te vertellen wat er zoal bij de bakker was gebeurd: doña Luisa, het oude vrouwtje op de hoek, was heel opgetogen geweest en had een tijdlang in de ruit van de etalage naar zichzelf staan kijken, want haar buurman van de vijfde verdieping, die knappe jongeman, had toen hij haar op de trap tegenkwam tegen haar gezegd dat ze er telkens jonger uitzag, en dat het jammer was dat hij al een vriendin had, anders zou hij achter haar aan gaan. En Elisa, het schattige meisje uit de eerste zijstraat, had gevraagd of het echt waar was dat ze een baby kreeg en hoe baby's gemaakt werden en wie haar man was.

Bigador reageerde amper. Hij had de televisie weer aangezet en keek nu naar een voetbalwedstrijd. Hij sloeg een paar keer hard met zijn vuist op tafel en slaakte wat kreten. Stilzwijgend at Sáo haar eten op. Ze hoopte dat de wedstrijd nog lang duurde, zodat ze alleen naar bed kon gaan en al sliep wanneer hij tussen de lakens kroop. Zodra ze klaar was stond ze op en ruimde de tafel af. Daarna deed ze de afwas, droogde af en zette alles op z'n plaats. Ze dweilde de keuken en maakte het aanrecht en de gootsteen schoon. Nu kon ze naar bed. Bigador had nog een pilsje gepakt en lag weer op de bank. Hij keek nog steeds naar de wedstrijd, maar het was kennelijk niet erg boeiend, want nu was hij rustig en stil. Op weg naar de slaapkamer liep ze op hem toe. 'Welterusten,' zei ze.

'Ga je al naar bed?'

'Ja, ik ben doodop. Ik kan niet meer.'

'Waarom gaan we niet uit?'

'Uit?'

'Het is vrijdag. Ik heb vakantie. Ik ben het spuugzat om thuis te zitten.'

Sáo voelde een zweepslag onder in haar rug, alsof de angst zich daar vastzette om zich vanaf dat punt door haar hele lijf te verspreiden. Ze deed haar best zich te beheersen. Ze dacht dat het beter was als hij er niets van merkte. 'Sorry, lief. Ik ben echt doodmoe. En ik moet weer vroeg op. Morgen gaan we uit. Dat beloof ik.'

Tot op dat moment had Bigador zich heel rustig gehouden en met een kalme, zachte stem gesproken, als een wild beest dat zijn slachtoffer geruisloos besluipt. Nu barstte zijn geschreeuw los: 'Jij hebt mijn vakantie verkloot! Het is jouw schuld dat ik niet in de Algarve zit! En nu mag ik niet eens een biertje gaan drinken! Kom maar op met dat klotegedoe van je! Kijken hoe ver je komt!'

São fluisterde: 'Ga jij maar. Dat vind ik niet erg. Ik kan niet.'

'Vind je dat niet erg?! Vind je dat niet erg?!'

Hij wierp zich op haar. Zijn grote vuist kwam één, twee, drie keer op een jukbeen terecht. De andere reusachtige hand hield haar armen tegen, die dat onverwachte gevaarte, al dat plotseling over haar uitgestorte geweld probeerden te weerstaan. Haar trots als vrouw werd de grond in geboord, haar in zichzelf gekeerde liefde, haar blinde vertrouwen in het leven dat ze had opgebouwd werd verpulverd en het toevluchtsoord dat ze zo geestdriftig voor haarzelf, voor hem en hun kind had gepoogd op te trekken tegen vijandigheid en harde wind, werd weggevaagd. Haar lijf deed geen pijn. Ze voelde de klappen niet. Maar ze wist dat naarmate ze voortduurden een belangrijk deel van haarzelf naar het niets wegvluchtte en nooit meer terug zou komen.

Bigador hield niet op met schreeuwen: 'Weet je nou wat je erg vindt?'

Hij hief zijn vuist in de lucht en hield hem dreigend vlak voor haar gezicht.

'Ga je door met dat klotegedoe? Zeg op! Ga je door met dat geklooi?'

São schudde haar hoofd en fluisterde: 'Nee...'

De stem van de man werd weer zachter: 'Oké. Goed zo.'

Hij liet haar los, begaf zich naar de deur en vertrok.

Ze ging op de bank zitten. Ze was leeg. Ze kon alleen haar lichaam bekijken. Ze wilde nagaan of ze geen plotselinge pijn in haar buik voelde. Of er geen spoortje bloed op het kussen zat. Er parkeerde een auto in de straat en er werd getoeterd. Door de open raampjes klonk een kizomba. São zong mee, heel zachtjes: Kom bij me, mijn zwartje, kom bij me, als je komt, zal ik een bed van zand voor je zijn, een deken van sterren, kom bij me. Haar jukbeen begon te kloppen. Het vlees onder haar huid bonsde. Met haar vingertoppen streek ze erover. Haar hand was ijskoud. Die kou op haar warme jukbeen voelde prettig aan.

Ze moest Liliana bellen. Liliana zou haar komen halen en samen zouden ze naar het ziekenhuis gaan. Alleen Liliana zou haar hieruit kunnen halen en een brug kunnen bouwen waarover ze weer terug kon lopen naar de realiteit, naar de vochtige, warme zomer, de vreugde van het kind in haar buik, de chocolade-ijsjes die ze zo graag 's middags at, de troostgevende schaduw van de bomen, en alle plannen, hoop en genotmomenten waarvan het leven van een zwangere vrouw gemaakt moest zijn. Ver weg van de rode spelonk van de angst, de bedreigingen, beklemming en verstikking.

Maar ze kon haar toch niet bellen. Zij had haar gewaarschuwd. Ze had iets opgemerkt in Bigador, misschien die trek op zijn gezicht, zijn naar links getrokken mond, zijn halfopen lippen waardoor je zijn tanden kon zien en een storende flonkering diep in zijn ogen. Toen ze pas met elkaar gingen had ze gezegd dat ze hem niet moest vertrouwen. En de laatste maanden had ze die waarschuwingen eigenlijk steeds herhaald.

Sinds ze zwanger was hadden ze elkaar maar een paar keer gezien. Omdat Bigador haar niet mocht kon São niet zo vaak met haar afspreken.

'Die vriendin van je,' zei hij meestal, 'waar is die op uit? Ze maakt me zenuwachtig met dat feministische geleuter van haar. Ze doet heel vervelend tegen me, alsof ik een monster ben.'

São probeerde hem ervan te overtuigen dat het niet waar was, hoewel ze wist dat Liliana haar man eigenlijk niet mocht. Maar hij hield vol. Hij weigerde mee te gaan naar twee of drie etentjes die Liliana bij haar thuis had georganiseerd, en hij wilde haar per se ook niet in zijn eigen flat uitnodigen.

'Ik heb liever dat je niet met haar omgaat,' zei hij uiteindelijk. 'Ze steekt je nog aan met die ideeën van haar. Dat is erg slecht voor een gezin, voor een moeder met een kind en een man, zoals jij binnenkort.'

São wilde haar vriendin niet opgeven. Die relatie was juist erg belangrijk voor haar. Als ze samen waren, leek het of er om hen heen een herkenbaar kinderlijke ruimte werd geschapen, alsof ze twee kleine meisjes waren die hand in hand over de vulkanische aarde van Kaapverdië liepen en hun bescheiden dromen aan elkaar vertelden. Ze besloot haar te blijven zien, maar zonder iets aan Bigador te vertellen. Maar dat ging niet. Twee dagen spraken ze rond etenstijd af. Ze werd zenuwachtig; ze had het gevoel dat ze iets slechts deed en had de indruk dat hij elk moment het café kon binnenstormen. Ze begon smoezen te verzinnen. De ene keer moest ze naar de dokter, een andere keer ging ze naar de nicht van haar moeder, of moest ze een oudere klant helpen haar flat schoon te maken. Liliana begreep precies wat er aan de hand was en vroeg geen nadere uitleg. Maar ze belde wel twee of drie keer per week naar de bakkerij en vroeg dan altijd hetzelfde: 'Hoe gaat het met je?'

'Goed. Elke dag een beetje dikker.'

'Gaat alles goed?' En in dat 'alles' leek een hele wereld verborgen te zitten.

'Ja, ja. Uitstekend. Geen enkel probleem.'

'Je kunt altijd op me rekenen als je me nodig hebt. Dat weet je. Voor wat dan ook. Dag en nacht.'

Als São dat hoorde werd ze erg bedroefd, alsof het een voorbode was van iets vaags en gevaarlijks dat haar onder geen beding mocht overkomen. Maar tegelijkertijd stelden die woorden haar gerust: ze wist zeker dat Liliana er zou zijn als het onvoorstelbare zou gebeuren. Vervolgens praatten ze over van alles, over de recente fotosessie van Liliana, over het laatste boek dat ze had gelezen of over de truitjes die ze alle twee voor de baby aan het breien waren: São heel langzaam, rustig gezeten in haar stoel in de bakkerij terwijl ze wachtte op klanten, en haar vriendin overhaast in de avonden, terwijl ze om de zoveel tijd een aantal toeren uithaalde omdat ze telkens een foutje maakte.

Ze kon haar niet bellen. Ze had haar voorgelogen. Ze had gezegd dat ze van Bigador hield omdat hij zo lief en aardig was als een klein kind, en zo rustig en standvastig als een oudere man. En nu wist ze niet meer of ze van hem hield. Ze wist alleen maar zeker dat ze wenste dat hij verdween, zoals donderwolken die door de wind worden voortgejaagd; dat hij om een of andere dringende rede naar Angola terug moest en nooit meer terugkwam. Dat hij door de aarde werd verzwolgen.

Ze wist niet eens meer waarom ze zoveel van hem had gehouden. Misschien omdat hij haar om de tuin had geleid en haar had doen geloven dat hij echt lief en aardig was. Of misschien omdat ze zijn lichaam met zijn ziel verwarde, en dacht dat de buitengewone schoonheid van zijn rechtopstaande lid voldoende bewijs was voor zijn goede inborst. Misschien alleen maar omdat ze iemand nodig had om van te houden en zeker wilde weten dat iemand van haar hield. Altijd had ze voorvoeld dat de liefde iets chaotisch en gevaarlijks kon zijn, een tactiek uit het meest treiterige deel van het leven om haar in een steegje te duwen en te dwingen tegen de muur te gaan staan en haar tot een uitstekend doelwit te maken voor giftige pijlen en scherpe speerpunten die zich daarin zouden boren. Ze had aandacht moeten schenken aan die stem die haar vanuit de diepten van haar geest toesprak.

Ze kon haar niet bellen. Ze schaamde zich. Ze schaamde zich verschrikkelijk omdat ze het met Bigador zo ver had laten komen. Omdat ze zo waanzinnig en goedgelovig van hem had gehouden. Omdat ze zwanger van hem was geworden. En omdat ze nu dacht, wenste en droomde dat hij zich op datzelfde moment berouwvol aan haar voeten zou werpen en haar om vergiffenis zou vragen, dat hij weer die lieve Bigador van het begin zou worden. Haar ware liefde.

Ze besefte dat ze alleen was. En de eenzaamheid was als een berg as die haar ogen bedekte en vies smaakte. Ze ging naar de badkamer en keek in de spiegel. Eén kant van haar gezicht was rood en gezwollen. Toen voelde ze pas hoe pijnlijk haar lichaam was, alsof een mes haar doormidden sneed. En ze moest overgeven.

SÃO EN IK

André was ruim een jaar toen São in Madrid aankwam. Het was een snoezig jongetje, met reusachtige donkere ogen en een grote bos krullen. En het kind was zo vrolijk als een jonge hond. Hij rende altijd rond, brabbelde aan één stuk door en zodra hij muziek hoorde bewoog hij met zijn lijfje ritmisch heen en weer. Met hem verdween bij São alle zwaarmoedigheid. Al op de dag dat hij werd geboren, zodra hij voor het eerst op haar borst lag, zijn mondje open- en dichtdeed en zijn best deed om naar haar te kijken met zijn kalme blik vol dankbaarheid, voelde ze het bloed weer soepeler door haar aderen vloeien, dat haar lichaam ondanks alle inspanningen weer lichter werd. Ze wilde het kleine schepseltje in haar armen nemen en op een drafje rivieren, meren, vlaktes en bossen doorkruisen tot ze de top van de hoogste berg op aarde bereikte, om alle goden dank te zeggen voor het leven van het wezentje dat ze haar hadden toevertrouwd. Nu al hield ze uitbundig en innig veel van haar kleintje, met een kracht en vreugde die niet alleen diep uit haarzelf leken te komen, maar ook uit de hele wereld, uit de wolken die op die dag boven Lissabon hingen, uit de bleke muren van de kraamzaal, uit de felle lampen die de moeder beschenen, die zich al voorgoed aan de eerste levensminuut van haar kind had vastgegrepen.

Bigador was niet bij de bevalling aanwezig geweest. Toen

de weeën waren begonnen had ze vanaf haar werk naar zijn mobiel gebeld, maar precies op die dag waren er twee collega's van hem verhinderd en kon hij niet komen. Hij leek niet bezorgd of boos te zijn, maar eerder opgelucht omdat hij niet met haar mee hoefde. Zij was ook blij toen ze hoorde dat hij niet zou komen: ze had liever Liliana bij zich. Ze vreesde dat Bigador kwaad zou worden en ruzie zou maken met de vroedvrouw of de dokter. En daar zou zij op haar beurt weer zenuwachtig van worden. Een bevalling was bepaald geen pretje, maar ze wilde dat alles zo soepel mogelijk verliep. En als er één momentje was waar ze van zou kunnen genieten, zou ze dat ook echt doen. Ze wist zeker dat ze dat niet zou missen.

São durfde het amper toe te geven, maar sinds de avond dat hij haar had geslagen, was haar liefde voor Bigador aan diggelen gevallen. In die kleine scherven zaten nog een beetje gloed van de begeerte, wat restjes tederheid en een laagje verspreid droefgeestig stof. Dat was alles wat er over was van de hunkering om samen in een eigen wereld te leven, die was opgebouwd uit wederzijdse zorgen en glorieuze betrokkenheid. Betekenisloze stukjes waarmee ze niets waardevols kon maken. Het enige wat haar nog aan hem bond was de angst. Terwijl de liefde verdampte, had de angst zich geduldig een weg door haar geest gebaand, had haar neuronen overmand en elke millimeter van haar brein bezet, als een leger dat alles op zijn weg vertrapt, verzengt en verwoest, en zich daarna triomfantelijk op de top van de heuvel installeert, despotisch en onbetwistbaar,

Angst voor Bigador. Op sluwe wijze had hij om haar heen zijn kordon weten te leggen, totdat ze was veranderd in een vage schaduw van zichzelf. Wijselijk had hij alle manieren om haar te gronde te richten gedoseerd: eerst minachtende woorden, daarna beledigingen, geschreeuw en vuistslagen op tafel of op de muur, en ten slotte optaters op haar lijf. En ook nog die afschuwelijke bedreigingen. Hij wist dat ze elk moment weg kon gaan, aan zijn macht kon ontsnappen, en dat zou hij niet pikken. Keer op keer herhaalde hij dat hij haar tot in alle hoeken van de wereld zou gaan zoeken en het jongetje zou afpakken als ze het in haar hoofd zou halen hem in de steek te laten en het kind mee te nemen. Ze kon er zeker van zijn dat iedere rechter hem gelijk zou geven: hij was een gevestigd man, met een goed salaris, een zekere toekomst en een eigen appartement. Hij woonde al jarenlang in Portugal en kreeg binnenkort zo goed als zeker de Portugese nationaliteit. Zij daarentegen was een onderkruipsel, met een miniem salaris, iemand die niets bezat en ook nooit iets zou bezitten. São geloofde hem. In haar ogen was hij zo machtig en meedogenloos dat de mogelijkheid, het idee dat haar kind haar zou worden ontnomen als slachtoffer van de woede van deze gewelddadige man, haar doodsangsten inboezemde.

Maar zelfs als Bigador haar niet zou achtervolgen en André met rust liet, zou ze in een moeilijke situatie terechtkomen. Dat schrikte haar ook af: ze zou de baby alleen moeten grootbrengen, zonder hulp van familie en praktisch zonder geld. Ze zou zich genoodzaakt zien om een plaatsje voor hem te vragen in een van de nonnenkloosters waar kinderen van immigrantenvrouwen werden opgevangen. Daar zou ze hem van maandag tot zaterdag heen moeten brengen. Ze zou opnieuw haar toevlucht moeten nemen tot een smerig hok, ze zou elke dag verteerd door heimwee naar haar werk gaan en de hele tijd denken aan haar kind, dat verzorgd werd door de kille handen van in het zwart geklede vrouwen, die hem in zijn wiegje zouden laten liggen huilen en hem nooit zouden overladen met kussen en nooit een Afrikaans slaapliedje voor hem zouden zingen.

Natuurlijk kon ze naar Queimada terugkeren en bij Jovita aankloppen. Maar dan zou ze het besterven van lusteloosheid en als een hagedis worden verpletterd onder de zon en de kale rotsen en als een vogel die op de grond neerzijgt na een lange vlucht zonder zijn bestemming te hebben bereikt. En mocht haar kind alle ontberingen die hem daar te wachten stonden overleven, dan zou hij nooit kunnen studeren. Hij zou ook gedoemd zijn tot onwetendheid, nog zo'n onbetekenend iemand worden onder de armen van de wereld, die zich door een ellendig bestaan heen worstelen.

Dit soort gedachten spookte haar almaar door het hoofd, maar ze kon geen oplossing vinden. Ze meende dat ze opgesloten zat in de rode spelonk waarin een storm woedde. Alleen in een hoekje, doodsbenauwd en ijskoud. Ze kon er niet uit. Uitsluitend Bigador had toegang tot die ruimte, en hij maakte er gebruik van zoals het hem uitkwam. Hij was heer en meester en met de zweep of met liefkozingen legde hij zijn wil op. Hij was de deskundige folteraar die weet tot hoever hij de schroeven moet aandraaien, hoe dicht hij het vuur bij de huid moet houden of hoe hij het water in de longen moet gooien zonder de dood te veroorzaken, en die vervolgens voorwendt de wonden te genezen, de angst te sussen en weer hoop te geven.

Als ze de sleutel in het sleutelgat van de flat hoorde, kromp ze ineen. Haar lichaam spande zich, sidderde als een gazelle die elk moment door een leeuw kon worden aangevallen. Mogelijk kwam de aardige, glimlachende en verliefde Bigador naar binnen. Maar het kon ook zijn dat de andere Bigador verscheen, de despoot, die haar leek te haten en zonder enige reden tekeerging en haar gek maakte. Soms kwam hij thuis met cadeautjes, een bos bloemen, een bakje ijs, een plaat. Vervolgens maakte hij haar het hof als een pauw die zijn staart ontvouwt. Hij zei dat hij van haar hield, tilde haar op, likte met zijn tong de rand van haar lippen af, zette muziek op en wiegde voor haar neus met zijn fantastische lichaam, wetend dat zij daardoor opgewonden werd en dat ze zich verlangend en gehoorzaam aan hem zou overgeven. En ze deed alsof. Ze liet zich betasten, kussen en penetreren. Maar dat deed ze louter en alleen om zijn woede niet te tarten. Ze vond het afgrijselijk, ze moest de afschuw inslikken en wanhopig vocht ze tegen de walging die zijn handen, zijn mond en zijn geslachtsdeel opwekten, op zoek naar genot op haar huid en in haar buik.

Haar vermogen om zich teweer te stellen tegen zijn razernij was ze volledig kwijt. Zodra hij de deur dichtsloeg, zijn naar alcohol stinkende adem in haar gezicht blies en om het minste of geringste begon te schreeuwen – het avondeten was nog niet klaar, of ze was vergeten om scheerschuim voor hem te kopen, of hij was bij de bank geweest en er stond bijna niets meer op de rekening, of ze was wel erg serieus vanavond, of hij wilde slapen en ze maakte wel te veel lawaai in de keuken – schrompelde São ineen, kroop in het diepste hoekje van zichzelf, opgerold als een foetus, en wiegde zichzelf. Ze probeerde zichzelf te beschermen tegen het geweld dat bezit nam van het huis en haar volledig van haar stuk bracht, deed verstijven en sprakeloos maakte. Er zat een knoop in haar keel die in een eindeloos gehuil dreigde los te barsten en haar hart was op hol geslagen, als een machine die elk moment kon ontploffen.

Als hij dan uiteindelijk in slaap was gevallen of zich op de televisie concentreerde, het geschreeuw verstomd was, de kinderstemmen van de buren naast hen en de voetstappen van boven weer te horen waren en er weer keiharde muziek door het hele gebouw klonk, als het leven weer die alledaagse stroom werd van hinderlijke geluidjes, afwachtende stiltes en geruststellend herkenbare ritmes – borden die op tafel worden neergezet, centrifugerende wasmachines, over de vloer schuivende stoelpoten, vallend bestek, stromend douchewater, over het linoleum rijdende speelgoedautootjes – voelde ze zich een stommeling en een lafaard. Waarom had ze niet de moed om tegen hem in te gaan? Waarom diende ze hem niet van repliek, zette ze geen keel op en dreef ze hem niet met haar eigen woede in een hoek? Waarom was ze niet in staat die afgrijselijke mond het zwijgen op te leggen?

Soms ging ze naar de slaapkamer terwijl hij al sliep en keek naar hem. Hij nam het hele bed in beslag, met gespreide armen en benen, alsof zij niet bestond, alsof zij niet ook een plekje nodig had. Hij lag diep te slapen, zonder iets te weten van de ontsteltenis die hij net had veroorzaakt of misschien wel trots daarop. São keek hoe hij daar lag: rustig, ontspannen als een onschuldig kind. Ze wist dat hij niet geplaagd werd door enig schuldgevoel of de minste spijt, hoewel hij weleens deed alsof om bij haar weer de onontbeerlijke illusie te wekken, zodat hij de volgende dag weer zijn hardvochtigheid, zijn verzoeken om vergeving en beloftes tentoon kon spreiden en zelfs tranen die ze nu zag vallen met haar door diepe teleurstelling en angst opgedroogde hart.

Ze balde haar vuisten samen, drukte haar nagels in haar handpalm, en zei bij zichzelf dat ze nooit meer een schreeuw of een bevel van hem zou dulden. De volgende keer dat hij haar zou beledigen of zou uitschelden, en haar probeerde wijs te maken dat ze niks waard was, dat ze niets wist en in die stad, vol onwetende, stompzinnige, armoedige immigrantes zoals zij, nergens was zonder hem, dan zou ze haar mond niet houden. Als hij nog één keer zou opmerken dat ze te dik was en voorgoed zo zou blijven, of na het vrijen zou zeggen dat haar door de inspanning vertrokken gezicht hem niet aanstond, zou ze dat niet pikken. Ze zou zich niet nog eens aan zijn driften overgeven, met haar ogen niet van vervoering gesloten, maar omdat ze hem niet op haar wilde zien liggen kronkelen, zo opgewonden als een reu bij een loopse teef. Ze zou gaan zoeken tussen de overblijfselen van haarzelf en heel zorgvuldig zou ze trots, waardigheid en dapperheid eruit halen. Die zou ze boven haar hoofd opheffen en als een steen tegen hem aan gooien.

Dit zei ze allemaal bij zichzelf, waarna ze terugkeerde naar de zitkamer. Ze ging op de bank liggen en hoopte vertwijfeld dat ze snel door slaap werd overmand. Op dat moment wist ze wel dat er niets terecht zou komen van wat ze zich zojuist had voorgenomen. Zodra hij vol woede zijn mond zou opentrekken om haar de huid vol te schelden, zou haar kracht verdampen. Ze zou gaan trillen en weer zou ze krimpen als een blad van de mimosa, dat als er iemand vlak langs loopt vanzelf dubbelvouwt. Ze zou uiteenvallen in gruzelementen, in scherven, in niets. Ze had geen enkele hoop.

Toen André werd geboren, stuurde Bigador een vliegticket naar zijn moeder. Ze moest met de baby komen helpen. Op die manier kon São rustig weer aan het werk en hoefde ze geen crèche te betalen, of een buurvrouw die voor het kind zou moeten zorgen. Doña Fernanda was een vriendelijk mens. Ze was al ruim zeventig, had een mistroostige blik in haar ogen en een gezicht zo gerimpeld als een boomstam, maar ze was nog erg lenig en had nog sterke armen. Ze had een moeilijk leven achter de rug. Armoede, honger, eindeloze oorlog, haar man ver weg in de mijn, overleden kinderen en zoons die op een dag dienst hadden genomen in een van de rebellenlegers en van wie ze nooit meer iets had vernomen... Pas in de laatste jaren had ze een bepaalde rust gevonden. Nu woonde ze in het huisje in een wijk van Luanda dat Bigador had gekocht, met een van haar oudste zoons en zijn vrouw en een handjevol kleinkinderen die ze opvoedde met al het geduld van iemand die weet dat sterven het enige is wat haar nog rest, en die dat moment afwacht in de overtuiging dat wat er aan gene zijde ook moge zijn, het nooit erger zal zijn dan wat ze al achter de rug heeft.

Vanaf het eerste ogenblik mochten São en doña Fernanda elkaar. Ze herkenden iets in elkaar wat hen verbond. Misschien de argeloosheid waarmee ze allebei midden in de wereld stonden, de pijnlijke schipbreuk die hun goedheid had geleden, waaraan ze zich desondanks toch stevig hadden vastgehouden. Ze wilden daar geen afstand van doen ten gunste van verbittering en wrok. Ook door de angst voor Bigador voelden ze zich verbonden: de vernederende wijze waarop ze zich allebei genoodzaakt zagen zich aan zijn onverbiddelijke bevelen te onderwerpen, het vurige verlangen dat hij vroeg het huis uit zou gaan en zo laat mogelijk zou terugkomen en hen met rust zou laten, alsof de uren zonder hem, gewijd aan de vreedzame, rustgevende behoeftes van de baby, gewoon gelukkig verstreken.

Samen vormden ze een verbond tegen hem om zijn machtswellust beter aan te kunnen. Soms huilde André midden in de nacht en kon São hem niet stil krijgen. Dan begon Bigador te schreeuwen: 'Laat dat kind z'n kop houden! Ik moet vroeg op! Ik moet slapen!'

Bij het horen van die stem ging het kind nog harder huilen. Doña Fernanda stond op van haar bed in het kleine logeerkamertje en kwam de echtelijke slaapkamer binnen. 'Als je zo gilt, wordt het alleen maar erger,' zei ze tegen haar zoon. En ze liep naar São: 'Geef hem maar hier. Ik doe het wel.'

En ze verdween met de baby wiegend in haar grote, schrale, gerimpelde handen, die desondanks een speciale energie uitstraalden, iets waardoor het kind onmiddellijk rustig werd en als een blok in slaap viel tot de volgende voeding, in oma's eigen bed.

Als Bigador protesteerde omdat zijn moeder het eten niet goed had klaargemaakt of omdat ze een merk bier had gekocht dat hij niet lekker vond, dan nam São het voor haar op. Samen voelden ze zich sterker. En regelmatig, als hij er niet was, veroorloofden ze zich enige kritiek en dreven soms zelfs de spot met hem. 'Heb je gezien wat hij doet als hij zo schreeuwt?' zei doña Fernanda. 'Hij zet een hoge borst op alsof hij ten strijde trekt. En hij draait zijn hoofd heel snel heen en weer. Ik denk dat zijn hersens daarbinnen in de war raken. En zo zwaait hij met zijn armen in de lucht, alsof hij een gier nadoet.'

Ze ging naast de tafel staan en deed Bigadors bazige stem en al zijn bewegingen na. Dat zag er idioot uit. En ze moesten alle twee zo hard lachen dat de tranen over hun wangen rolden. Op die manier werd hun angst uitgebannen. Maar op een dag verging het lachen hun. André was net een jaar. Het was zaterdag en Bigador stond erop dat ze uit dansen gingen. São had geen zin, maar doña Fernanda drong erop aan dat ze meeging: 'Een beetje bewegen is goed voor je,' zei ze. 'Dansen is goed. Als je danst, komt je ziel uit je lichaam, en vliegt wat rond en ziet nieuwe dingen. Als hij terugkomt, is hij rustiger en gelukkiger. Ga maar en geniet ervan.'

Ze gingen naar de oude discotheek van vroeger. São danste urenlang. Ze voelde zich goed. Misschien was het wel waar dat haar ziel ondertussen rondzwierf, want ze vergat alles: de bekoelde liefde, de desillusies, het gebrek aan geld, de te korte nachten en zelfs André. Even werd ze weer het uitgelaten, opgetogen meisje van vroeger. In het begin danste Bigador met haar. Maar na de derde gin-tonic ging hij verbolgen en chagrijnig in een hoekje zitten. Ze bleef op de dansvloer en bewoog zich op het ritme van de semba's, onkundig van wat er om haar heen gebeurde, geconcentreerd op de muziek en haar lichaamsbewegingen, zonder te letten op haar man en vrienden, die af en toe naar haar toe gingen en een paar minuten als partner meedansten.

Toen ze afscheid van de anderen namen en in de auto stapten, zei Bigador geen woord. Toch merkte São aan zijn onbezonnen rijgedrag dat hij boos was. Hij reed vreselijk hard, reed herhaaldelijk door rood, nam de bocht met piepende banden en zonder de richtingaanwijzer aan te zetten. Haar ziel keerde langzaamaan terug in haar lichaam. En daarmee ook de angst. Ze durfde niets te zeggen. Ze wist dat elk woord, elk verzoek om zachter te rijden een woedeaanval zou uitlokken. Ze hield zich zo goed mogelijk vast aan haar stoel en onderdrukte de neiging om te gaan schreeuwen. Ze parkeerden dicht bij huis. Vlug stapte ze uit. Ze holde naar het portiek zonder op hem te wachten. Ze wilde eerder dan hij in de flat zijn om bij doña Fernanda bescherming te zoeken. Maar ze had niet genoeg tijd. Terwijl ze met een beverige hand de sleutel in het slot probeerde te steken, hoorde ze achter haar rug zijn snelle voetstappen en voelde toen de klappen.

'Slet! Sloerie! Hoe durf je mijn vrienden voor mijn neus te verleiden!'

Hij gaf haar een paar optaters op haar hoofd, in haar gezicht en in haar zij. Hij trok haar op de grond en luid schreeuwend begon hij haar te schoppen. Plotseling verscheen doña Fernanda, die het lawaai boven had gehoord, in het portiek. Hijgend en woedend wierp ze zich op hem en probeerde hem tegen te houden: 'Hou op! Hou onmiddellijk op of ik bel de politie!'

Bigador keerde zich naar haar toe. Hij hief zijn hand omhoog, vastbesloten om hem met al zijn razernij op de oude vrouw te laten neerkomen. Doña Fernanda keek hem intens verdrietig in de ogen, alsof ze de mislukking van haar hele leven aanschouwde. Hij hield zich in. Ineens zag hij voor zijn geestesoog een beeld uit zijn kindertijd: hij was zes of zeven. Hij kwam naar het hutje terug met een handvol noten en gedroogde vruchten die hij op de markt had gestolen. Zijn moeder zat bij de deur neergehurkt in de zon, met een kindje aan haar halflege borst en twee wat oudere kinderen die zich jengelend aan haar benen vastklampten. Ze keek hem met dezelfde droefgeestigheid aan als nu en zei: 'Ik wil niet dat je steelt. Je moet dit terugbrengen naar de eigenaar.'

Hij kon haar niet slaan. Hij liet zijn hand zakken. Hij liep naar de auto, stapte in, startte en verdween pijlsnel in de donkere straat.

Met haar pijnlijke lijf en haar gezicht vol jodium, dat haar schoonmoeder op de wonden had gedaan, kon São zich die avond eindelijk krachtig aan de realiteit vastgrijpen. Ze slaagde erin de angst voor de klappen te verdrijven en diep in haar binnenste de trots te hervinden die door alle vernederingen praktisch was weggevaagd, en zo hard aan haar kracht te trekken dat hij losraakte uit het hoekje waarin hij verzonken zat en weer tevoorschijn kwam. Ze nam een beslissing: zodra doña Fernanda terugging naar Luanda, zou ze met het kind van huis weggaan. Ze zou Liliana om hulp vragen. Haar vriendin zou wel weten hoe ze het moest aanpakken. Ze zou een paspoort kunnen regelen voor André en dan zouden ze wegvluchten, zo ver mogelijk, waar Bigador hen nooit zou kunnen vinden. Misschien keerde ze terug naar Kaapverdië. Of, wat nog beter was, naar Italië, naar haar moeder. Haar moeder mocht ook weleens iets voor haar doen. Volgens haar laatste brieven leek het haar niet zo slecht te gaan. Mogelijk mochten ze daar een paar dagen logeren en zou ze haar helpen werk te zoeken. Ze zou het wel redden, daarvan was ze overtuigd. Ze zou dag en nacht werken. Ze zou alleen het hoogstnoodzakelijke eten. Ze zou niets uitgeven voor zichzelf. Ze zou alles voor André bewaren, zodat hij een fatsoenlijk leven kon leiden en zou kunnen studeren. Dat kon ze best. Ze kon haar zoon wel alleen grootbrengen, zonder man die haar vertrapte, haar lichaam met zijn vuisten bewerkte en haar ziel te gronde richtte. Dat moest ze doen. Ze moest weer gewaarworden dat de wereld niet de inktzwarte ruimte was die Bigador had gecreëerd, vol zwakte en voortdurende angst, maar een aantrekkelijke plek, een gebied dat ze wilde omwroeten, dapper met haar handen tot op de bodem, waaruit ze al het goede en het kwade wilde halen, schatten die het bewaren waard waren en uitwassen die ze onbevreesd van de hand zou doen.

Ze kwam overeind en keek naar André, die in zijn wiegje lag te slapen met een glimlach om zijn lippen, alsof hij droomde van melkfonteinen, mooie liedjes en zachte liefkozingen over zijn lijfje. Ze zwoer dat ze hem daar weg zou halen, zo goed als ze kon voor hem zou zorgen en van hem een fatsoenlijk, edelmoedig, goedaardig mens zou proberen te maken.

Een paar weken later vertrok doña Fernanda. Bigador had zonder overleg een ticket voor haar gekocht en op een avond legde hij dat op haar bord dat klaarstond voor het avondeten.

'Je tijd hier zit erop,' zei hij. 'We hebben je niet meer nodig. Aanstaande zondag vertrekt je vliegtuig. Ik breng je naar het vliegveld. Ik zal Nelson waarschuwen dat hij je moet ophalen.'

Hoewel doña Fernanda dit sinds de vroege ochtend van de aframmeling al had zien aankomen, schoten de tranen toch in haar ogen. Haar zoon was pas twee dagen daarna weer terug-gekomen en had tegen haar en São geen woord meer gezegd. Hij gedroeg zich alsof er niemand anders in huis was. Hij keurde zelfs het kind geen blik waardig. Hij kwam thuis, nam een douche, trok zijn pyjama aan en schepte zelf het avond-eten op. Voor de televisie verorberde hij de maaltijd. De vaat liet hij op tafel staan, die moesten zij opruimen. De eerste nacht ging hij vroeg naar bed. Met verbazing zagen ze hoe hij het wiegje uit de slaapkamer haalde en in de woonkamer neer-zette. Vervolgens sloot hij de slaapkamerdeur, en hoorden ze hoe hij de commode versleepte en deze zo installeerde dat er niemand naar binnen kon. De vrouwen keken elkaar aan, maar zeiden niets. Doña Fernando ging verder met afwassen en São was bezig met André, die zijn laatste flesje van de dag bijna ophad. Toen ze klaar waren ging de oude vrouw naar haar kamer, pakte een nachthemd, haalde een deken van haar eigen bed en gaf die aan haar schoondochter, zodat ze op de bank kon slapen. São omhelsde haar en kuste haar gerimpel-de, verdrietige gezicht vele malen.

De ochtend na het vertrek van haar schoonmoeder bracht São het kind naar een buurvrouw en ging naar haar werk. 's Middags had ze een lunchafspraak met Liliana. Dat moment had ze al een aantal dagen voorbereid. Ze wist hoe moeilijk het zou zijn om alles wat haar was overkomen te vertellen. Om alles uit haar herinnering en haar binnenste naar boven te halen, te rangschikken en te benoemen. Om al die verschrikkelijke momenten hardop in het restaurant van de ene naar de andere kant van het tafeltje te sturen, waar ze de vorm zouden aannemen van de beschamende bekentenis van een werkelijkheid die ze eigenlijk nooit had mogen meemaken. Ze vertelde langzaam, aarzelend, en onderbrak zichzelf, twijfelend over de woorden die ze moest kiezen. En telkens voelde ze weer hoe de walging van de vorige avond weer op kwam zetten, toen Bigador van de luchthaven was teruggekomen en haar hardhandig tot seks had gedwongen. Liliana luisterde in stilte en moedigde haar aan met haar blik. Ze oordeelde niet. Ze beschuldigde haar nergens van. Ze zei niet dat ze zwak, dom of afhankelijk was. Maar ze begreep haar lijdensweg heel goed en gaf haar de hulp die ze nodig had, alsof ze haar een beetje licht aanbood. 'Je moet aangifte doen,' zei ze zachtjes. 'Ik ga wel met je mee naar het politiebureau.'

Bij Sáo waren nog sporen van de laatste klappen te zien, maar deze optie maakte haar doodsbang. 'Nee! Nee! Als ik hem aangeef, slaat hij me dood. Misschien doet hij het kind wel iets aan. Hij houdt niet van hem. Volgens mij laat André hem volkomen koud. Ik kan geen aangifte doen. Ik moet hier weg. Portugal uit, waar hij me niet kan vinden. Help me, alsjeblieft!'

Liliana stak haar hand uit, pakte die van haar vriendin vast en schudde hem zo stevig dat het bijna pijn deed. 'We doen wat jou het beste lijkt. Rustig maar. Je komt er wel uit. Er zal jou en André niets gebeuren. Dat beloof ik.'

Ze planden alles heel zorgvuldig. Sáo dacht er nog steeds over naar Italië te gaan, maar Liliana overtuigde haar ervan dat

Madrid voorlopig een betere keuze was. Daar woonde een vriendin van haar uit Kaapverdië. Ze wist zeker dat zij haar wel voor een paar dagen zou opvangen tot ze werk had gevonden. En het was makkelijk om van Lissabon naar Madrid te reizen zonder paspoort voor het kind. Want het enige probleem van die vlucht was Andrés paspoort: zonder toestemming van de vader zouden ze dat nooit krijgen. Aan de grens van de snelweg naar Spanje was gelukkig nauwelijks bewaking. Bussen werden meestal aangehouden om te controleren of er immigranten zonder vergunning in zaten die probeerden het land binnen te glippen, maar auto's niet. Ze zouden dus met de auto gaan. Ze zou aan een vriendin van de feministische vereniging vragen, een blanke Portugese, of ze meeging, om de aandacht af te leiden. In zes uur zouden ze in Madrid zijn. Buiten gevaar, precies op het punt waar een nieuw leven kon beginnen.

Halverwege de ochtend belde Liliana naar haar werk. Alles was in kannen en kruiken. Ze had met Zenaida, haar vriendin in Spanje, gesproken. Die had een slaapplaats voor haar totdat ze op zichzelf kon gaan wonen. Ze had ook Rosaura gebeld, die wel met hen mee wilde. Zij zou de auto besturen om de grens over te gaan. Bijna barstte São in huilen uit. Maar dat deed ze niet; ze had zichzelf beloofd dat er geen traan zou vloeien voordat de zaak was opgelost. En deze keer zou ze zichzelf niet verraden.

De daaropvolgende dagen liet ze geen enkel moment de moed zakken. Ze stond er niet bij stil dat ze door de douane aangehouden konden worden, dacht niet aan de moeilijkheden die ze in Madrid tegen kon komen, bij de problemen die zouden rijzen omdat ze haar kind alleen moest grootbrengen, bij de financiële schaarste waarin ze lange tijd zou verkeren.

Alleen toen ze vrijdagavond afscheid nam van Bigador, liet ze zich heel even van haar zwakke kant zien. Hij sliep al. Ze liep naar het bed en keek een poosje naar hem. Ze moest denken aan hun eerste dagen samen in Portimão, en daarna in Lissabon. De wereld leek toen veel mooier omdat híj er was. Als hij haar aanraakte kreeg ze kippenvel. Als hij iets in haar oor fluisterde wekte dat bij haar onnoemelijk veel verlangens op. Ze herinnerde zich hoe heerlijk ze het had gevonden om voor hem te zorgen en zich door hem gesteund te voelen, en hoe het idee om samen oud te worden bij haar had postgevat, zoals twee vlak bij elkaar geplante bomen waarvan de takken door elkaar groeien. Ze dacht terug aan al het verdriet dat zijn gewelddadigheid haar had bezorgd, maar ook dat ze nooit zou toestaan dat het verdriet sterker zou zijn dan dit moment van bevrijding. Ze wenste hem het beste, en een lang en rustig leven. En als het even kon, dat God zijn woede zou verbrijzelen en tot stof uiteen zou doen vallen. Daarna ging ze op de bank liggen slapen, naast het jongetje, dat vredig ademhaalde.

Madrid ontvouwde zich voor São's ogen als een van de kaarten die ze als klein meisje zo graag bekeek. Een reusachtig grote plaats, maar die ook in haar handpalm leek te passen, vol wonderen en verlicht door een zon die niet net zo ver en zwijgzaam aan de hemel stond als alle zonnen van de wereld, maar die grote, heerlijke woorden voor haar en André in de lucht schreef, zoals stilte en rust. De angst was vervluchtigd. Naarmate ze zich in de auto verder van Lissabon verwijderden en de grote vlakte van de *meseta* in reden, met uitgestrekte velden en een verre, violette horizon waar allerlei uitzonderlijke dingen konden gebeuren, was de angst geleidelijk aan vervlogen. Plotseling merkte ze dat haar lichaam zich uitstrekte en nauwelijks nog in de stoel paste. Ze realiseerde zich dat ze lange tijd in elkaar gedoken had gezeten. Ongemerkt had ze zich steeds een beetje meer naar voren gebogen en maandenlang had ze alleen maar naar de grond gekeken met alle bijbehorende onsmakelijke viezigheid. Nu had ze weer zin om naar boven te kijken, naar de kruinen van de bomen, de gevels van de huizen met hun geraniumplanten en de hoge kerkkoepels en de ogen van de mensen. Ze wilde zich oprichten, laten zien wie ze was, en met haar heupen wiegen op het ritme dat ze vergeten was, haar hoofd opheffen en alles trotseren wat haar en haar kind kon overkomen.

Nadat ze de grens waren gepasseerd zonder dat iemand hen had tegengehouden, vroeg ze aan Rosaura of ze bij de eerste de beste parkeerplaats wilde stoppen. Ze stapte uit en klapte zachtjes in haar handen. Vervolgens sloeg ze met haar handen op haar dijen, telkens een beetje sneller, terwijl ze een *tabanca* zong, een ritmisch liedje uit haar kindertijd: 'Je bent een prinsesje en draagt een bloemenkrans, kom jij langs, dan blijven de hagedissen stil zitten, de vogels beschermen je tegen de hitte; kom, prinsesje, geef me je hand, kom mee met mij en dans, ik kan de wereld vol kleuren zien, net als jij.' Ze danste of ze door een geest bezeten was. Ze stampte met haar voeten op de grond, gooide haar armen in de lucht, bewoog haar hoofd, haar borsten en haar middel heftig heen en weer, en voelde hoe elke spier zich van een eeuwenlange onderdrukking bevrijdde, hoe haar ziel, zoals doña Fernanda zei, alle banden van zich afschudde en vrolijk wegvloog.

Zenaida onthaalde São als een oude vriendin. Haar man werkte in Duitsland en ze woonde met haar twee dochtertjes in een klein flatje, dat als een ballon leek uit te dijen als er bezoek kwam. Ze maakte direct een plekje vrij in haar kast voor Andrés spullen en haalde ergens vandaan een luchtbed tevoorschijn, dat 's avonds in de zitkamer werd gelegd, als de bank en de tafel opzij waren geschoven. Ze wilde per se niet dat São haar iets betaalde, zelfs het eten niet, totdat ze werk had. Het was beter het beetje geld dat ze had te bewaren voor een noodsituatie. Per slot van rekening was zij een fortuinlijke vrouw: ze werkte als kokkin in een restaurant en verdiende goed. Hamilcar had ook een redelijk goed salaris in zijn fabriek in Düsseldorf en elke maand maakte hij een aardig bedrag over. Ze zagen elkaar weinig en misten elkaar, maar dat was het enige vervelende van hun leven. Voor de rest ging alles goed. Haar echtgenoot was een fatsoenlijk man, de meisjes waren kerngezond en haalden goede cijfers op school, en zij had plezier in haar werk. Ze maakte graag kroketten klaar, stoofpotten en vleesgerechten, en voelde zich steeds gevleid als de borden leeg in de keuken werden teruggebracht en als de klanten telkens terugkwamen. Eigenlijk was Zenaida ervan overtuigd dat je op aarde was om te genieten en niet om te lijden, zoals priesters altijd beweerden. Al van jongs af aan wist ze – dat had ze van haar moeder geleerd – dat je de plezierige dingen die je overkomen stevig moet vasthouden en daarmee een fort moet bouwen, en dat je al het lelijke dat zich aan je opdringt en je klein wil krijgen van je af moet slaan en weg moet schoppen. Als ze met een probleem te kampen had, kon ze daar openlijk tegenin gaan en het als een rare kwibus wegjagen. Dan dacht ze aan de mooie momenten die ze had beleefd en die ze nog voor de boeg hadden. En in de winternachten, als de heimwee naar Hamilcar en het verlangen bij hem te zijn zo heftig waren dat haar adem dreigde te stokken, sloot ze haar ogen en haalde zich elke minuut van de laatste uren die ze samen hadden doorgebracht voor de geest, tot ze zijn geur rook en zijn adem voelde en uiteindelijk gesust door haar inspanning in slaap viel. Als er werkelijk iemand op de aarde rondliep van wie je kon zeggen dat ze gelukkig was, was dat Zenaida.

De eerste dag kwam ze samen met São naar mijn huis. Iemand had tegen haar gezegd dat ik een hulp nodig had voor drie keer per week. Ik werd gebeld en de volgende dag stonden ze bij mij op de stoep als twee schitterende bloemen. Ze hadden allebei eenvoudige kleren aangetrokken, waardoor ze bijna volledig waren bedekt, maar dat nam niet weg dat je daaronder het geprononceerde, sterke vrouwenlichaam van een krachtige moeder kon zien. De schoonheid hing om hen heen als de stralen van een aura, waardoor ze iets statigs kregen maar tegelijkertijd ook iets intens hartelijks en levenslustigs. Ja, hun glanzende donkere ogen en hun halfopen lippen die hun bleke mond lieten zien lachten. Het waren vrouwen die geworteld waren in de aarde, die als ze een duw van iets of iemand kregen misschien wel even wankelden, maar nooit zouden omvallen. Ik benijdde hen enorm. Ik wilde dat ik die kracht bezat, die schoonheid en die levenslust. Op dat moment voelde ik me nietiger en trilleriger dan ooit, als een dor blaadje dat elk moment door het zachtste briesje van de tak af kan worden geblazen.

In die tijd was ik ziek. De kwaadaardige erfenis van mijn moeder. Er was bij mij een depressie vastgesteld, en ik was met ziekteverlof. Bij mij had het echter niets met de geboorte van een kind te maken, maar met een verschrikkelijke verlatingspijn. Ik heb geen kinderen gebaard. De mogelijkheid om te worden zoals mijn moeder, me krachteloos door het leven te moeten voortslepen, mijn longen grondig te moeten opblazen om te kunnen ademen, heeft me altijd afgeschrikt. Een van mijn vele angsten. En nu zat ik daar, in dat hoekje van de wereld waar geen enkele lichtstraal naar binnen valt, zonder kinderen, gevangen in schaduw en achtervolgd door dezelfde zwarte vogel die onvermoeibaar om mijn moeder heen fladdert. Pablo was vertrokken. En ik was een dweil die liefdevol en wanhopig de kruimels opveegde die hij door het hele huis had rondgestrooid, de ellendige restjes viezigheid die zijn voeten van buiten hadden meegenomen naar elk hoekje van ons appartement, dat ooit een toevluchtsoord was geweest, maar nu een aan elke wind blootgestelde open ruimte.

Arme Pablo. Zijn liefde voor mij is zijn ongeluk geweest. Ik heb nooit begrepen waarom er zoveel mensen verliefd worden op de minst geschikte persoon. Er functioneert iets niet goed in onze hersenen, in de chemie die ervoor zorgt dat we uit alle wezens er eentje kiezen die ons opvalt en we menen dat alleen die ene ons waardig is, zonder dat het tot ons doordringt dat hij slechts de belichaming is van onze ergste demonen, het prototype van alles wat we verafschuwen. Toen we elkaar ontmoetten, was Pablo een van de leukste jongens van de faculteit. Hij ging graag 's avonds uit, hield wel van een jointje en ging graag uit dansen in dancings en discotheken. Hij studeerde rechten, omdat hij later in een internationale organisatie wilde werken en de wereld afreizen om onrecht te bestrijden. Hij wilde zich niet ergens vestigen en geen bezit vergaren. Alleen de spullen die je kon meesjouwen in een koffer van het ene land naar het andere, dwars door het oerwoud en woestijnen. Hij was nergens bang voor, ook niet om op een afgelegen plek dood te gaan, omringd door onbekende mensen. Hij droomde ervan met Boliviaanse sjamanen *ayahuasca* te drinken, mee te dansen met de *kikuyu's* in Kenia, naast de yogi's in Tibet te zitten onder de bergen van de Himalaya en mediterend naar het niets te staren. Hij wilde een leven in de marge van alle conventies, slechts ingegeven door zijn eigen ideeën over goed en kwaad.

En hij wordt verliefd op mij. Uitgerekend op mij: een saaie, angstige vrouw, die rechten ging studeren om daarna een betrekking en een salaris voor het leven te kunnen vinden en nooit meer van baan te hoeven veranderen. Een vrouw die geen stap in een trein of een vliegtuig wilde zetten om niet aan een ander landschap te hoeven wennen, die een routineus, eentonig bestaan nastreefde, met een onveranderlijk tijdschema en meubels voor het leven in een eigen appartement. Alles keurig geordend, ommuurd door zekerheid en banaliteit.

Pablo was beminnelijk, beschermend en edelmoedig. Ik geloof dat hij daarom mij uitkoos. Hij zag in dat ik iemand nodig had die elke avond het matras voorverwarmde waarop ik ging liggen, die me elke ochtend bij de hand nam en me erop wees dat de weg die ik in de loop van de dag moest afleggen niet vol gaten zat en dat niet op elke hoek wilde beesten op de loer lagen. En in plaats van de Angolese burgeroorlog of het Palestijns-Israëlische conflict op te lossen, bleef hij in Madrid om míjn geschil met de wereld uit de weg te ruimen. Hij gaf zijn dromen op voor zijn liefde voor mij. Hij vertroetelde me, hij tolereerde me als een verwend kind, accepteerde het leven zoals ik hem dat onbewust oplegde, in de overtuiging dat dat voor ons allebei het beste was. Ik realiseerde me niet dat ik een essentieel onderdeel van hem amputeerde. Maar de hartstocht die ons bond werd milder en het onvermijdelijke moment kwam waarop je stil blijft staan en in ogenschouw neemt wat er terecht is gekomen van je oude illusies en ziet wat je feitelijk hebt bereikt. Je bekijkt foto's van je jonge jaren en bespeurt in je gelaatstrekken het spoor van misstappen en successen dat de tijd in het voorbijgaan heeft getrokken. En toen bleek dat de man aan mijn zij, die zijn armen alsnog manmoedig naar mij uitstak en zijn schouders aanbood om mijn zware, sombere last te helpen dragen, geleidelijk aan een gefrustreerd, zwaarmoedig mens was geworden.

Om mij gelukkig te maken stemde Pablo ermee in om zich voor te bereiden op het toelatingsexamen voor griffier van het gerechtshof, terwijl ik studeerde voor het ambtenaarsexamen. Hij vond het goed dat we een flat met hypotheek kochten en vakantie hielden aan de dichtstbijzijnde kust in plaats van naar onherbergzame streken te reizen. Dat we in het huwelijk traden en geen kinderen kregen. Dat deed hij allemaal zonder dat het hem ogenschijnlijk enige moeite kostte. Zijn grootste wens was samenleven met mij, zei hij. Ik was belangrijker dan het meest wonderlijke landschap van de hele wereld. Hij wilde wel nog steeds een einde maken aan oorlogen en armoede, maar als hij weg zou gaan en mij alleen zou laten, zou hij alleen maar ongelukkig worden en geen kracht meer hebben om iets te ondernemen, een eenzame spookverschijning die over de wereld zou zwerven en zich zou afvragen waarom hij in hemelsnaam had besloten tot een leven zonder mij. En ik accepteerde zijn offers alsof dat het beste was voor ons alle twee: een eenvoudig, gerieflijk bestaan, volstrekt evenwichtig, ver van de spelingen van het lot en onverwachte gebeurtenissen, keurig gebakken in de doorsnee bakvorm. Ik ging ervan uit dat er tussen ons geen plaats was voor twijfels of wroeging, dat we samen een bouwsel zouden kunnen optrekken zo stevig als een huis, vol liefde, saamhorigheid en seks, maar ook vol gemakken en zekerheden: een onvergankelijke, onoverwinnelijke comfortabele toren voor verliefden.

Hij heeft het nagenoeg vijftien jaar bij me uitgehouden. Te lang voor hem. Hij had nooit in mijn buurt moeten komen. Maar erg kort voor mij. Ik kon me absoluut niet voorstellen hoe het zonder hem zou zijn. Ik zag het licht dat hij altijd had uitgestraald elk jaar zwakker worden. Hoe zijn gezicht, dat eerst heel sensueel en vitaal was, gortdroog en mat werd als een masker. Voerde hij vroeger langdurige gesprekken over de hoop van mensen en de vooruitgang, en las hij eindeloos veel boeken over geschiedenis en politiek, later nam hij de krant slechts vluchtig door en bleef zijn conversatie beperkt tot korte, duffe kletspraatjes aan tafel met zijn vrienden. Ik merkte dat hij zich steeds meer van mij verwijderde, steeds minder hartstochtelijk was, en hoeveel moeite het hem kostte om zich te gedragen zoals ik dat wilde. Een saaie, door het eentonige leven vroegtijdig oud geworden man, die elke emotie had ontkend, waardoor zijn onzinnige overtuiging van een eeuwig leven op losse schroeven kwam te staan. Maar ik schreef, lafhartig en egoïstisch, al die veranderingen toe aan het verstrijken van de tijd, aan het rijpingsproces waardoor we ons jeugdig elan verliezen en de routine ons ten slotte de onvermijdelijke apathie oplegt. Ik heb nooit willen inzien dat het belangrijkste deel van zijn persoon langzaam opbrandde sinds hij bij mij was, en dat hij zich ertegen verzette dat het volledig werd uitgedoofd toen er nagenoeg alleen nog maar een hoopje as van over was.

In april viel alles in duigen. We woonden toen al drie jaar in Madrid. Dit was de enige concessie die ik aan hem had gedaan. Het was geloof ik ook de enige keer dat hij daarom vroeg. Een oude vriend had hem een baan aangeboden bij de Spaanse Commissie Vluchtelingenhulp. Dit betekende een terugkeer naar het pad dat hij lang geleden had verlaten. Ik vermoed dat hij al had toegezegd voordat hij mijn mening vroeg. Als ik geweigerd had met hem mee te gaan, had hij mij waarschijnlijk op dat moment verlaten en was hij zijn eigen weg gegaan. En ergens wist ik dat waarschijnlijk wel, want nagenoeg zonder een onvertogen woord ging ik ermee akkoord om overplaatsing aan te vragen en te verhuizen. Dat veronderstelde een reusachtige inspanning: een andere stad, een andere flat, andere collega's... Zelfs het idee dat ik naar een andere supermarkt en een andere apotheek moest vond ik moeilijk. Maar het allermoeilijkste was nog om mijn moeder alleen te laten. Toen ik het haar echter met aarzelende stem en intens verdrietig vertelde, richtte ze zich ineens levendig op, met een glimlach zoals ik zelden bij haar had gezien, en verzekerde mij: 'Lieverd, je weet niet hoe blij ik voor jullie ben. Eindelijk gaat Pablo iets doen wat hij leuk vindt. En het zal ook een hele ervaring voor jou zijn. Je bent bijna veertig, en door zo'n verandering in je leven op deze leeftijd zul je je een stuk jonger voelen.'

'Maar jíj...'

'Met mij gaat het prima. Dat zul je zien. Af en toen kom ik jullie opzoeken. En jullie zijn hier ook altijd welkom. Hier is ruimte genoeg.'

En ze wees naar het reusachtige huis waarin ze in haar eentje woonde, alsof ze energie te over had om het weer in een dichtbevolkte plek te veranderen. Ik bewonderde haar kordaatheid en grootmoedigheid. Maar wat mij betrof vergiste ze zich, want de verandering pakte niet goed uit. Een tijdlang, terwijl we een flat zochten en gedurende de verhuizing, maar vooral toen we eenmaal in Madrid waren gesteld, had ik voortdurend het gevoel dat ik bijna in een afgrond viel. Pablo deed erg zijn best om begrip voor me op te brengen en voor me te zorgen, maar mijn paniekstemming dreef ons steeds verder uit elkaar.

Hij vatte de gewoonte op om 's avonds uit te gaan. Hij trok graag op met zijn nieuwe collega's en met de mensen die hij leerde kennen en die werkzaam waren in samenwerkingsprojecten in andere landen. Ik bleef liever thuis. Overdag moest ik aanhoudend vechten tegen mijn onzekerheid. Soms bleef ik als verlamd staan bij de ingang van de metro of in de hal van het ministerie, doodsbang voor alles wat me te wachten stond, als een angstig kind in het donker. 's Avonds wilde ik alleen maar uitrusten, op de bank liggen met de televisie op een willekeurige zender en de prettige sensatie ervaren dat ik een paar uur lang niet op mijn hoede hoefde te zijn. Om te leven hoefde ik alleen maar adem te halen, dat was plezierig en troostend. Per slot van rekening vond ik de eindeloze gesprekken over internationale politiek, vergelijkend recht of oorlogsconflicten eigenlijk maar saai. Bovendien had ik de indruk dat Pablo er meer van genoot als ik er niet bij was. Als ik met hem mee was, moest hij mij in de gaten houden en van tafel opstaan zodra hij zag dat mijn ogen dichtvielen. Dat was zijn wereld en ik besloot hem daarin alleen te laten. Ik sloeg de deur van die angstaanjagende onmetelijkheid dicht en trok me terug in mijn kamertje, met het raampje dat uitkeek op een voor mij vertrouwd en rustig landschap dat binnenkort in niets zou veranderen. Daar bleef ik zitten als een seniele oude vrouw, die muziek denkt te horen waar alleen maar verkeer is, die zeeën denkt te zien op het trottoir en kindjes denkt te wiegen in plaats van lappen stof. Apathisch, met een glimlach op mijn lippen, als een pop zonder hersens, onzinnig.

Het was in april, dat zei ik al, nagenoeg drie jaar geleden. Ik verkeerde nog steeds in de waan dat Pablo bij mij woonde en dat hij er tot aan het eind der tijden zou zijn. Ik meende dat het Pablo was die elke avond thuiskwam, op de bank ging zitten en vroeg hoe mijn dag was geweest, in wiens armen ik in slaap viel en die soms grenzeloos teder de liefde met me bedreef. Maar hij was al ver weg. Hij dwaalde door het oerwoud, was in de wonderbaarlijkste bergen getroffen door hoogteziekte, ontweek kruisvuren en nam deel aan spannende vredesconferenties. Ondertussen sprak ik nog steeds over de onnozele, alledaagse dingen van een systematisch iemand. 'We moeten bellen om het huis de eerste twee weken van augustus te reserveren. We hebben afgesproken dat we dat in april zouden bevestigen,' zei ik die avond.

Elke zomer brachten we een veertiendaagse vakantie door in hetzelfde huis, in hetzelfde dorp, met dezelfde strandgenoten en hetzelfde plein met lommerrijke platanen waar we elke dag een biertje dronken.

Pablo stond op en liep naar het raam. Hij stond met zijn rug naar me toe en zijn stem klonk hol en ver, alsof hij achter in een tunnel stond. Hij zei: 'Ik ga niet.'

Maar het was niet alleen dat. Het ging er niet alleen om dat hij die zomer niet met mij naar het strand wilde. Hij zou nooit meer met mij ook maar ergens heen gaan. Nooit meer zou hij me omhelzen, nooit meer zou hij me 's ochtends nog slaperig een kus geven, nooit meer zou hij me opvangen als ik zou bezwijken. Hij ging bij me weg. Hij ging naar Columbia, om deel te nemen aan de vredesonderhandelingen van de guerrilla, uitgezonden door een agentschap van de VN. Hij zou niet bij me terugkomen. Onze tijd samen was voorbij.

Hij probeerde alles uit te leggen. Zijn overwegingen, zijn verdriet, zijn langdurige twijfels en de stralende zekerheid die hij ten slotte had gekregen. Hij snikte. Ik wist echter dat hij zich later vrij en gelukkig zou voelen. Hij was als een ernstig gewonde die hulp zocht. Er was een spoor van bloed, huidschilfers en ingewanden te zien. Maar hij liep hoopvol in de richting van de redding. Ik was echter achtergebleven. Ik lag languit op de grond. Ik was dood.

DE WOEDE EN HET VUUR

De dag na onze eerste ontmoeting kwam São bij me werken. Ik was er zo slecht aan toe dat er helemaal niets uit mijn handen kwam. In die tijd begreep ik mijn moeder pas echt. Het was of alles om me heen was gestold. Elke minuut drukte op me alsof ik onder een rots leefde. Er was niets goeds in mij, geen enkel moment van opluchting. Alles wat in mijn lichaam en mijn hoofd klopte was stroperig en donker. Heimwee, verdriet, spijt, schuldgevoel, Pablo's afwijzing van mijn liefde en het afgrijselijke gevoel dat het nooit over zou gaan, dat ik nooit uit dat gat zou kunnen klimmen waarin ik naar lucht lag te happen en me aan zelfbeklag overgaf, het idee dat de toekomst voorgoed een ruimte vol smart en angst was. Ik wilde dood. Dat was het enige.

Tegen mijn moeder zei ik niets. Op dat moment zorgde zij voor mijn oma. Nadat er bij haar borstkanker was geconstateerd, waaraan ze langzaam zou sterven, had mijn moeder haar in huis genomen. Ik bleef met ziekteverlof thuis in mijn flat, slapend of huilend in bed. Ik probeerde uit de lakens, die ik wekenlang niet verschoonde, de steeds vagere geur van Pablo's lijf weer op te snuiven, en als ik dacht dat ik die rook moest ik weer huilen. Soms sleepte ik me moedig naar de keuken op zoek naar een appel of een glas melk om de tabletten in te nemen die me waren voorgeschreven: antidepressiva en

slaapmiddelen waardoor ik ten minste een paar uur kon uitrusten en alles kon vergeten.

De enige die wist wat er met mij aan de hand was was
Rocío, een collega en mijn beste vriendin in Madrid. Al op de
tweede dag dat ik op het ministerie verstek liet gaan belde ze
op. Ik vertelde wat er was gebeurd. Ze kreeg medelijden met
me. Ze ging met me mee naar de dokter, en twee of drie keer
per week kwam ze me opzoeken, deed boodschappen voor me
en zette iets te eten voor me klaar, dat ik uiteindelijk in de
vuilnisbak kieperde. Zij vond ook dat ik een hulp nodig had,
iemand die het huis schoonhield, die de ramen openzette en
de asbakken leegde, die een ommetje met me kon maken door
de wijk om een luchtje te scheppen. En ze ging zelf iemand
zoeken. De dag dat Zenaida en São kwamen kennismaken,
was Rocío er ook. Zij stelde São enkele vragen, en São antwoordde in het Portugees, gelardeerd met Spaanse woorden,
de weinige die ze in die korte tijd had kunnen leren. Vervolgens keek Rocío me aan om te weten of ik het ermee eens was
en stelde voor dat São de volgende dag zou beginnen. Toen ze
vertrokken bracht ze hen naar de deur en ik hoorde haar langzaam en zachtjes uitleggen dat ik ziek was, maar dat ik snel
weer beter zou worden. Ze moest me niet te veel lastigvallen,
maar ze moest eten voor me klaarmaken en erop aandringen
dat ik het opat, en me ook aanmoedigen me aan te kleden en
een wandelingetje te maken.

São's verschijning in mijn leven was overweldigend. Zoals
wanneer er een zonnestraal tussen de wolken door op het zeeoppervlak valt en op het water een explosie van weerspiegelin-
gen veroorzaakt. De eerste dagen kwam ik nauwelijks mijn
kamer uit. Maar ik hoorde haar door de flat lopen. Ze waste
het serviesgoed, maakte de wc goed schoon, schudde de kus-

sens van de bank op en was bezig met een pan waarin het eten pruttelde, waarvan ik geleidelijk aan weer wat hapjes nam. Ik vond het prettig dat er iemand in huis was, een opgewekte vrouw die over mijn vloer liep, die mijn meubels gebruikte, de kranen openzette en de lampen aanstak. Een kloppend menselijk lichaam vol levenslust op de plek van mijn doodsstrijd.

Op een ochtend toen ze er net was stond ik op. Ik voelde me wat beter en had zin om een beetje te praten, om belangstelling te tonen voor iemand anders dan mezelf en mijn verdriet. Ik maakte koffie klaar en stelde voor om samen een kopje te drinken. We gingen aan de keukentafel zitten en raakten aan de praat. Ik vertelde een gedeelte van mijn verhaal en zij een deel van het hare. Ik hoorde dat ze alleen met haar zoontje in Madrid was, dat ze door Zenaida was opgevangen, en dat ze daar in huis zat tot ze nog een ander baantje had gevonden en meer geld verdiende, zodat ze haar eigen flat of ten minste een eigen kamer kon betalen. Ze vertelde dat ze niets wist van de vader van André en dat het zo beter was. Toen ze wegging, moest ik aan haar denken. Waar had ze de kracht vandaan gehaald om met een klein kind naar een onbekend land te gaan? Ik stelde mezelf in haar situatie voor. Als ik iets dergelijks had moeten trotseren, zou ik het loodje hebben gelegd. Ik zou hebben gehuiverd en gejankt en hartkloppingen hebben gekregen. Ik zou me in huis hebben opgesloten, me doodsbang onder de dekens hebben verstopt. Maar zij glimlachte en straalde energie uit, alsof ze uitstekend was toegerust voor alles wat haar kon overkomen, als een stevige, buigzame boom die in de wind, in de sneeuw, in de plenzende regen en droge zomer even fier en mooi blijft staan als midden in de vochtige, lauwwarme schittering van een lenteochtend.

Op dat moment vatte ik bewondering voor haar op. En

mijn bewondering groeide naarmate we vriendinnen werden. Elke ochtend dronken we samen koffie en praatten met elkaar. Daarna gingen we samen lange wandelingen door de buurt maken. Op een dag vroeg ik of ze haar zoontje wilde meenemen, om het te leren kennen. Sindsdien nam ze hem altijd mee. Terwijl zij schoonmaakte nam ik hem mee naar het park. Daar zat ik lange tijd met verbazing naar het vrolijke jongetje te kijken. Daarna aten we, en terwijl André in mijn bed een dutje deed praatten wij een groot deel van de middag verder. Uiteindelijk vertelden we elkaar ons hele leven. Zelfs geheimen waarover ik nog nooit met iemand had gesproken. Maar São leek alles te begrijpen, alsof ze inzicht had in elke menselijke zwakte, met een zeldzame wijsheid die ze misschien wel van de stenen en de vogels had geërfd. Toen ik haar hoorde vertellen wat ze had meegemaakt, hoe ze telkens weer situaties de baas was geworden die mij onoverkomelijk toeschenen, hoe ze telkens weer nieuwe moed had gevat en haar hoop en goedaardigheid niet wilde verliezen, kwam ik tot de conclusie dat zij deel uitmaakte van een reuzenras, van een wereld van vrouwen zo sterk als hoge bergtoppen, waarvan ik me op jammerlijke wijze uitgesloten voelde.

São's energie was kennelijk aanstekelijk. Sinds ze bij me was gekomen, voelde ik me elke dag een stukje beter. En twee maanden later kon ik weer gaan werken. Velen zullen zeggen dat het gewoon door de pillen kwam, dat weet ik wel. Dat zal ook ongetwijfeld zo zijn. Maar er was nog iets anders, iets ongrijpbaars, een soort trilling die bleef hangen in de lucht die zij samen met mij had gedeeld. Na haar vertrek ademde ik die lucht weer in op zoek naar het restant van haar kracht. Misschien waren haar moed en flinkheid alleen maar een voorbeeld voor me geweest, ik weet het niet. Op de een of andere manier begon ik anders tegen de wereld aan te kijken. Ik zag in dat mijn grote tragedies, al die dingen die me van jongs af aan verschrikkelijk hadden toegeschenen – en het verdriet daarover was voor mij als drugs voor een verslaafde – vergeleken bij het bestaan van mensen in een groot deel van de wereld futiliteiten waren. Naast de harde strijd die al die mensen voerden om niet dood te gaan, waren mijn drama's uitermate lachwekkend. Maar ik was altijd omringd geweest door zoveel zachtaardigheid. Ik sliep in heel zachte bedden. Elke dag koos ik uit wat ik wilde eten en welke kleren ik aan wilde trekken. Mijn moeder, mijn oma en mijn broers, Pablo en mijn vrienden gaven me vaak een knuffel. Ik woonde in comfortabele, veilige appartementen, die me beschermden tegen de kou en de warmte. Ik verplaatste me in auto's die zo gerieflijk waren als een nestje. Ik schafte een eindeloze hoeveelheid nutteloze spullen aan. Ik zag zulke mooie, aangelegde en vruchtbare landschappen dat ik zwak en blind was geworden voor alles wat niet te maken had met mijn nietige gebreken. Plotseling leek het wel of alles in mij veranderde. Ik was niet meer de Ongelukkige, de Lijdzame van de wereld. Plotseling was ik een doodgewoon menselijk wezen geworden, dat veel meer privileges genoot dan het gros. Ik miste Pablo nog wel, en ik wist dat dat waarschijnlijk wel zo zou blijven. Maar nu begreep ik dat ik eraan moest wennen om zonder hem door te gaan en blij moest zijn dat ik zo lang van onze liefde had kunnen genieten. Zijn leven was niet langer een gat waarvan ik niet wist hoe ik dat moest opvullen, maar een schitterende straal die als een onverwacht cadeautje van de goden mijn levenspad had gekruist. Dag na dag vervloog mijn depressie telkens een stukje meer, zoals wolken in de zomer oplossen en naar de horizon drijven en een stralend blauw achter zich laten.

Veel mensen geloven niet in het toeval. Ze leven in de overtuiging dat alles wat ze verkrijgen het resultaat is van hun verdiensten en wat ze verliezen van hun misstappen. Ze zien het leven als een ononderbroken lijn die zijzelf trekken, een volmaakt en begrijpelijk landschap, met zijn onweerlegbare perspectief, met zijn weilanden en zijn naar zee slingerende rivier en de in de wind zwaaiende bomen. Er zijn donkere gebieden, maar ook plekken vol licht waar het malse gras geurt. Misschien verheft zich aan de einder een veelbelovende stad, met koepels en duizelingwekkende torens, en ergens aan de horizon is ongetwijfeld onweer ontstaan. Al deze elementen zijn stap voor stap uitgetekend, waarbij het ene uit het andere ontstaat, zoals in een schema uit een kinderboek waarin het water verdampt, in wolken verandert, en de regen uit de wolken valt en in de aarde wordt opgeslagen om vervolgens weer te verdampen. Alles logisch, verklaarbaar en meetbaar.

Mogelijk hebben ze gelijk. Maar ik ben ervan overtuigd, zoals ik al zei, dat ons bestaan in grote mate afhangt van het lot. Niemand kiest de plaats uit waar hij geboren wordt: in een hutje, tussen lavastenen en onvruchtbare grond, zoals São, of in een groot en gerieflijk huis met bloemen rondom, zoals ik. Man of vrouw. Een naamloze vader en een moeder die je in de steek laat, of een vader die je tiranniseert en een moeder met een gebogen hoofd. Niemand besluit wees te worden of een ziekte te krijgen. Om honger te lijden of het eten dat je niet aanstaat weg te gooien. Om niet goed te kunnen leren of intelligent en bijdehand te zijn. Niemand weet als hij 's morgens opstaat wat hem in de loop van de dag te wachten staat. Het leven is verwarrend en chaotisch. Fragmenten van een gebroken lijn. Een duistere, diepe cirkel, een schitterende straal daarboven, een blauwe vlek in een hoekje... Toevalligheden.

Tegenslagen. Een recht stuk weg dat op een afgrond uitkomt. Een verblindend licht dat uit het niets opstijgt. Een stille leegte. Een knus holletje. Een kwestie van geluk.

São heeft geen geluk gehad. Hoeveel moeite ze zich ook getroostte, en ook al nam ze de juiste beslissingen, toch werd de situatie altijd moeilijker voor haar. Telkens moest ze het hoofd bieden aan de meest onterechte moeilijkheden en opnieuw beginnen, weer het pad beklimmen dat ze naar haar idee al had afgelegd, zoals Sisyphus onophoudelijk met zijn rotsblok de berg op klimt. In Madrid was het niet anders: er gingen maanden voorbij en ze kon geen werk vinden waarvan ze behoorlijk kon leven. Ze bleef bij mij komen, maar ik kon haar slechts enkele uren per week betalen. Het zou ook op beledigende wijze liefdadig zijn als ik haar meer tijd in dienst zou nemen voor mijn kleine flatje. Ik vroeg het aan iedereen die ik kende en zette een advertentie met haar telefoonnummer op het aanplakbord in het ministerie. Ook Rocío en Zenaida deden alles wat ze konden, maar het zag ernaar uit dat er nergens iemand een hulp, serveerster of winkelmeisje nodig had. Uiteindelijk, toen ze al haast een jaar in Madrid was, kreeg ze een baantje bij een zieke oude vrouw, die ze moest verzorgen. Ze was als een kind zo blij en maakte meteen toekomstplannen: voorlopig zou ze nog bij Zenaida blijven wonen, maar nu kon ze haar een redelijk bedrag voor de huisvesting betalen. Het kind bracht ze naar een betrouwbare buurvrouw in ruil voor een kleine som geld, totdat er in een gemeentecrèche plaats voor hem was. En ze zou van haar salaris van zevenhonderd euro zoveel sparen als ze kon om op een goede dag een flatje te kunnen huren, ook al was het nog zo klein, waar André en zij konden intrekken, met eigen bedden en een kast voor haar spullen en een mooie vaas met bloemen op tafel.

Maar acht maanden later stierf de oude vrouw. São was ontroostbaar. Ze had haar gewassen, haar van de ene kamer naar de andere gedragen, haar luiers en nachthemden verschoond, haar haar gekamd en met eau de cologne verfrist, haar puree gevoerd en haar medicijnen met water laten innemen, haar gekreun aangehoord als ze pijn had, maar ook haar woorden van dankbaarheid als ze zich iets beter voelde. Zo had ze genegenheid voor haar opgevat, en het was alsof er een naaste van haar overleed. Daar kwam nog bij dat ze weer zonder werk zat, zonder inkomsten om aan de noodzakelijke kosten het hoofd te kunnen bieden. Ze had wat geld opzijgezet en Zenaida zou haar te eten geven en ook haar zoontje als dat nodig was. Maar dat zou van korte duur zijn. Ik bood haar aan weer mijn flatje te komen schoonmaken. Sinds ze niet meer kwam was het erg vies geworden, zei ik. Ze wist echter wel dat het niet waar was, want af en toe nodigde ik haar en André uit om 's zondags bij me te komen eten. En we gaven weer een slinger aan het rad van contacten, telefoontjes en advertenties. Maar zonder enig resultaat: de tegenspoed was voor de deur van haar huis gaan zitten en zat daar elke dag op haar te wachten, als een stinkende harpij, die met haar meeging naar de sollicitatiegesprekken, die samen met haar dwars door Madrid reed met de trein, metro en bus, die als een zwijgzame plaaggeest naast haar zat terwijl de mevrouwen haar ondervroegen en ten slotte besloten dat de vorige kandidate beter kon koken, of de bazen van de supermarkten en de kroegen ten onrechte meenden dat haar Spaans niet goed genoeg was.

Daarop besloot ze terug te gaan naar Lissabon. Bigador had daar al vaak op aangedrongen. In het begin, toen ze voor hem was gevlucht, had São verscheidene dagen haar mobiele telefoon uitgezet. Liliana had haar aangeraden haar Portugese nummer op te zeggen, de kaart weg te gooien om zo elke mogelijkheid tot communicatie uit te schakelen. Maar die beslissing nam ze niet. Ze moest er steeds aan denken dat ondanks alles Bigador de vader van haar kind was. Als ze hem volledig uit hun leven zou bannen, als ze alle draden die hen nog konden binden zou doorknippen, zou André als hij groot was het haar misschien wel gaan verwijten. Ze vond het niet terecht om alle contact met hem te verbreken. Misschien miste Bigador hem wel, nu ze weg waren. Wellicht werd hij door Andrés afwezigheid wel verlicht, zoals wanneer er midden in de nacht onverwachts een lichtje gaat branden, en besloot hij zich om het jongetje te bekommeren.

Een week na haar aankomst in Madrid zette ze haar mobiel weer aan. Ze had bijna honderd gemiste oproepen en een twaalftal berichtjes, allemaal even bedreigend en afgrijselijk: ze was een slet en een loeder, hij zou haar heus wel weten te vinden, hij zou haar vermoorden, in stukken snijden, zodat haar ziel geen rust zou vinden; hij zou haar huis in brand steken, hij was van plan haar vanaf dat moment te gaan zoeken, als het moest zijn hele leven lang, om haar af te maken. Doodsbenauwd zette ze haar telefoon weer uit. Een paar dagen liep ze met knikkende knieën over straat en bleef in het portiek staan om te kijken of hij haar niet stond op te wachten, terwijl ze André stevig tegen zich aan drukte, in de overtuiging dat hij vroeg of laat voor haar neus zou staan.

Twee maanden later luisterde ze pas weer zijn berichtjes af. De toon werd langzamerhand wat zachter. Hij ging niet meer tekeer, maar stelde eisen, weer wat later probeerde hij te redeneren en ten slotte, in de meest recente berichten, smeekte hij huilerig en pathetisch: 'Schat, kom terug, alsjeblieft, kom terug. Ik kan niet zonder je. Ik eet niet meer. Ik kan niet meer slapen. Ik weet dat het niet goed was wat ik deed. Vergeef me, schat. Ik zweer je dat ik je nooit meer zal slaan. Vergeef me. Nooit meer, ik zweer het je. Kom terug. Je moet terugkomen. Ik hou veel van het kind en van jou... Ik hou van jullie.'

Ze kreeg medelijden. Ze realiseerde zich ineens dat haar boosheid over was. Ze koesterde zelfs geen wrok meer tegen hem. Als ze terugkeek, zag ze geen wild beest, maar een zielige, ongelukkige kerel, die het slachtoffer was geworden van zijn eigen gebrek aan zelfbeheersing. Ze had hem vergeven. Nu stonden ze quitte. Van de oude hartstocht was niets over, niets slechts en niets goeds. Slechts een leegte waarin kleine vonkjes mededogen schitterden. Het zou prettig geweest zijn als ze hem kon bellen en rustig met hem kon praten. Als ze bezoekjes aan het kind kon regelen en op zijn steun kon rekenen. André een vader kon gunnen. Maar ze zou niet antwoorden. Ze geloofde geen woord van zijn larmoyante verhaal. Verontschuldigingen, valse liefdesbeloftes, leugenachtig gejank... Niet weer. Ze zou hem pas geloven als hij met een kalme, serieuze stem sprak, als hij concrete voorstellen deed, geld voor het kind, bezoekdagen. En ze wist niet zeker of dat zou gebeuren. Ze wist dat ze de kracht niet had om zich te bevrijden van de narigheid die ze met zich meedroeg: geweld, vrouwenverachting en overheersingsdrang om te laten zien dat hij iemand was. Ze moest bij hem uit de buurt blijven en bovenal Andrés veiligheid in de gaten houden. Ze stuurde hem een kort, zakelijk sms'je: 'Het gaat goed met ons. Bel me niet meer. Ik kom niet bij je terug. Nooit meer. Ik wens je het beste.'

Nagenoeg drie maanden lang liet hij niets horen. Maar op een ochtend liet hij een bericht op São's voicemail achter. Deze keer klonk hij heel beheerst.

'Hallo, met mij,' zei hij. 'Ik wil graag met je praten. Maak je geen zorgen. Ik wil je niet overhalen om terug te komen. Ik heb een andere vrouw, en ik voel me goed. Maar we moeten het over het kind hebben. Ik wil hem zien en voor hem zorgen. Bel me alsjeblieft.'

Sáo dacht er ettelijke dagen over na. Ze vreesde dat het een val was, dat hij haar maar wat voorloog om erachter te komen waar ze zat, om dan achter haar aan te gaan. Of misschien om haar naar Lissabon te lokken onder het voorwendsel André te willen zien en haar daar god weet wat voor gruweldaden aan te doen. Maar het kind was er ook nog, én alle verantwoordelijkheid die ze voor hem voelde. Het was niet de schuld van haar zoontje dat zij op de verkeerde man verliefd was geworden. Hij had het recht op een vader, een man die hem op zijn schouders droeg en met hem voetbalde. En die als hij later groot was met hem over mannenzaken sprak. Ze had steeds geloofd dat Bigador nooit zou veranderen, maar misschien had ze het bij het verkeerde eind. Misschien was zijzelf wel de reden geweest waarom hij zoveel geweld tegen haar had gebruikt. Mogelijk was hij zenuwachtig van haar geworden. Misschien had hij een vrouw nodig die hem overheerste, die geen enkel gebrek aan respect duldde en haar stem tegen hem verhief, en niet iemand die zich gedroeg als een bedeesde lafbek. Hoe kon ze erachter komen dat het niet zo was? Het was mogelijk dat zijn nieuwe vriendin hem behandelde zoals hij wilde en dat het geweld, de razernij tegen het onoverzichtelijke, vreemde vrouwenlichaam in hem was gesust. En waarom zou hij in dat geval geen goede vader kunnen zijn?

Ze beantwoordde zijn bericht niet, maar liet de telefoon wel aanstaan om te kijken of hij zou aandringen. Een week later belde hij weer. Met een hart dat klopte in haar slapen antwoordde Sáo, bijna zonder stem. Bigadors stem klonk daarentegen rustig en zelfverzekerd, alsof hij op een voetstuk stond vanwaar hij de wereld welwillend aanschouwde. Hij vertelde dat hij verliefd was geworden op een landgenote, een aardige vrouw die voor hem zorgde en hem bepaalde dingen had uitgelegd die hij voordien niet had begrepen. Hij was opgehouden met drinken, en die woedeaanvallen waardoor hij verblind werd had hij niet meer. Nu realiseerde hij zich hoe hij zich tegenover haar had misdragen. Hij vroeg oprecht om vergiffenis voor al het leed dat hij haar had aangedaan. En hij verzocht haar dringend om over zijn voorstel na te denken: hij hield van André, ook al had hij dat aanvankelijk niet kunnen laten blijken. Hij wilde bijdragen aan zijn onderhoud. Hij kon haar elke maand tweehonderd euro sturen. In ruil daarvoor vroeg hij of hij hem af en toe mocht zien, de vakantie met hem mocht doorbrengen, misschien een weekend als ze niet te ver van Lissabon zaten... Hij zou haar vliegtickets opsturen, zodat ze alle twee een paar dagen konden komen en zij zo zelf kon zien hoe hij was veranderd. São zei haast geen woord. Ze wist niet wat ze moest zeggen. Ze was nog steeds bang dat hij loog, en tegelijkertijd dat hij wél de waarheid sprak en dat ze hem onrecht aandeed. Ze beloofde dat ze snel een beslissing zou nemen en dat ze zou bellen.

De volgende ochtend ging de telefoon weer over. Het was Bigadors nummer. Zenuwachtig nam São op. Ze dacht dat hij deze keer weer tegen haar tekeer zou gaan en haar opnieuw zou bedreigen. Maar er klonk een vrouwenstem: 'Hallo. São?'

'Ja. Met wie spreek ik?'

'Met Lia, Bigadors vriendin.'

Ze kreeg geen vijandig en ook geen afwijzend gevoel. Integendeel, ze voelde direct een vreemde saamhorigheid met die vrouw die haar vroegere passie, haar voorbije liefde met haar deelde. Stiekem en vurig wenste ze dat zij niet hoefde te verduren wat zijzelf had moeten doorstaan, maar dat ze een vreedzame, redelijke relatie hadden.

'Hallo, Lia. Hoe gaat het?'

'Sorry dat ik je stoor. Als je niet met me wilt praten, begrijp ik dat, maar ik zou je graag iets willen zeggen.'

'Vooruit, zeg het maar.'

'Bigador is even weg en heeft zijn mobiel vergeten. Vandaar dat ik je nu even bel. Ik zal niets tegen hem zeggen.'

'Oké.'

'Ik weet wat hij jou heeft aangedaan. Hij heeft alles me verteld.'

'Weet je het zeker...?'

'Ik denk van wel. Hij heeft verteld dat hij je slecht heeft behandeld, dat hij je vernederd heeft en vaak tegen je tekeer is gegaan. En dat hij je heeft geslagen. Hij heeft er erge spijt van. Je moet me geloven.'

'...'

'Ik verzeker het je, São. Ik ben nu twee maanden bij hem en nog geen één keer heeft hij zijn stem verheven.'

São herinnerde zich dat hij ook met haar de eerste maanden zo mak was als een lammetje, maar ze durfde niets te zeggen. De vrouw aan de andere kant van de lijn drong aan: 'Je moet hem de gelegenheid geven om André te zien. Hij is gestopt met drinken. Daardoor werd hij telkens zo boos. Hij is nu echt een ander mens. Je zou hem moeten zien. Ik ben ervan overtuigd dat hij een prima vader is.'

Ze stelde zich het kind in de armen van Bigador voor, met die reusachtige handen die dat kleine ruggetje beschermden tegen het kwaad en de pijn. Soms vroeg het jongetje naar hem. Het leek of hij zich vaag de aanwezigheid van een manlijk persoon in zijn leven herinnerde, hoewel hij daar misschien alleen maar aan moest denken als hij een vader van een ander kind zag. Ze zei altijd dat hij op reis was en dat hij gauw terug zou komen. Ze had de moed niet om zijn bestaan te ontkennen. Ze slikte en zei: 'Oké. We gaan een weekend naar Lissabon. We spreken met hem af. Maar ik beloof niets.'

'Dank je wel. Heel veel dank. Bigador zei dat je heel lief bent. Nu zie ik dat hij gelijk heeft.'

Dit was in de tijd dat São voor de oude vrouw zorgde, dus beschikte ze nog over wat geld. Ze wilde zelf de tickets betalen; als het niet goed uitpakte wilde ze niet met die schuld blijven zitten. Bigador stuurde via het consulaat een notariële machtiging voor het paspoort van André. Ze zocht een goedkope vlucht uit. En op een vrijdagavond vlogen moeder en zoon naar Portugal. Ze wilde per se niet dat hij hen op het vliegveld kwam ophalen, omdat hij dan zou kunnen achterhalen waar ze vandaan kwamen. Uit voorzorg, voor het geval dat hij daar toch ineens zou opduiken en op hen stond te wachten, maakte ze hem wijs dat ze pas zaterdagochtend zouden aankomen. Ze brachten de nacht door bij Liliana en haar vriend. Die waren erg bezorgd en gaven haar voortdurend advies. Ze deed geen oog dicht. Om acht uur had ze al gedoucht, haar haar gedaan en zich met Liliana's spullen opgemaakt: ze wilde dat ze er mooi uitzag en ook dat Bigador besefte dat ze gelukkiger was sinds ze bij hem weg was. Ze trok haar mooiste jurk aan. Ze kleedde André aan als een prinsje, met nieuwe kleren, keurig gekamde haren met een scheutje eau de cologne. Ze gingen met de bus naar het café in het centrum waar ze om elf uur hadden afgesproken. Haar knieën knikten, maar ze hield het handje van haar zoontje stevig vast.

Toen ze in het café aankwamen, waren Bigador en Lia er al.

Hij was minder groot en fors dan in haar herinnering. Door zijn gewelddadigheid was hij in haar geheugen in een soort reus veranderd. Hij was echter een gewone man, weliswaar groot en robuust, maar toch gewoon. Hij gaf een kus op haar wangen. Ze realiseerde zich dat ze zijn geur niet rook. Een tijd terug, in een ander leven, bracht die geur van hem haar van de wijs en wond haar op. Als een dier snoof ze die op en wilde er vol van raken. Later, toen het slecht ging tussen hen, walgde ze ervan. Ze kreeg er braakneigingen van en voelde een sterke drang om weg te gaan. Nu was er helemaal geen geur. Hij was geurloos. Gelukkig.

Bigador probeerde het kind te omhelzen, maar jengelend rende het weg. Toen haalde hij een enorm pak uit een tas, en maakte het langzaam open. Het was een elektrische auto. Ongetwijfeld was het een heel duur cadeau. André vond het geweldig. Nadat Bigador hem alle poespas had laten zien die eraan zat – de knipperlichten, het kleurrijke stuur, en de grote zitplaatsen met kindertekeningen –, vroeg hij of hij hem buiten wilde uitproberen. Verwachtingsvol pakte het jongetje onmiddellijk zijn hand vast. Bigador bleef even staan en keek naar São: 'Mag ik?'

Ze knikte. Ze zag hen met z'n tweeën glimlachend naar buiten lopen. André trok Bigador aan zijn arm mee en hij deed of hij treuzelde. Even later zag ze door het raam hoe ze speelden op het plein. Ze renden lachend achter de auto aan, maar ineens struikelde het kind en viel. Bigador tilde hem zorgzaam op, veegde voorzichtig zijn knietjes schoon en sloeg zijn armen om hem heen. Zijn grote handen bedekten zijn ruggetje, dat schokte van het huilen als afweer tegen angst en pijn. Hij tilde hem op, ging op een bankje zitten, zette hem op zijn schoot en praatte tegen hem totdat hij weer begon te

lachen. Stilzwijgend zat Lia naast São naar het tafereel te kijken. Ten slotte zei ze: 'Ze kunnen het samen goed vinden,
toch?'

'Zo te zien wel.'

'Mogen we hem vandaag meenemen? Dan brengen we
hem morgen weer terug. Hoe laat en waar je maar wilt. Ik zal
de hele tijd opletten. Dat zweer ik je. Alsof het mijn eigen
kind is. Ik heb een kind gehad, maar dat is overleden. Ik weet
wat je voelt. Als ik iets vreemds merk, dan bel ik je. Echt waar.
Maar er gebeurt niets. Daar kun je van op aan.'

Ze voelde dat ze die grote, onknappe vrouw kon vertrouwen. Ze had wijd open, fonkelende ogen, als van een meisje
dat nog nooit een afranseling heeft gekregen, tegen wie nog
nooit iemand heeft gezegd dat ze vanwege geldgebrek niet
mag doorleren. Een meisje dat nog op de goedheid van de
wereld vertrouwt. En ze stemde ermee in.

Toen São besloot naar Lissabon terug te keren, hadden Bigador
en Lia al maandenlang geprobeerd haar ervan te overtuigen dat
dat het beste was voor haar en André. Een kind, vooral een
jongetje, had een vader nodig, zeiden ze telkens. Daarnaast zou
ze het niet in haar eentje hoeven groot te brengen. Tot nu toe
was hij nog nooit ziek geweest. Maar had ze er wel aan gedacht
wat er zou gebeuren als hij naar de crèche of naar school ging
en keelontsteking en verkoudheid zou oplopen, zoals alle kinderen? Dan kon zij niet gaan werken. Ze zou thuis moeten
blijven bij hem. En na de tweede of de derde keer zou ze haar
baan kwijtraken. En die lange schoolvakanties, hoe moest ze
dat regelen? En wat zou ze door de week doen? Zou ze hem
's middags naar een mevrouw brengen die ze zou moeten betalen terwijl zij tot laat aan het werk was? En de weekends? Zij

had toch ook het recht om af en toe met vriendinnen uit te gaan?

In Lissabon zou dat makkelijk te organiseren zijn. Lia werkte gelukkig zelfstandig. Ze was eigenaresse van een kapperszaak en had twee werknemers. Ze kon wegblijven wanneer ze wilde. Als São tot laat in de avond moest werken, zou zij het kind uit de crèche of uit school kunnen halen. En ook kon ze hem opvangen als er op een werkdag geen school was. En om het andere weekend zou André uiteraard bij zijn vader zijn. Dan zou São een eigen leven kunnen hebben: tijd voor haar vriendinnen, om boodschappen te doen, te gaan dansen, naar een sportschool te gaan of gewoon uit te rusten en op de bank naar de televisie te liggen kijken.

Toch kon ze maar niet besluiten om op hun voorstel in te gaan. Ze gaf toe dat dit voor iedereen het beste was. Ook dat het zo hoorde: een kind moet worden opgevoed door een man en een vrouw. Ze dacht terug aan haar eigen kindertijd, als dochter van een alleenstaande moeder. Ze had zich vaak afgevraagd wie haar vader zou zijn. Ze had hem graag ontmoet. Jarenlang, als ze een aardige man zag, zei ze bij zichzelf dat dat misschien wel haar vader was: die man in de haven van Carvoeiros die de vis uitlaadde met zijn brede glimlach en keurig nette tanden en met die rimpeltjes bij zijn ogen. Of de meester, die altijd op school een pasgestreken mooi wit overhemd droeg en de kinderen troostte als ze op het speelplein vielen en moesten huilen. Soms was ze weleens expres gevallen en had gedaan alsof ze zich had bezeerd, alleen opdat de meester haar dan zou optillen. Ze wilde niet dat haar kind zou opgroeien verlangend naar de omhelzing van een man. Maar iets weerhield haar ervan de beslissing te nemen. Alsof een stemmetje in haar hoofd haar probeerde te waarschuwen dat André en zij als ze terugging gevaar zouden lopen. Ze vertrouwde Lia. Ze wist zeker dat die haar nooit had voorgelogen en dat ze voor het jongetje zou zorgen alsof het haar eigen kind was. Ze had immers haar kind verloren toen het nog een baby was, door een koortsaanval die in haar wijk in Luanda had huisgehouden. Maar ze meende dat achter Bigadors aardige woorden, zijn liefde voor het kind, en zijn belangstelling om voor hem te zorgen, iets gevaarlijks en duisters school. Iets wat elk moment kon openbarsten en alles rondom zou vernietigen. Woede en vuur.

Nadat de oude vrouw die ze verzorgde was gestorven, had de blokkade van de harpij die haar gezelschap hield zich over heel Madrid uitgebreid. Alle deuren van de huizen, winkels, kroegen, werkplaatsen en fabrieken zaten potdicht. En toen São na een hoopvolle zoektocht van twee maanden moest vaststellen dat er geen werk te vinden was en het geld opraakte, drong het tot haar door dat er niets anders op zat dan terug te gaan. Als ze alleen was geweest, had ze het langer uitgehouden. Ze zou stukken brood hebben gegeten, of niets, zou in portieken hebben geslapen of op donkere plekjes in de metro. Ze zou 's nachts kaarsjes hebben aangestoken en in de parken tussen de paardenkastanjebomen en de magnolia's hebben gedanst om het ongeluk te verjagen. Ze zou hebben gewacht tot ze het tussen de wolken zou hebben zien wegvliegen als een uitgetelde, afgematte schaduw. Maar ze was nu moeder. Haar eigen leven was minder belangrijk dan dat van haar kind. Ze moest zich erbij neerleggen en de realiteit aanvaarden. Het leek of alles haar onafwendbaar naar Lissabon toe duwde. Mogelijk had iemand, een verborgen, geheimzinnige kracht, haar bestaan al voor haar geboorte uitgetekend. Misschien zat God, of wie er dan ook aan de touwtjes trok van het kwetsbare menselijk bestaan, zich wel te amuseren terwijl Hij met de hare speelde. Maar het was in elk geval zonneklaar dat ze naar de stad moest terugkeren die zich als een schelp boven de rivier verhief, naar de omgeving van Bigador. Het was beter de stem met voortekens de mond te snoeren, haar oren dicht te houden en er geen aandacht meer aan te besteden. Gewoon rustig haar koffer pakken en opnieuw beginnen.

Met geen mogelijkheid konden Zenaida en ik haar ertoe overhalen om te blijven. Liliana evenmin. Zij belde São een paar dagen achter elkaar op om haar aan het verstand te brengen dat het misschien geen goed idee was. We waren alle drie bang voor wat er zou kunnen gebeuren. Niemand van ons geloofde werkelijk in de pasgeboren goedheid van Bigador. Maar São had haar besluit genomen en wilde er niet op terugkomen. Eigenlijk konden we wel begrip voor haar opbrengen en dachten we dat wij in een dergelijke situatie misschien wel hetzelfde zouden doen. Uiteindelijk steunden we haar en moedigden we haar aan. En we deden ons best om echt te geloven dat die man inderdaad was veranderd. Wie was er nu helemaal van overtuigd dat een slecht mens niet kon veranderen, de wreedaardigheid niet ver weg kon gooien, zoals een slang die vervelt zijn oude, stoffige, uitgedroogde vel achter zich laat? Waren we niet allemaal onderworpen aan de onbestendige chemie van onze hersenen? Hadden we niet allemaal onze zenuwachtige en rustige periodes, onze opgewekte en pessimistische momenten? Had ik niet zelf net een tijd van neerslachtigheid doorgemaakt en achter me gelaten? Misschien had Bigador zich ook verzoend met de wereld en zijn emoties. Ja, wat São en André in Lissabon te wachten stond was ongetwijfeld goed.

Zenaida met haar meisjes en ik gingen hen in het busstation uitzwaaien. We forceerden een glimlach en deden alsof haar vertrek ons geen verdriet deed. We maakten grapjes, beloofden hen zo snel mogelijk te gaan opzoeken. En als ze terug wilden komen konden ze bij ons terecht. Toen de bus wegreed zwaaiden we alsof we een feestje vierden. Ondertussen zwaaide André zo enthousiast en vrolijk terug als alleen een kind kan doen en drukte São haar voorhoofd tegen het raampje. En in de verte zagen we grote, stille, trieste tranen over haar wangen rollen.

De volgende dag belde ik haar op. Ze zei dat alles goed ging. Lia had een kamer gevonden vlak bij Bigadors appartement en haar kapperszaak. Het was een rustig, schoon huis, en dat was voldoende. Diezelfde middag had ze een sollicitatiegesprek om als serveerster te gaan werken in een café in een winkelcentrum in Chiado. Wat André betrof, hij leek prima met zijn vader te kunnen opschieten. De avond dat ze uit Madrid kwamen wilde hij per se bij hem blijven slapen. En de volgende ochtend was hij lief en tevreden teruggekomen. Dat was het belangrijkste.

De daaropvolgende berichten kwamen langzaam, als schakels van een ketting die zoetjesaan werd gesloten: het werk, de hulp van Bigador en Lia voor het kind, zijn financiële steun, de goede verhouding van alle vier, de blijdschap dat ze zich niet had vergist in de beslissing terug te gaan en dat alles veel beter ging dan ze zich had voorgesteld. En ook verscheen haar nieuwe liefde, Luis, een Portugees, die ze had leren kennen toen ze hem thee serveerde in het café waar ze werkte. Hij was docent wiskunde op een instituut. Ze merkte dat hij van een afstand regelmatig heimelijk naar haar keek en ze realiseerde

zich dat ze zijn bleke gezicht en de manier waarop hij glimlachte – hij trok zijn neus erbij op – wel leuk vond en dat ze
hem miste als hij op de gebruikelijke tijd niet kwam opdagen.
Hij was vriendelijk, maar zo verlegen dat zíj hem op een ochtend, terwijl ze het tafeltje schoonveegde, zachtjes vroeg of ze
elkaar niet een keertje ergens anders konden ontmoeten.

In het begin belde ik haar elke week. Later met langere tus-
senpozen, zoals dat meestal gaat. Tot de maand november van
2006, bijna anderhalf jaar nadat São en André waren weggegaan. Op een avond laat rinkelde de telefoon bij mij thuis.
Snel stond ik op uit bed, bang dat er misschien iets met mijn
oma of mijn moeder was gebeurd. Het was Zenaida. Ze had
net São gesproken door de telefoon en belde om me alles te
vertellen. De woede en het vuur waren losgebarsten.

DE MAAN

Ja, alles was in november gebeurd. Een sombere maand, zo
wreed als een hyena. De maand van de doden en de trooste-
loze schemering, de maand waarin de helft van de aarde zich
overmand naar zijn ondergang begeeft, overweldigd door be-
vingen en onzekerheid. Lia was in Angola. Vijf jaar was ze niet
naar haar land terug geweest. Ze had besloten twee maanden
vakantie te nemen en daar op Bigador te wachten, die in
Luanda Kerstmis zou komen vieren. Zodra ze het vliegtuig
had genomen en het aan de horizon was verdwenen, leek het
of er een meute jachthonden werd losgelaten.

Het eerste weekend al, hoewel het zijn beurt was, belde
Bigador São om te zeggen dat hij het kind niet kon ophalen.
Hij zei het op een nare manier, zoals hij altijd deed in de tijd
dat hij zich heer en meester van haar waande. Hij sprak de
zinnen uit alsof hij kogels afschoot, zonder haar enig weer-
woord te gunnen of zelfs maar de vraag waarom. Hij nam niet
eens de moeite zich te verontschuldigen. Hij voerde niet aan
dat hij moest overwerken of dat hij naar het verjaardagsfeestje
van een vriend moest, of dat hij zich grieperig voelde. Hij ging
er gewoon van uit dat het zo was en dat zij dat moest accepteren. En toen São probeerde haar mond open te doen om uit te
leggen dat hij het kind het volgende weekend kon hebben als
hij wilde, hing hij op. Zomaar.

Zondagavond om tien uur verscheen hij onverwachts bij São thuis. Toen ze hem begroette, meende ze dat hij naar alcohol rook en rode ogen had. Ze liepen door naar de kamer. André lag al te slapen, maar Bigador keurde hem geen blik waardig. Hij ging op de rand van het bed zitten en vroeg met net zo'n barse stem als vroeger: 'Wie is Luis?'

Met een gebaar maakte São hem duidelijk dat hij iets zachter moest praten om het kind niet wakker te maken. Maar hij trok zich er niets van aan: 'Wie is dat?'

'Een vriend.'

'Een vriend? En waarom zegt André dat hij je kust zoals ik Lia en dat hij je hand vastpakt? Is dat voor jou een vriend?'

Ze voelde dat haar bloed begon te koken. Ze kreeg de neiging om te gaan schreeuwen en hem eruit te gooien, hem klappen te verkopen, te schoppen en in zijn gezicht te trappen. Ze was niet bang. Ze voelde alleen een reusachtige razernij opkomen, een golf van woede zoals ze nog nooit in haar leven had meegemaakt. Maar ze moest zich beheersen vanwege het kind. Krachtig drukte ze haar nagels in haar handpalm en langzaam stond ze op. 'Ik geloof niet dat dit het juiste moment is om het hierover te hebben. Bel me morgen maar als je wilt. Nu moet je gaan.'

Boos kwam hij overeind. Hij greep haar bij haar schouders en schudde haar uitzinnig heen en weer. 'Slet die je bent! Ik heb altijd al geweten dat je een sloerie bent!'

André werd wakker en begon te huilen. Bigador wierp een blik op hem en liep gehaast de kamer uit. Ze hoorde de huisdeur met een klap in het slot vallen, terwijl ze het jongetje omhelsde en probeerde uit te leggen dat hij een nare droom had gehad.

De volgende dag verscheen Bigador vlak voor de pauze in het café en nodigde haar uit om iets te gaan drinken. Ze zag hem aankomen. Ze voelde zich rustig. De woede van de vorige dag was gesust, maar ze was wel bereid zich zo nodig uit alle macht te verdedigen. Hij zag er enigszins beteuterd uit. Zwijgend liepen ze naast elkaar. Toen ze in een nabije brasserie waren gaan zitten, bood hij zijn excuses aan: 'Ik had gedronken en ben over de schreef gegaan. Het spijt me.'

'Oké. Maar maak alsjeblieft geen scène meer waar het kind bij is. Als je met me wilt praten, bel dan. Dan maken we een afspraak.'

'Ik wil twee belangrijke zaken aan de orde stellen.'

'Zeg maar.'

'Heb jij iets met ene Luis?'

'Ja.'

Bigador leek ineen te krimpen, alsof hij zich voorbereidde op een sprong. 'Wat ben je van plan?'

'Van plan?'

'Ga je trouwen? Ga je met hem samenwonen?'

'We hebben geen plannen. We gaan gewoon samen uit. Dat is voorlopig alles.'

'Voorlopig, ja.'

'Ja. Ik weet niet wat er in de toekomst gebeurt. Maar in elk geval geloof ik niet dat dat jou aangaat.'

Hij trok zijn mond scheef naar één kant en verhief zijn stem: 'O nee? Als mijn zoon met een andere man gaat samenwonen, gaat dat mij dan niet aan? Denk jij dat?'

'Ik heb geen idee wat er gaat gebeuren, Bigador. Maar ik verzeker je dat áls ik op een dag met iemand ga samenwonen, ik dat doe omdat ik heel zeker van hem ben en van zijn relatie met André. Ik ben niet van plan me weer in de hel te storten. Vergeet niet dat jij met Lia samenwoont. Daar heb ik ook niets op tegen.'

'Een vrouw of een man, dat maakt nogal wat uit! Wees gewaarschuwd: als jij het in je hoofd haalt om met André bij die kerel te gaan wonen, zien we elkaar bij de rechtbank. Dan neem ik hem van je af! Daar kun je donder op zeggen!'

Hij stond op om weg te gaan. Maar hij nam twee stappen en kwam weer terug.

'Ik vergat nog iets. Ik wou je ook nog zeggen dat ik hem met Kerstmis meeneem naar Angola.'

São huiverde. Ze dacht aan malaria, dysenterie, knokkelkoorts en tuberculose, aan al die risico's die het kind zou lopen in dat verre, onontwikkelde land. Voor één keer zei ze met smekende stem: 'Hij is nog erg klein. Hij is nog geen vier. Wacht tot hij zes of zeven is.'

'Nee. Ik wil hem nu meenemen.'

Ze hervond haar innerlijke kracht. Ze kwam overeind en ging op haar tenen staan, zodat haar ogen op dezelfde hoogte kwamen als de zijne. Razend zei ze: 'Dat mag niet van mij. Je krijgt zijn paspoort niet.'

'Dat zullen we nog wel eens zien.'

Dat waren de laatste woorden die ze in lange tijd van hem hoorde. Pas een paar weken later, op een donderdag rond etenstijd, stond hij weer voor haar deur. Hij zei dat hij André wilde meenemen. Hij zou blijven slapen, want hij had hem al lang niet gezien en miste hem. São probeerde ertegenin te gaan. Ze was er niet zeker van dat er geen ander duister plan achter zat. Maar het kind had zich al in de armen van zijn vader geworpen en schreeuwde luidkeels: ja, ja. Ze nam hem mee naar de slaapkamer om hem aan te kleden en opende de lade waarin ze zijn papieren bewaarde. Daar lag Andrés paspoort, verborgen onder haar ondergoed. Even had ze gedacht dat Bigador misschien wel op de een of andere manier het huis binnen was gekomen en het had ontvreemd. Maar alles leek normaal. Voordat ze afscheid namen, herinnerde ze hem eraan dat hij hun zoon de volgende ochtend naar de crèche moest brengen.

Die nacht sliep ze slecht. Ze droomde dat André over een onafzienbaar weiland rende en met zijn armen zwaaide alsof hij vloog. Alleen zijn kinderlach was te horen. De zon gleed zachtjes over de grond en streelde het lijfje dat lichtvoetig en vrolijk door het gras holde. Plotseling drong het tot haar door dat er iets verschrikkelijks te gebeuren stond. Iets afschuwelijks. De wanhoop nabij wilde ze het kind achternarennen om het tegen te houden, maar ze kon haar benen niet bewegen. Ze deed haar mond open om hem toe te schreeuwen, maar kon geen enkel geluid voortbrengen. Ze vocht uit alle macht. Niets. Helemaal niets. De catastrofe naderde. En zij stond machteloos.

Badend in het zweet werd ze wakker. Haar hart was op hol geslagen. Op het kussen lag het knuffeldier waarmee André altijd sliep. In een poging om via de geur en de zachte vacht het gevoel van de realiteit terug te krijgen drukte ze het beestje stevig tegen zich aan: ze had een gezond kind van vier jaar, dat nu bij zijn vader lag te slapen. Zijn vader hield veel van hem en zou hem geen kwaad doen. Ze keek nog een keer of het paspoort nog op zijn plek lag. Alles was oké. Alles moest in orde zijn. Een streep grijs licht, het stoffige licht van een novemberochtend, viel door het raam. São sloot haar ogen, haalde diep adem en probeerde de slaap weer te vatten. Maar het lukte niet.

's Ochtends belde ze naar Bigador, maar zijn mobiel stond uitgeschakeld. Ze belde nog een paar keer, maar kreeg geen gehoor. Op haar werk vroeg ze of ze iets eerder dan anders weg mocht en ging het kind van de crèche halen. De kinderen waren op de binnenplaats aan het spelen. Veel jongetjes en meisjes. Zwarte en blanke. Grotere en kleine. Lachende, vieze, uitgetelde, hongerige, zenuwachtige, snikkende en schreeuwerige kindertjes. Allemaal vlogen ze in de armen van hun moeder die hen kwam halen en overlaadden haar met kussen alsof ze haar jarenlang niet hadden gezien. Maar geen André. São liep het gebouw binnen naar het lokaal van haar zoontje. Doña Teresa was het speelgoed en boeken die overal verspreid lagen aan het opruimen. Ze was alleen. Ze glimlachte naar São en zei: 'Goedemiddag. Zoekt u iemand?'

'André.'

Verbaasd keek de vrouw haar aan. 'Die is vandaag niet gekomen.'

São's gezicht vertrok zodanig dat doña Teresa zich naar de lijst haastte waarop ze elke dag de absenties noteerde. 'Kijkt u maar. Hij is niet gekomen. Hebt u hem zelf gebracht?'

São schudde haar hoofd. Ze pakte haar mobiel uit haar tas en belde Bigadors nummer. Nog steeds stond zijn mobiel uitgeschakeld. Vervolgens belde ze Lia. Idem dito. Ze moest gaan zitten. Doña Teresa vroeg wat er aan de hand was, maar ze kon geen woord uit haar keel krijgen. Ze besloot een glaasje water voor haar te gaan halen en de directrice te waarschuwen. Met z'n tweeën kregen ze eindelijk een uitleg uit São los. Ze vroegen of ze familie in Lissabon had, iemand die ze konden waarschuwen. São dacht aan Liliana. De directrice belde haar en vertelde wat er aan de hand was. Een klein uurtje later was ze daar, ogenschijnlijk rustig en vastbesloten het kind hoe dan ook terug te vinden. Ze omhelsde São en probeerde haar moed in te spreken: 'Kom op, het is vast en zeker een misverstand. We gaan nu meteen naar Bigador. Oké?'

Ze liepen naar het flatgebouw. Liliana ondersteunde haar vriendin. Het leek wel of ze slaapwandelde, of alleen haar lichaam aanwezig was en haar geest was weggevlogen naar een verre plek vanwaar hij niet terug kon komen. Ze belden aan. Geen reactie. Nog een keer. Geen antwoord. Ze belden talloze keren. Niets. Ze informeerde bij een paar buren, maar niemand wist iets. Daarop gingen ze een café binnen en zochten in de gids het nummer op van het bedrijf waar Bigador werkte. Liliana deed het woord. Ze zeiden dat hij de eindafrekening had opgevraagd en dat hij de vorige week ontslag had genomen. Toen besloot Liliana dat het tijd was om naar de politie te gaan.

Wankelend en struikelend, als twee dronken vrouwen die verdwaasd over straat het niet-bestaande spoor van een spookbeeld volgden, liepen ze naar het politiebureau. Ze moesten ruim een halfuur wachten. Uiteindelijk werden ze ontvangen door een vrouw die eerst heel traag haar computer opstartte voordat ze iets mochten zeggen. Liliana vertelde alles systematisch in een poging relevantie aan de feiten toe te kennen, terwijl São slechts af en toe knikte en met uitpuilende ogen naar een affiche met foto's van delinquenten staarde. De agente luisterde belangstellend, maar zei dat ze nog niets konden doen. Het kind was bij zijn vader. Om aangifte te kunnen doen van zijn verdwijning moesten ze achtenveertig uur wachten vanaf het moment dat ze uit huis waren vertrokken. Hoe dan ook was ze er zeker van dat ze eerder zouden terugkomen; het was onmogelijk dat hij zonder paspoort het land had verlaten. Hoogstwaarschijnlijk had de vader hem meegenomen om ergens het weekend door te brengen en had hij niets laten horen. Of ze waren gewoon naar de dierentuin en kwamen in de avond weer terug. Dit zei ze met een grote glimlach om haar mond – invoelend, maar niet echt bezorgd. En ze probeerde duidelijk te maken dat dit soort situaties heel gewoon was en dat veel vaders zich zo gedroegen.

Na het bezoek aan het politiebureau bracht Liliana São naar huis. Ze gingen eerst naar haar flat om wat kleren en de oplader van haar mobiel op te halen. Telkens belden ze Bigadors nummer, maar tevergeefs. Ze namen een taxi. Het was al donker. De mensen liepen gehaast en probeerden zich te beschermen tegen de vochtige kou die door hun huid heen in hun botten drong. Als ze onder een lantaarn door reden of een verlicht uithangbord passeerden, waren er op het trottoir lichtwormpjes te zien. Voor de rest was alles donker en verwarrend. Stilzwijgend zaten ze dicht tegen elkaar aan en hielden elkaars handen vast. Af en toe zei Liliana iets – 'Alles komt in orde, dat zul je zien' –, om niet uit te schreeuwen wat ze eigenlijk wilde zeggen: 'Klootzak! Loop naar de verdommenis! Crepeer ter plekke!'

Ze aten niet en sliepen niet. Met z'n drieën – São, Liliana en haar vriend – bleven ze op de bank zitten en deden of ze keken naar een programma op de televisie, dat telkens weer dezelfde eeuwige berichten uitzond over oorlogen, doden, orkanen, corruptie en grote woorden van politici. Op de tafel, in het schijnsel van het licht dat uit het beeldscherm kwam, lag de mobiele telefoon te glimmen, als een idool dat redding moest brengen.

Om zes uur in de ochtend kregen ze een sms'je. Ze stortten zich op het apparaatje. Het kwam van Lia: 'André is oké. Hij is in Angola. Rustig maar.' São's handen beefden zo erg dat ze geen antwoord kon versturen. Ze vroeg aan Liliana of ze wilde vragen wanneer hij terugkwam. Het duurde een eeuwigheid voor het antwoord kwam. Als hamerslagen kwamen de minuten een voor een op hun hoofd terecht. Eindelijk hadden de woorden uit Afrika, uit Lia's meelevende geest en zenuwachtige vingers, hun parcours afgelegd en brandden los in het hartje van de flat in de wijk Castelo in Lissabon: 'Ik weet het niet. Misschien pas over lange tijd. Het spijt me.' Pas toen barstte São in huilen uit.

Toen ik haar veertien dagen later ging opzoeken, was ze er bijzonder slecht aan toe. Al die tijd had ze nauwelijks gegeten of geslapen, en ze was een paar kilo afgevallen. Ze had een lege blik in haar ogen, alsof er niets meer in haar leefde, en op haar donkere huid had ze grote, blauwachtige, bijna doorschijnende wallen gekregen. De dokter had sterke kalmeringsmiddelen voorgeschreven. Ze was versuft en zat bijna de hele dag op de bank bij Liliana thuis, van wie ze niet in haar eentje naar haar huurkamer mocht. Ze huilde niet. Ze beklaagde zich niet. Ze verzette zich niet tegen haar lot, zelfs niet tegen Bigador. Ze sprak nauwelijks. Maar iets zei me dat ze aan de dood dacht. Alsof haar geest met de mijne in verbinding stond. Alsof die elkaar begrepen zonder woorden. Haar geest zei tegen de mijne dat ze er genoeg van had, dat ze een dergelijk leven met vallen en opstaan niet meer kon verdragen, dat ze geen kracht meer had om opnieuw te beginnen, en dat ze wilde sterven, de stilte wilde opzoeken, tot aarde worden, opgaan in het niets.

De advocate die Liliana voor haar had gevonden, had korte metten gemaakt met het beetje hoop dat ze nog een paar dagen koesterde dat alles via gerechtelijke weg zou kunnen worden opgelost. Na het sms'je van Lia en de aangifte viel de politie Bigadors appartement binnen en bevestigde dat hij al zijn spullen had meegenomen. Nergens lag nog een overhemd of een vergeten papiertje in een hoek. Het leek zonneklaar dat de man niet van plan was terug te komen. Maar het was een raadsel hoe hij het kind het land uit had kunnen krijgen. Ze gingen de vliegtuigen na die in die dagen naar Luanda waren vertrokken. In een van die toestellen had een kind van André's leeftijd gezeten, samen met een vrouw, maar met een andere naam. Waarschijnlijk ging het om hem en had hij met een vals paspoort gereisd. Bigador had de vlucht daar vlak voor genomen. De politie bestempelde het geval als ontvoering van een minderjarige. Eén ogenblik dacht São dat dat inhield dat de rechters haar zoon zouden terughalen, maar de advocate hielp haar onmiddellijk uit de droom: het was een heel moeilijk geval, zei ze. Om te beginnen had het kind niet de Portugese nationaliteit. En zij evenmin. Ze waren buitenlanders. En in dit soort situaties had justitie de neiging om haar handen in onschuld te wassen. Er zou een uitspraak komen dat Bigador het kind moest teruggeven, maar niemand zou een vinger uitsteken om dat te bewerkstelligen. Zelfs in het geval dat de Angolese autoriteiten op de hoogte zouden worden gebracht van het vonnis, zouden ze hoe dan ook weigeren het uit te voeren. Het was in dat land gebruikelijk dat een zoon bij scheiding en echtscheiding bij zijn vader bleef. Het was ook niet de moeite in Luanda gerechtelijke stappen te ondernemen: ze zou nooit de voogdij over haar eigen zoon krijgen. Ja, vatte de advocate samen, de rechtspraak kon door het verschrikkelijke gebrek aan medeleven iemand volledig platwalsen, maar zo stonden de zaken. En daar was niets aan te doen.

Ik zat naast haar. Ik dacht aan de pijn die ze leed en probeerde haar te begrijpen. Maar ik wist niet wat ik moest zeggen. Het enige wat in me opkwam was mijn armen om haar heen te slaan en haar te wiegen tot ze uiteindelijk in slaap viel, alsof ze een klein kind was geworden en nu de kwetsbaarheid overnam die André had achtergelaten. Wat moet je zeggen tegen een vrouw wier enige kind misschien wel voorgoed is afgepakt? Ik maakte wat banale opmerkingen, clichés, dingen die je in dat soort situaties automatisch pleegt te zeggen: ze moest sterk zijn, ze moest hoop blijven houden. Zodra Bigador zou merken hoe moeilijk het was om dag in dag uit een kind groot te brengen zou hij waarschijnlijk wel van mening veranderen. Na een paar maanden zou hij hem vast wel teruggeven.

Dat zei ik allemaal, maar diep vanbinnen was ik ervan overtuigd dat we André nooit meer zouden zien. Bigador zou er wel voor zorgen dat hij niet bij São in de buurt kwam. De manier waarop hij met anderen omging was bezitterig en lafhartig. Hij legde een kordon om degenen die hij liefhad en ging ermiddenin zitten, als exclusieve bewaker van zijn bezittingen. Hij moest zeker weten dat hij de enige was. Nooit zou hij dulden dat een andere man, die zijn zoon kon liefhebben, hem kon grootbrengen en met hem kon spelen, bij hem in de buurt kwam. Vermoedelijk had hij er lange tijd niet eens aan gedacht dat dat zou kunnen gebeuren. São was weggegaan, maar kennelijk geloofde hij dat ze ondanks de afstand nog steeds zijn bezit was. Dankzij Lia's argeloosheid had hij zijn leven weer op orde gebracht en had hij haar kunnen overhalen om naar Lissabon terug te keren. Hij had een baantje en een kamer voor haar gezocht en was onmisbaar geworden voor de verzorging van het kind. Hij had haar weer aan zich gebonden, met zachte touwtjes, bekleed met zijde, maar die hij strakker kon aantrekken naar zijn eigen inzicht en zoals het hem uitkwam. Blijkbaar had hij er nooit bij stilgestaan dat er een dag zou komen waarop zij, de moeder van zijn zoon, verliefd zou worden. Dat ze naar een ander lichaam verlangde. Dat ze haar eigen leven zou leiden naast het zijne, met haar eigen dromen en plannen. En dat er op die manier een poort geopend zou worden in het fort waarover hij de alleenheerschappij had: de ruimte waarin São en André verbleven.

Ik was ervan overtuigd dat Bigador het kind nooit aan zijn moeder zou teruggeven. Hij zou met hem in de meest verdorven wijken van Luanda onderduiken. Als het moest zou hij hem verborgen houden in het oerwoud, bewaakt door slangen en hyena's. Ook al zou iedereen die van São hield afspreken om hem gezamenlijk te gaan zoeken, dan nog zouden we hem nooit kunnen vinden. Jarenlang zou hij onder het vaderlijk gezag leven, onderworpen aan zijn normen en zijn onredelijkheid, gedoemd om zijn moeder te vergeten. Misschien zelfs wel om haar te haten. Desalniettemin bleef ik maar praten, over vertrouwen, het de tijd geven, rechters en nieuwe internationale verdragen. Over allerlei stommiteiten. Uiteindelijk hield ik mijn mond, en naast haar verzonk ook ik in die verschrikkelijke stilte waarin het geklop van een ondraaglijke pijn te horen was. Aan de andere kant van de ramen hoorde je straatgeluiden: automotoren, mensenstemmen die elkaar groetten, kinderliedjes. Maar dat hoorde bij een andere wereld. De wereld van degenen die ten minste één reden hebben om te blijven leven.

Met een bezwaard gemoed vanwege São's toekomst keerde ik naar Madrid terug. Liliana, Zenaida en ik belden elkaar regelmatig om over haar te praten. We herhaalden telkens dezelfde dingen, onze bezorgdheid, ons begrip voor het leed, hoewel we ook probeerden onszelf moed in te praten met het bedrieglijke idee dat Bigador misschien wel besloot het kind terug te geven. We hielden geen rekening met de ongehoorde kracht van onze vriendin, de verbazingwekkende manier waarop ze op de aarde stond, heel diep geworteld, zodat ze bij de diepst verborgen druppel water kon, het geringste sprankje hoop.

Amper drie weken na mijn bezoek aan Lissabon, op kerstdag, kreeg São op haar mobiele telefoon een oproep van een onbekend nummer. In tienden van seconden schoten er oneindig veel verschillende mogelijkheden door haar hoofd en bliksemsnel nam ze op. Aan de andere kant van de lijn klonk het zachte, geliefde stemmetje van André, dat ze zo lang had gemist. Zenuwachtig, uitgelaten, gelukkig en wanhopig praatte ze eventjes met hem. Het kind huilde alleen maar, vroeg of ze hem kwam ophalen en zei dat hij bij haar wilde zijn. Daarna kwam Lia. Ze zei dat alles goed was en dat ze zich nergens zorgen over hoefde te maken. Bigador was even weg en ze had de gelegenheid te baat genomen om haar te bellen. Zodra ze kon zou ze dat nog eens doen. Nu moest ze ophangen. Dag. Dag. Tussen haar woorden door hoorde ze André nog steeds snikken.

Dit telefoongesprek veranderde São's gemoedstoestand volledig. Alsof het haar nieuw leven had ingeblazen, alsof het een vuurtje in haar had aangestoken dat vanaf dat moment onvermoeibaar zou blijven branden, zonder één ogenblik te verflauwen. Een vuur dat zijzelf voedde met haar moed en haar stralende, vrouwelijke kracht.

De volgende dag stopte ze met de kalmeringsmiddelen en ging weer aan het werk. En begin januari trok ze in bij Luis. Vanaf het moment dat het kind was verdwenen, had hij dat al herhaaldelijk voorgesteld. Maar ze had hem niet willen belasten met haar angsten. Nu voelde ze zich in staat om hem ten minste een deel van zijn zorgen en liefde terug te geven. Luis was een man van weinig woorden. Hij was zwijgzaam en serieus, iemand zonder uitstraling, die door zijn onhandige omgang met mensen niet altijd sympathiek overkwam. Maar hij was ook intens goedaardig. Ongetwijfeld had São dat achter zijn saaie uiterlijk ontdekt. En hij hield zielsveel van haar. Hij ging haar elke dag na school opzoeken in Liliana's flat. Omdat hij wist dat ze amper at, nam hij dingen mee die ze volgens hem wel lekker zou vinden: gebakjes, bonbons, tropische vruchten. Hij nam naast haar plaats op de bank, en bleef daar stil zitten tot de avond, terwijl hij oefeningen nakeek of een boek las. Zo nu en dan pakte hij haar hand en hield hem stevig vast, zonder een woord te zeggen, alleen maar om haar eraan te herinneren dat hij naast haar zat en haar nooit alleen zou laten.

We waren allemaal bijzonder blij met de plotselinge verandering van São. We waren van mening dat die te danken was aan het feit dat ze met André had gepraat, dat ze had kunnen horen dat hij nog leefde en nog aan haar dacht. Aan de hoop op het volgende gesprek dat Lia had beloofd. Het kinderstemmetje had haar verdriet gebroken en gaten geslagen in de bol van afzondering en treurnis waarin ze sinds de ontvoering leefde. Zoals naaste vrienden plegen te doen als er iemand een moeilijke periode doormaakt, maakten Liliana, Zenaida en ik achter São's rug plannen voor haar. We waren zo blij met de relatie met Luis dat we tegen elkaar durfden te zeggen dat ze misschien wel een kind met hem wilde. Niet dat ze daardoor André zou vergeten. Die zou altijd in haar gedachten blijven. Onvermijdelijk zou ze elke dag aan zijn kleine lijfje denken. Dat zou zich ontwikkelen ver weg van haar, spieren en beharing krijgen, totdat hij een energieke jongeling zou worden. Daarna een volwassen, door zijn leeftijd getekende man, terwijl hij in de herinnering van zijn moeder nog steeds een zacht mollig hoopje was waarvan ze op een kwade dag was gescheiden. Maar het leek ons een goed idee voor São om weer moeder te worden, en aangestoken te worden door de geweldige levensvreugde die kinderen onbewust uitstralen.

Hoe dan ook, het ging redelijk goed met haar, veel beter dan we hadden durven hopen. De maanden verstreken en ze was weer op haar oude gewicht. Toen de rechtszaak plaatsvond kreeg ze het even te kwaad. Er gebeurde min of meer wat de advocate had gezegd, of eigenlijk nog iets ongunstigers: de rechter oordeelde dat het niet om een ontvoering ging, maar om een gewone 'ontvreemding'. En hij verklaarde dat Bigador het kind moest teruggeven. Dat was alles. São voelde zich door de rechterlijke macht veronachtzaamd en in de steek gelaten. Maar er was niets aan te doen.

Verder leidde ze een normaal leven: werk, Luis, uitjes met Liliana en andere vriendinnen. Regelmatig sprak ze over André, maar niet alsof ze herinneringen ophaalde aan een verloren zoon. Ze vertelde over zijn grapjes en zinnetjes die hij zei, gebaren of spelletjes die hij deed, alsof het net was gebeurd en hij het de volgende dag weer kon doen. Om de vier of vijf weken, als Lia haar kon bellen zonder dat Bigador ervan op de hoogte was, praatte ze een paar minuten met hem. Het jongetje huilde dan en vroeg telkens weer of ze hem kwam ophalen. Ondanks alles zou niemand die haar verhaal niet kende zeggen dat de vrouw een hartzeer met zich meedroeg, hoewel wij ons wel konden voorstellen hoeveel moeite het haar moest kosten om haar verdriet te verbergen, om elke minuut van de dag te doen alsof ze dat scherp snijdende gemis dat haar op elk moment kon openrijten niet met zich meesleepte. Maar niemand van ons, hoe goed we haar ook meenden te kennen, kon zich voorstellen wat voor plan ze smeedde. We waren vergeten dat São midden in de ellende buitengewone beslissingen kon nemen. En dat ze die ook ten uitvoer bracht als ze eenmaal een beslissing genomen had.

Op 3 oktober 2007, bijna een jaar na de ontvoering van André, ging Luis zoals gewoonlijk om halfacht 's ochtends de deur uit om les te geven. Toen hij de deur achter zich dichttrok, maakte São zich klaar om naar haar werk te gaan. Ze hadden rustig afscheid van elkaar genomen: 'Dag, liefje, tot straks, een fijne dag.' Ze had hem een ietwat vreemde kus gegeven op dat gehaaste tijdstip, een lange, misschien wat droevige kus, en had 'ik hou veel van je' gezegd. Maar hij had zich niet gerealiseerd dat dat gebaar een teken was. Toen hij om vier uur terugkwam, vond hij een envelop op de tafel in de hal. Bezorgd en zenuwachtig maakte hij hem open. São had geschreven dat ze naar Angola ging om André op te halen en ze vroeg hem haar niet achterna te reizen, maar haar deze strijd alleen te laten voeren. Ze wilde niet dat hij aan gevaar werd blootgesteld. Tegen de tijd dat hij dit las zou ze al in het vliegtuig zitten en boven de Algerijnse woestijn of het oerwoud van Kameroen vliegen, over Afrika, naar de plek waar haar wilskracht, elke bedroefde hartslag en haar onwrikbare hoop haar blijkbaar naartoe trokken.

Negen maanden lang, sinds het eerste gesprek met André, had ze haar plan in het geheim voorbereid. Ze wist wel dat ze van ons niet zou mogen gaan als ze het ons zou vertellen. Een week na de ontvoering had ze een onverbloemd berichtje gekregen van Bigador, het enige dat hij ooit had verstuurd: 'Haal het niet in je hoofd het kind te komen halen, want ik vermoord je. Dat zweer ik.' En telkens als Lia belde herhaalde ze dat: 'Bigador zegt dat hij je zal vermoorden als je komt. Je moet niet komen, ik weet zeker dat hij dat doet.'

We hadden die bedreiging allemaal serieus genomen. Zij ook. Ze kende hem als geen ander en had zijn beestachtigheid moeten verdragen. Ze wist hoever hij kon gaan als de woede en de razernij bezit van hem hadden genomen. Maar nadat ze André voor het eerst had gesproken, had ze besloten dat het het proberen waard was. En niet alleen omdat ze zonder hem stierf van verdriet, maar vooral omdat ze zijn moeder was. Ze hield meer van hem dan van wie ook in de hele wereld en ze wilde dat hij een rustig leven zou krijgen, ver van de gewelddadigheid van zijn vader en het land waar hij naartoe was gebracht. Ver van de armoede en ziektes die als Bijbelse plagen de wijken van Luanda teisterden. Een fatsoenlijk en vredig leven. Een studie volgen. Leren geloven in de kracht van de rede en niet in die van vuisten, hakmessen of kalasjnikovs. Leren de verantwoordelijkheid op zich te nemen van zijn levensweg op aarde. Misschien zou Bigador haar vermoorden, maar het was haar plicht om te proberen haar kind uit die chaotische wereld te redden.

In de loop van die maanden had ze al het mogelijke gespaard om de reis te betalen. Ze had geen cent uitgegeven aan iets wat niet strikt noodzakelijk was. Ze was zelfs lopend naar haar werk gegaan, haast een uur heen en een uur terug. Tegen Luis had ze gezegd dat die wandeling haar goeddeed, maar in feite ging het haar om het geld voor de bus dat ze zo uitspaarde. Eindelijk was ze nu alleen in Luanda en moest ze het hoofd bieden aan wat komen zou.

Ze nam haar intrek in een pension in het centrum, in een kamertje vol muggen en kakkerlakken. Aan het plafond hing een bleekgele gloeilamp, die reusachtige schaduwen projecteerde en van de insecten monsters maakte. Op het bed lagen vuile lakens, waar ze zo goed als ze kon de handdoek overheen legde die ze had meegenomen. In een hoek stond, op een wankel tafeltje dat ooit blauw was geweest, een lampetkan met stinkend water waarin tientallen insectenlijkjes dreven. Ze gooide het uit het raampje. Ze walgde ervan, maar ze moest wel volhouden. Ze kon zich niets beters permitteren. Misschien moest ze daar een tijd blijven, zolang ze op zoek was naar André, en daarna... Ze wilde niet denken aan wat er daarna zou gebeuren. Ze wist gelukkig het adres van doña Fernanda uit haar hoofd. Bigadors moeder had het honderden keren herhaald, als ze naar Angola verlangde en de naam van de straat en die van alle bewoners opzei als een eentonig, oneindig gezang: 'Rua Katyavala nummer 16, in de wijk Viana, Berau, Adolfo, Kuntaka...' Doña Fernanda was bijna drie jaar geleden overleden, vlak nadat ze was teruggekomen uit Portugal. Maar Bigador was de eigenaar, misschien woonde hij daar nog. Zodra ze 's ochtends opstond, zou ze direct op zoek gaan naar dat huis en daar aanbellen, alsof ze op de hemelpoort aanklopte. En terwijl ze wachtte zou ze ervoor zorgen dat haar hartslag rustig bleef.

Aangekleed ging ze in bed liggen en beschermde zich met het muskietennet. Het was bloedheet. Er hing een oude, misselijkmakende hitte, die zich jarenlang had opgehoopt in het kamertje, dat praktisch geen ventilatie had. Buiten waren er onophoudelijk geluiden te horen die binnen leken te klinken: claxons, motoren van langzaam rijdende vrachtwagens die de lucht vulden met een oorverdovend geronk, dronkenmansstemmen, geruzie, hondengeblaf, gejank van kinderen die misschien met hun arme moeder de nacht doorbrachten in een naburig steegje tussen het afval en de ratten. Ze deed geen oog dicht. Ze voelde hoe de hitte als gloeiend metaal langs haar lichaam gleed en hoe de benauwdheid op haar longen drukte. Om vijf uur, toen de zon onverwachts naar binnen scheen en de kamer vulde met minuscule stofdeeltjes die zachtjes dansten in het licht, stond ze op, nam een douche in de gemeenschappelijke badkamer en zocht een plek waar ze koffie kon drinken.

Ze zocht uit hoe ze het best naar Viana kon gaan en onderhandelde uiteindelijk met een taxichauffeur. En ze vertrok in een krakkemikkige auto. Eerst reden ze over de grote avenues. Aan weerskanten stonden nieuwe gebouwen, maar onder de ondraaglijke last van de dagelijkse zon en van het salpeter dat door de wind werd aangevoerd, leek het alsof de sloop al was ingezet. Op grote gedeeltes was de verf verdwenen; brokken beton, stukken marmer en glas waren op de grond gevallen en niemand zou ze oprapen. Vervolgens reden ze door de arme wijken: duizenden hutjes van karton en verroeste ijzeren platen, omringd door puin, autowrakken, blikjes, plastic jerrycans, oud ijzer, allerlei soorten afval. Er waren kinderen aan het spelen tussen de her en der verspreid liggende autobanden, vrouwen zo mistroostig als pikzwarte stenen, mannen die in de schaduw van een hoop rommel lagen te pitten en de hele dag niets te doen hadden. Maar dat zag São niet. Ze was in zichzelf gekeerd en vocht tegen haar angsten. Ze streed tegen haar eigen zwaktes om in de Rua Katyavala, nummer 16, als een onoverwinnelijke, hooghartige koningin der amazones, gehuld in een stralend gouden kuras, haar opwachting te maken.

Het was een lelijk huis. Een flatgebouw van twee verdiepingen van grijze betonblokken die nooit een likje verf hadden gezien. Ervoor lag een klein stukje grond dat waarschijnlijk een tuin had moeten zijn, maar niet meer was dan een veldje uitgedroogde aarde, met een schamele, stoffige acacia die in een hoekje zijn best deed om te overleven. De deur stond open. Binnen was een nette, schone kamer met groene muren te zien. Ergens klonk het geluid van een televisie, schelle stemmen door elkaar met steeds hetzelfde muziekje. São hield haar trillende handen in bedwang en klopte vastberaden één, twee, drie keer op de deur.

Er klonken stappen. Een vrouwenstem die riep: 'Ik kom!' En onmiddellijk verscheen er een vrouw gekleed in een felgekleurde tuniek, haar haar verborgen onder een tulband. Ze glimlachte allervriendelijkst, met een brede mond en glanzende ogen, alsof ze bereid was haar bezoek alles te verschaffen wat ze nodig had. 'Goedemorgen. Waarmee kan ik u van dienst zijn?'

São wist niet zeker of haar stem niet zou weigeren. 'Goedemorgen,' zei ze. 'Ik ben São, de moeder van André.'

De vrouw bleef enkele ogenblikken stokstijf staan, alsof ze als bij toverslag was veranderd in een standbeeld. Uiteindelijk reageerde ze: 'Ik ben Joaquina, de vrouw van Bigadors broer.'

'Is André hier?'

'Nee. Ze wonen in Uíge, een andere stad.'

São voelde dat er iets zwaars in haar hoofd bewoog. Alles begon plotseling te draaien. Ze moest steun zoeken bij de muur om niet te vallen. Joaquina pakte haar vast en zette haar neer op het opstapje van de ingang. Daarna verdween ze even en kwam met een glas geitenmelk terug. Langzaam dronk São die op. Ze probeerde in haar verwarring de weg te vinden die weer naar de systematische gedachten leidde. Joaquina streek zachtjes over haar hoofd, alsof ze volkomen begreep wat er met haar aan de hand was en ze medelijden met haar had. 'Weet Bigador dat je hier bent?'

'Nee. Hij zei dat hij me zou vermoorden als ik kwam. Maar ik moet proberen André terug te krijgen.'

'Heb je hem niet aan hem gegeven?'

'Gegeven?'

'Hij zei dat jij niet van het kind hield en dat je het aan hem had gegeven. Daarom kon hij het mee hiernaartoe nemen.'

'Mijn hemel! Nee! Hoe komt hij erbij! Niet van mijn kind houden? Dat is godsonmogelijk!'

Joaquina keek haar aan en wist dat ze de waarheid sprak. Zij had er zes grootgebracht. Ondanks de moeilijke momenten, de vermoeidheid, de slapeloze nachten, de kwajongensstreken en de ruzies had ze toch elke minuut van hun leven van hen gehouden. En ze hield ook nog steeds van de twee die overleden waren. Ze was trots op hen, op hun studie en hun baan, op de echtgenotes die de drie oudsten hadden uitgekozen en op de mooie kleinkinderen die als sterren uit de hemel waren komen vallen om het bestaan van een oude vrouw te verlichten. Ze was er zeker van dat São net zo'n goede moeder was als zij. Ze was naar de andere kant van de wereld gereisd om haar zoontje te zoeken, in haar eentje, met het risico dat die brute Bigador haar zou vermoorden. Zijzelf was bang voor Bigador. Ze raakte altijd van de kaart door zijn geschreeuw en zijn vuistslagen op de muur. Je moest wel erg dapper zijn om hem zo uit te dagen. Ze besloot haar te helpen zo goed als ze kon.

'Luister,' zei ze. 'Mijn man is aan het werk. Waarom kom je niet om vier uur terug om met hem te praten? Nelson lijkt niet op zijn broer. Hij praat graag en kan met iedereen goed opschieten. En hij heeft respect voor vrouwen. Ik zal zeggen dat we je moeten steunen. Een kind hoort bij zijn moeder als ze lief is. En jij bent lief.'

Voor het eerst sinds haar vertrek uit Lissabon verscheen er een glimlach op São's gezicht. Op dat moment vloog er een zwerm trekvogels door de lucht. Ze vlogen vastberaden, onvermoeibaar en zelfverzekerd naar de plek waar ze naartoe wilden: een rustig hoekje van de wereld waar genoeg te eten was, bomen waarin ze nesten konden maken en een mild klimaat. Ze waren wijs, geduldig en sterk. Hun vlucht leek een gunstig voorteken.

Nelson was tien jaar ouder dan Bigador. Hij leek precies op hem – hetzelfde gezicht en hetzelfde lijf –, maar je zag de sporen van zijn leeftijd. De rimpels die dwars over zijn voorhoofd liepen. En de grijze haren tussen zijn donkere krullen. Hij had echter niets van de zelfingenomenheid van zijn broer. Niets van die plotselinge wreedheid in zijn blik en die smalende trek om zijn mond. Hij ontving haar heel netjes en schudde haar stevig de hand, maar was tegelijk afstandelijk en ernstig, alsof hij nog niet kon geloven wat zijn vrouw hem ongetwijfeld al had verteld. Ze gingen naar een gezellige kamer, waar overal foto's stonden van hun kinderen en kleinkinderen. Er was ook een foto bij van doña Fernanda. Ze keek een beetje angstig in de camera, maar was op haar paasbest gekleed. Er sloeg een golf van heimwee over São heen. Als zij nog had geleefd, had ze verhinderd dat dit was gebeurd. In stilte vroeg ze om haar hulp. Joaquina diende koffie op en alle drie gingen ze om de tafel zitten.

De ondervraging duurde lang. Nelson wilde er zeker van zijn dat alles wat São zei waar was, dat ze zichzelf niet tegensprak en niet aarzelde, en dat ze zijn blik kon trotseren zonder haar ogen neer te slaan. Ze vond het moeilijk de juiste woorden te vinden. Ze wilde alle schijn vermijden dat ze wrok koesterde tegen Bigador en dat ze wraak wilde nemen. Maar tegelijkertijd moesten ze goed begrijpen dat hij haar altijd slecht had behandeld en door middel van een schrikbewind zonder enige consideratie zijn wensen en grillen aan haar had opgelegd. Hij had veel pijn veroorzaakt en haar vervolgens door het slijk gehaald. En ze moesten goed weten dat hij in staat was zijn eigen zoon te ontvoeren, terwijl het verdriet van het kind hem volkomen koud liet.

Terwijl Nelson luisterde schudde hij zo nu en dan zijn hoofd, maakte geluiden en slaakte af en toe een kreet. Toen hij na een uur meende dat hij genoeg had gehoord en São Andrés paspoort had laten zien en ook het berichtje met de doodsbedreiging dat ze had bewaard op haar mobiel, stond hij op en ging op zijn hurken onder de acacia in de tuin recht voor zich uit zitten kijken. São was verbijsterd, maar Joaquina glimlachte hoopvol, alsof alles in orde was. 'Hij is het hoofd van de familie,' zei ze. 'Hij moet nadenken. Zijn verantwoordelijkheid is groot. Iedereen doet wat het hoofd zegt, maar alleen als zijn beslissingen rechtvaardig en goed zijn. Anders valt de familie uiteen.'

Ze voelde haar lichaam trillen. Ze wilde heel graag geloven dat die man haar had begrepen. En dat hij André kon teruggeven. Maar ze moest nog wachten. Ze moest zich stevig vastklampen aan het geduld om niet uiteen te vallen tot een handvol stofjes zonder enige betekenis. Een tijdje deed ze alsof ze met Joaquina de foto's van haar kinderen bekeek, terwijl ze vanuit de verte het levensverhaal aanhoorde van ieder van hen. Toen zagen ze door het raam Nelson overeind komen en teruglopen naar huis. Hij zag er bezorgd uit. Hij bleef aan de andere kant van de tafel staan en keek São strak aan toen hij zei: 'Ik zal zondag een familieberaad bijeenroepen. Als alles waar is wat je hebt gezegd, heeft mijn broer niet goed gehandeld. Maar ik wil hem ook horen. En de familieoudsten ook. Wees gerust: ik zeg het pas zondagochtend tegen hem, dan krijgt hij geen gelegenheid om jou op te zoeken. Kom maar na het eten.'

De dagen voor zondag bracht São door op het strand. Ze dacht nergens aan. Ze staarde alleen maar naar de golven. Hoe ze steeds weer braken op het zand. Ze kwamen dreigend en bulderend naderbij. Ze sloegen tegen de kust uiteen in viezig schuim. En verslagen trokken ze zich weer terug in de zee, zich voortslepend als smekende, gewonde dieren. Telkens weer. Telkens weer. De zeemeeuwen krijsten als ze zich op de vissen wierpen. Meedogenloos doorboorde de zon de aarde. Op de boulevard klonk onophoudelijk getoeter. De tijd was een oneindige tunnel. Nog een eeuwigheid. Zesenvijftig uur tot de middagmaaltijd op zondag. Drieduizenddriehonderdzestig minuten. Tweehonderdeenduizend en zeshonderd seconden, achter elkaar, elk met zijn eigen bovenmenselijk gewicht, met zijn goddelijke traagheid. De vervaarlijke tijd der goden.

Af en toe kwam er iemand naar haar toe om iets te vragen. Ze gaf geen antwoord. Ze bleef strak voor zich uit zitten kijken. Ze verklaarden haar vast en zeker voor gek. Sommigen pakten haar vast en schudden haar heen en weer. Of ze begonnen te lachen. Of ze gooiden zand naar haar. Maar zonder een spier te vertrekken bleef ze roerloos en stilzwijgend zitten kijken hoe de golven braken en de zeemeeuwen de zee in doken. Dan dropen de mensen weer af en zeiden hardop: 'Er zit een gekkin op het strand. Ze wacht ergens op. Op iets heel belangrijks. Op het leven of op de dood. Zoiets.'

Zondagochtend om elf uur stapte ze in een taxi. Toen ze aankwam bij het huis zag ze door het raam dat Joaquina de tafel bediende. Er zaten verscheidene mensen te eten. Ze zag haar, maar zei niets. São ging onder de acacia zitten. Misschien zat ze daar al heel lang toen Joaquina haar kwam halen en binnenliet. Bigador was er nog niet. Zijn broer Gil was er met zijn echtgenoot en ook zijn zus Azea met haar man. De mannen waren ernstig. De vrouwen daarentegen begroetten haar met een glimlach, alsof ze aan haar kant stonden, alsof ze rotsvast geloofden dat moeder-zijn een heilig gebod is dat alle vrouwen van de hele wereld samenbindt. Ze nodigden haar uit te gaan zitten. Ze kreeg een kopje koffie, dat ze niet naar binnen kon krijgen. Vervolgens zwegen ze afwachtend. Zo nu en dan vroeg iemand iets over een neefje of nichtje. De moeder of de vader gaf antwoord en vertelde de laatste anekdote. Iedereen lachte. Daarna viel er weer een stilte. Slokjes koffie. Gekakel van de kippen op de binnenplaats.

Pas een uur later verscheen Bigador. Hij was met Lia. São keurde hem amper een blik waardig. Ze keek naar Lia. Ze was ouder en magerder geworden. Ze zag er klein en zwak uit, als een vroegtijdig oud geworden vrouw. Ze had starre, uitpuilende ogen, alsof ze haar oogleden niet kon sluiten en voortdurend het beeld van een nachtmerrie voor zich zag. Ze groetten elkaar. Bigador ging niet naar haar toe. Lia evenmin, hoewel ze haar wel even een hulpeloze blik toewierp. Vervolgens boog ze haar hoofd. Zodra ze zaten nam Nelson het woord en richtte zich tot zijn broer: 'Andrés moeder zegt dat jij het kind zonder haar toestemming hebt meegenomen.'

'Dat is niet waar. Ze heeft het aan mij gegeven.'

São verhief haar stem: 'Ik zou mijn kind nooit ofte nimmer weggeven!'

Met een gebaar onderbrak Nelson haar: 'Ze heeft zijn paspoort. En jouw doodsbedreiging. Je moet de waarheid vertellen.'

Bijna twee uur lang werd hij ondervraagd. Hij loog zoveel hij kon, maar daarna, in het nauw gedreven door de vragen, krabbelde hij terug. Toen gaf hij toe, rechtvaardigde zich, en uiteindelijk, beroofd van elk argument, blootgesteld aan de blamage van zijn leugens, schold hij haar uit, schreeuwde en spoog naar haar: Die slet die met iedere kerel meeging! Die armoedzaaier die haar kind nooit kon onderhouden! De vrouwen, die tot nu toe hadden gezwegen, namen het voor haar op: zelfs de armste vrouwen kregen het voor elkaar om hun kinderen groot te brengen, zoals doña Fernanda. En daar zat ze, met geheven hoofd, veinzend dat ze niet op het punt stond dood te gaan, trots en hoogmoedig als een amazone met een gouden kuras. Ze deed alsof ze niet wist dat de rest van haar leven van één woord afhing, en dat dat erg hardvochtig was. Twee hele levens, het hare en dat van haar zoon, hangend aan een heel dun draadje, zo fragiel als de grens tussen ademhalen en stikken. Haar hart bonsde in haar hoofd.

Toen de mannen klaar waren met vragen stellen, stuurden ze Bigador naar een andere kamer. Ze gingen buiten onder de acacia zitten. São bleef bij de vrouwen. Ze was stil en zat in een reusachtige luchtbel van angst en hoop. De vrouwen zeiden niets, maar glimlachten en knikten met hun hoofd, alsof ze wilden zeggen dat alles goed ging. Alleen Lia was nog steeds ernstig en terneergeslagen, weggezonken in een heel diepe put. Door het raam zagen ze de mannen discussiëren. Ze hieven hun armen omhoog en pakten elkaar met grote gebaren bij de arm. Hun Kimbundu-woorden knalden als zweepslagen door de lucht.

Plotseling viel er een enorme stilte over het hele huis. De mannen waren stilgevallen. Ze kwamen overeind en schudden elkaar de hand. Uiteindelijk kwamen ze naar binnen, ernstig en streng, als een godentribunaal van de opperste rechtvaardigheid. Iedereen nam plaats, behalve Nelson. Die bleef staan en richtte zich tot zijn broer met de woorden: 'Wat jij hebt gedaan is niet goed. Je mag een moeder niet van haar kind beroven. Daarvoor moet je nu betalen. We hebben besloten dat je het kind aan haar moet teruggeven.'

São voelde zich alsof ze door de bliksem getroffen werd. Alsof ze net geboren was in het paradijs, met alle mogelijke genoegens binnen handbereik. De vrouwen slaakten een zucht van opluchting en keken naar Bigador. Hij probeerde iets te zeggen. Hij deed zijn mond open en rekte zich helemaal uit. Hij wilde schreeuwen dat het een vergissing was, dat zijn zoon een echte Kimbundu moest worden, een echte man, in plaats van een jongetje opgevoed door een waardeloze moeder en een witte, laffe stiefvader, en dat hij er niet over peinsde hem terug te geven. Maar hij hield zich in: de angst buitengesloten te worden, uit de groep te worden gezet, voorgoed van zijn wortels te worden afgesneden, was sterker dan het verlangen om door te vechten. Hij wierp haar een blik vol haat toe. Ze besefte echter dat achter die haatgevoelens zijn intentie schuilging om afstand van de jongen te doen, dat hij vanaf dat moment zou vergeten dat hij ooit een zoon had gehad, die nu in Europa zou worden grootgebracht, voorgoed ver weg, voor wie hij niet bestond. Ze besefte dat er zou gebeuren wat ze eigenlijk nooit had gewild, maar niet had kunnen vermijden: André zou zonder zijn vader opgroeien. En ze begreep dat in het wrede mechanisme van het leven dit de prijs was die ze voor haar overwinning moest betalen.

Met een daverende klap trok Bigador de huisdeur achter zich dicht en verliet het huis. Het gebouw dreunde na en met de echo vervaagde het hele verleden. Ze stuurden Lia weg om André te halen, die bij buren was ondergebracht. Terwijl São wachtte kwam ze overeind en keek uit het raam. De avond was gevallen. De maan kwam net boven de naburige daken uit. Met zijn onschuldige reusachtige oranje gezicht aanschouwde hij de aarde. Een prachtige lichtbol, midden in de duisternis van het firmament. Onverschrokken.

DANKBETUIGING

Ik wil graag mijn Kaapverdische vriendinnen bedanken. Hun herinneringen hebben het mogelijk gemaakt deze roman te schrijven: Aunolia Neves Delgado, Benvinda da Cruz Gomes, Natercia Lopes Miranda en Zenaida Duarte Soares. En vooral heel veel dank aan Maria da Conceição Monteiro Soares, São, die mij een groot deel van haar leven heeft uitgeleend. Dat deze woorden mogen dienen om de pijn te bezweren en dat zij, André en de kleine Beatriz hun weg door de wereld in vrede mogen vervolgen.

ÁNGELES CASO

Tegen de wind in

OVER DE AUTEUR
Over Ángeles Caso   2
Enkele vragen aan Ángeles Caso   3

OVER HET BOEK
Over het boek   6
Lovende woorden   8

LEESCLUB
Gespreksonderwerpen voor *Tegen de wind in*   9

O+

INTERVIEW,
LEESCLUBVRAGEN,
EXTRA'S & MEER

Zie ook:
www.orlandouitgevers.nl

OVER DE AUTEUR

De Spaanse schrijfster Ángeles Caso (Gijón, 1959) werkte als journalist tot ze op haar vijfendertigste het roer omgooide en romans ging schrijven. In 1994 werd ze tweede in de strijd om de prestigieuze Premio Planeta met haar roman *El peso de las sombras*, vlak achter de Nobelprijswinnaar Camilo José Cela. In 2000 won ze de Premio Fernando Lara met *Un largo silencio*, waarbij *De schaduw van de wind* van Carlos Ruiz Zafón tweede werd. Haar nieuwste roman *Tegen de wind in* werd in 2009 bekroond met de Premio Planeta.

ENKELE VRAGEN AAN ÁNGELES CASO

Ángeles Caso heeft met haar roman *Tegen de wind in* de grootste literaire geldprijs ter wereld, de Premio Planeta (€ 601.000), in de wacht gesleept. De roman beschrijft het leven van een vriendin van de schrijfster, een immigrante uit Kaapverdië die door het leven wordt 'gemangeld'.

Vrouwen zonder stem zoals São, uw hulp in de huishouding, zijn de hoofdpersonen in Tegen de wind in. *Waarom hebt u voor haar gekozen?*
Wij Europese vrouwen hebben onze vrijheid deels bewerkstelligd door uitbuiting van de immigrantes die voor onze kinderen of ons huis kwamen zorgen. Deze roman is São's (die in het echt anders heet) levensverhaal. Mijn verhaal, of liever haar verhaal, is dat van een heldin die overal tegen opgewassen is: een vader die alcoholist is, een poging tot verkrachting, een partner die haar mishandelde en een beestachtige emotionele chantage. Dat heeft ze allemaal met wilskracht en levenslust getrotseerd.

Beschouwt u uzelf als een geëngageerd schrijver?
Ja, ten eerste wat de literatuur aangaat, en ten tweede wat vrouwen betreft.

Hoe zou u uw roman omschrijven?
Ik zou zeggen dat mijn boek een psychologische roman is. Ik heb geprobeerd in de huid te kruipen van een vrouw die het slachtoffer is van huiselijk geweld, zoals São, wier liefde voor de man die haar partner is geweest als as uit elkaar valt, terwijl haar eigen ziel ook bezwijkt. Ze raakt haar gevoel van eigenwaarde kwijt, maar ze weet zichzelf weer nieuw leven in te blazen en wordt herboren.

Is uw roman ook een lofzang op vrouwen in het algemeen?
Zeer zeker. Mijn roman is een eerbetoon aan vrouwen en een lofzang op goedheid. Ik probeer mensen die onzichtbaar zijn omdat ze vrouw zijn én immigrant een gezicht te geven. Ook al is São de heldin van mijn verhaal, het gaat in de roman toch om een groep, een koor. Je ziet het weefsel van een solidair vrouwenweb dat tussen enkele vrouwen die elkaar helpen wordt geweven. São wordt dan wel door haar moeder in de steek gelaten, maar ze wordt door een andere vrouw opgevoed. Ze wordt door een onderwijzeres vooruitgeholpen in haar leven, een bazin leent haar geld voor een reis en regelt een visum voor haar, en in Portugal en Spanje wordt ze opgevangen door andere immigrantenvrouwen.

Wat gaf de doorslag om Tegen de wind in *te schrijven?*
São's verhaal is tragisch om alles wat ze met haar zoontje te verduren krijgt van de man die haar mishandelde. Maar dankzij de kracht en moed van deze vrouw heeft het toch een happy end. Daarom wilde ik deze roman schrijven. Toen ik zag dat het een happy end had – het had evengoed ook heel tragisch af kunnen lopen – bedacht ik me dat haar verhaal wel een boek waard was. São woont nu in Lissabon, met twee

kinderen (het jongetje uit het boek en een baby van haar nieuwe partner). Ze werkt hard, maar leidt nu een ander leven. Een deel van het geld van de prijs is voor haar. Dat is geen edelmoedigheid. Dat is eerlijk. Het is haar verhaal en dat mocht ik van haar lenen. Op deze manier help ik haar met de opvoeding van haar kinderen, want dat heeft ze verdiend.

OVER HET BOEK

Ángeles Caso toont in deze roman haar sociale geweten en haar betrokkenheid bij vrouwenrechten. Het verhaal gaat over een overlever, een vrouw met de innerlijke kracht om de problemen die op haar pad komen te overwinnen. De schrijfster zegt dat ze met deze roman een stem wilde geven aan de duizenden zwijgende, onzichtbare vrouwen uit arme landen. Landen waar ze niks voorstellen, niets en niemand zijn, door hun ouders en echtgenoten worden uitgebuit en vervolgens reizen ze naar de eerste wereld om daar wederom te worden uitgebuit door hun nieuwe meesters.

Tegen de wind in is een roman over de oorsprong van emigratie, over de beweegredenen van mensen om zich los te rukken van hun wortels en op zoek te gaan naar nieuwe horizonten. Het is het verhaal van sterke vrouwen en vechters, vrouwen die oprechte banden van solidariteit aanknopen om hun beproevingen het hoofd te bieden. De schrijfster vertelt het verhaal niet vanuit haar Europese perspectief, maar verplaatst zich in haar hoofdpersonen en bekijkt de wereld door hun ogen.

Ángeles Caso houdt de lezer een soort morele spiegel voor: ze zet het comfortabele, maar frustrerende en angstige leven van een westerse vrouw tegenover dat van een vrouw die niets heeft, die nooit iets gehad heeft behalve moed en de innerlijke kracht weer overeind te komen. Deze roman gaat over de strijd om te overleven, over kansen, lot, racisme, ontworteling en de tegenstellingen tussen de eerste en de derde wereld, maar bovenal over waargebeurde verhalen, echte mensen en hun gevecht voor een fatsoenlijk bestaan.

Tegen de wind in vertelt het verhaal van dappere vrouwen in een meedogenloze wereld; een ode aan solidariteit en generositeit. Het is een inspirerend verhaal, hard en mooi, en vol hoop.

LOVENDE WOORDEN

'Een bloedmooie roman.' – *Cuaderno*

'Ángeles Caso brengt in *Tegen de wind in* drie brandende kwesties uit de huidige maatschappij samen: vrouwenrechten, de lijdensweg van immigranten – hier betreft het een vrouw uit Afrika – en huiselijk geweld.' – *El País*

'Hoofdpersoon São (kind, vrouw, moeder) is een metafoor voor de vrouwelijke levenskracht.' – *La Razón*

'*Tegen de wind in* gaat over de verschrikkelijke strijd die immigrantes, "de heldinnen van de eenentwintigste eeuw", zoals Ángeles Caso ze noemt, moeten leveren om niet het loodje te leggen: eerst in hun arme geboorteland, daarna in onze complexe westerse wereld, en vaak ook nog in de relatie met hun partner. Het zijn vrouwen die tegen vele winden opboksen: armoede, gebrek aan opvoeding, vervlogen dromen en gedwongen emigratie om voor ons en onze kinderen te komen zorgen. Het is een prachtige roman, geschreven in verleidelijk proza.' – *La Vanguardia*

LEESCLUB
GESPREKSONDERWERPEN VOOR
TEGEN DE WIND IN

1. *Tegen de wind in* is gebaseerd op het tragische, waargebeurde verhaal van de huishoudster van Ángeles Caso. Wat voor emoties wekt dit verhaal bij je op?
2. In *Tegen de wind in* worden de levensverhalen van de verschillende vrouwen rondom São neergezet. Hierdoor zijn er meerdere verhaallijnen. Wat vind je hiervan?
3. De vrouwen in *Tegen de wind in* zijn vrouwen met een zwaar verleden. Zijn het sterke vrouwen aan wie je een voorbeeld kunt nemen?
4. São wordt regelmatig gewaarschuwd, maar toch neemt ze een aantal verkeerde beslissingen. Speelt haar karakter daarbij een rol? Denk je dat ze problemen had kunnen voorkomen als ze andere keuzes zou hebben gemaakt?
5. Bigador verandert van een liefhebbende man in een tiran. Hoe verklaar je dat?
6. De schrijfster bewondert de levenskracht van São en is er zelfs jaloers op. Begrijp je dit?
7. De mannen in *Tegen de wind in* zijn bijna allemaal wreed tegenover vrouwen. Wat zou hiervan de oorzaak kunnen zijn?
8. Lia neemt af en toe contact op met São, zonder dat Bigador het weet. Is dit in jouw ogen een goed teken? Denk je dat ze zich schuldig voelt tegenover São? Of denk je dat ze São al die tijd bedrogen heeft?

9. Wat vind je van de manier waarop de familie van Bigador omgaat met de kwestie rondom André?

10. Was je al bekend met Kaapverdië en de andere Afrikaanse landen die in het boek voorkomen? Is je beeld van deze landen door het lezen van deze roman veranderd?

Tip: luister naar de muziek van de Kaapverdische zangeres Cesária Évora tijdens het bespreken van deze roman.